捕虜青春記
シベリアの大地と共に

染谷 昭一
Someya Shoichi

文芸社

捕虜青春記

シベリアの大地と共に

はじめに

人は誰にでも青春がある。ただ、人それぞれに過ごした青春の幸不幸が、その時代を背景として自分の意志とは関わりなく、大きく左右される。青春の感激も喜びも悲しみも、時代の波に容赦なく翻弄されていく。大東亜戦争終結の年、一九四五年。私は満十八歳、まさに青春の真っ只中にいた。戦中戦後を通して、徴用、軍隊、シベリア抑留と、自分の意志とは関わりなく、席の温まる間もなく青春の大半を過ごしてしまった。

国や社会も含めて、誰からもその労をねぎらわれたこともなかったし、誰も私達の話を聞いてはくれなかった。それは家族肉親でさえも例外ではなかった。

「お父さん、また兵隊の話をしているの、やめなさいよいい加減に！」

友人の家での出来事。奥さんのひと言で私達の兵隊話はチョン。

聞いてもらえぬ不満が昂じる。我慢できずに、日頃なにかというとつい兵隊話。これでは嫌われるのも当然だな。

私とて例外ではなく、世のお父さん達とちっとも変わってはいない。そこで、誰にもうるさがられずに自由に自分を表現できるのは、記録として本に残すこと以外にないと思えてきた。思い立って、今、ワープロのキーを打ち始めた。

とても不安だ。果たしてどこまで当時を表現することができるのか、かなりの時間がかかりそうだが、とにかく始めてみよう。
今はそんな気持ちで自分に言い聞かせている。焦ることもないし頑張ってみよう、頑張って。

染谷昭一

二〇一二年二月

捕虜青春記　シベリアの大地と共に ● 目次

第三章　異国の丘クラスキー

第四章　民主主義ってなんですか？

第五章　アクチューブ（政治的積極分子）への挑戦

第六章　我らが祖国

第一章　我が青春のプロローグ

弘子

私の妹は弘子と言い、国民学校初等科（今の小学校に当たるもの）の卒業に間近い頃、十二歳の若さで、この世を去った。一九四三年（昭和十八年）二月二十三日のことだった。

私は妹とは四つ違いの十六歳で、埼玉県浦和市の理容店に住み込んで、理容師見習いをしていた。浦和市といってもこれは便宜上の呼称で、正しくは北足立郡与野町大戸（現在の地名はさいたま市）であって、浦和市内にこの一角だけが、でべそのように食い込んで、数軒立ち並んでいた。

店のマスターもおかみさんも、浦和市でありたいと言う思い入れがあって、対外的には浦和と言うことにしていた。

北浦和駅から歩いて七分、新国道（現在の国道17号線）に面したこのお店が、与野町大戸だなんて地元の人でさえ思う人は、誰もいなかった。

昭和三十年代に、大阪の難波を舞台にした「番頭はんと丁稚どん」という、大村昆主演で大変人気のあった舞台が、モノクロテレビで放映されていた。まさにその舞台を現実に置き換えたような環境にあった。違いといえば、向こうは喜劇だが、こちらは悲劇だった。

徴兵検査（当時数え年の二十一歳で、後年二十歳に繰り下がる）までと言う事実上の年期奉公であったし、年期が終わった時に三百円の礼金を出しましょう、という口約束だった。

この店に住み込んだのは、国民学校初等科を卒業した三月の下旬、十二歳の時だった。

最初の三日間は、私の名前を誰も呼んではくれなかった。ようやく四日目になって、初めて私の名前を呼んでくれた。

「昭《しょう》どん」

私は自分の家に吹っ飛んで帰ってしまいたくなった。

どん付けで呼ばれるなんて、思ってもいなかった。当時としては、比較的ハイカラな理容店を自負していた店なのに？　なんということだろうか。唖然として言葉もなかった。

わずか十二歳の子供が見も知らぬ他人様の家に住み込んで、働かなければならないなんて、その辛さが分かってもらえるだろうか。

入店時、初めて頂いた給料が三十銭。今のお金に直して二、三千円くらいだろうか？　技術者として一人前になり、どんなお客さまでもこなせるようになってからでさえ、五円どまり。現在の四、五万円が良いところ。使った感じがそんなところかな……。

「給料上げてやるからな、また貯金しといてやるよ、そうしといたほうが良いだろう！」

いつもそう言ってはくれるが、ついぞ貯金通帳を一度も見せてはくれなかったし、貯金してくれている様子もなかった。

「貯金なんかいいから僕にください」

とも、

「通帳見せてください」

とも言えなかった。

そんなある日のこと。「弘子危篤すぐ来い」との電報を受け取った。

電話なんて、たまに見かける公衆電話くらいで、芸者置屋さんか大店でもない限り、一般的に個人の家で見ることはなかった。

私はびっくりして、すぐさま電報をマスターに見せた。

マスターは、すぐ行ってきなさいと、言ってくれた。

故里の町までは東武野田線で二時間と少々……息せききって駆けつけたが間に合わなかった。

息を引きとったばかりの妹は、まだ温かかった。

弘子はお店に面した四畳の間に、寝かされていた。

母親は妹の身体を奇麗にしてあげようとして裸にした。

しばらくの間、私は弘子と二人になった。

なんと奇麗なんだろう。こんなにも美しく、奇麗に成長したというのに。伸びやかな姿態、ふっくりとした顔。

「奇麗だ！　奇麗だよう……弘子」

死んだなんて、とても思えない顔の色艶。

前の晩に、積み木遊びをしていた弘子が、こう言っていたという。

「母ちゃん、何度やってもお墓みたいになっちゃうんだよ。死んだ人って可哀相だね、焼かれちゃうんだから熱いだろうにね……」

「なにを言うのよ、弘子は」

「母ちゃん、あたしが死んでも焼かないでね。熱くて嫌だから」

それが遺言になってしまった。

その夜、急に高熱が出て、一晩で死んでしまった。急性脳膜炎だったという。

なんと悲しいことだ、こんなことがあっていいものか。こんな若い女の子が死ぬなんて、可哀相でたまらなかった。


私達の学校は、当時としては珍しく、鉄筋コンクリート造りの三階建てだった。全校生徒三千人ものマンモス校でもあった。

1939（昭和14）年、12歳のころの著者

弘子が亡くなったその前日のことだった。
クラス四十五、六名の生徒が何かでしかられ、屋上で一時間ほど冷たいコンクリートの上で正座をさせられたとのことだった。家に帰ってから母親に言いつけた子供だって、いたことであろうに。
当時、先生方の生徒達に対しての、私的制裁は日常茶飯事であったし、ごく普通に行われていたことであったので、格別、問題視されることもなかった。

その当時は軍国主義も最たるもので、盧溝橋事件に端を発し、支那事変が拡大されていき、支那の首都でもある南京を攻撃して陥落させてしまった。そして戦争はますます拡大されていったのであった。

私の故里、野田の町でも町中の人達が喜び勇んで、南京陥落を祝って町中が明るい提灯で、賑やかに埋め尽くされた。

大人達の話を聞いていると、

「なんたって強いからな、日本の軍隊は。ぶん殴って、ぶん殴って鍛えるから。だから強いんだよ！」

上官が下級兵士を、ぶん殴って鍛えるからこそ日本の軍隊は強いのだと、殴ることを肯定する気運が国中を支配していた。

私の担任の先生が我が家に家庭訪問に来訪された時など、

「先生、構うことありませんからね、ぶん殴っていいですからビシビシやってくださいよ」

と母親が、先生に頼んでいたのをそばで聞いていたことがあった。

クラスこそ違うが、同学年であった家内の話では、「弘子さんのクラスを担任している女の先生は、とても冷ややかな先生だった」と、話していたことがあった。

お通夜の晩に担任の先生が、クラスの生徒さんと三人で弔問に訪れた。連れの子供さんは多分、級長さんと、副級長さんではないかと思われた。

私は先生の目を見た。まったく潤んでもいない乾いた目をしていたし、二人の生徒さんはと見れば、多分緊張のせいなのか、潤みのない目をそこに見ることができた。

母親はしきりと、心ない先生の仕打ちに、持っていきどころのない悔しさと、憤懣《ふんまん》やるかたない憤りに、じっと耐えていた。

私は妹、弘子の髪の毛を一房切り取った。そして、片時も肌身離さず持っていたかった。だが、目ざとい母親に見つかってすぐ取り上げられてしまい、果たせなかった。

残念でたまらなかったがそれは、

「弘子が行くところへいけなくなるから」との母親の思いからだった。

それ以来、私の心の中には、いつも妹がいるようになっていた。

いつ何処で、何をしていようとも弘子は私を守っていてくれる。そう固く信じるようになっていた。

「たまには良いんじゃないの……」

くらいに、良からぬことに誘われてもその気にはなれず、一切応じることはなかった。

徴用召集

戦争がますます激しくなって、一億総動員体制が敷かれ、必要最小限度の人達以外は平和産業に携わることが許されなくなり、多くの人達が軍需工場に強制徴用されて行った。女性でもできる仕事には男性が就業してはいけないという職業禁止令がでて、床屋さんもその職種に入ってしまった。大変な軍需景気で、戦争太りの成り金が沢山出たのも、その頃だった。

私は、徴用逃れに防空監視哨に籍を置いていた。マスターがコネを使ってそうしてくれていた。

勤務は、床屋さんをやるかたわら、週一回二十四時間の防空監視であった。最初は浦和警察の屋上が勤務場所だったが、しばらくしてから銀行の屋上に変わった。望遠鏡でたえず上空を見上げて、飛行機が飛来した場合、すぐさま電話で報告する。例えば、

「南、味方、ふた機、ひと千《せん》、北」

これで、「南方向に機影を発見し、それは味方、機数は二機、高度は千メートル、飛行方向は北」の意味となる。

戦局いよいよもって予断を許さぬ状態になって、監視哨員は徴用免除されるという特権は消え去った。

昭和十八年十二月二十一日、群馬県太田市の中島飛行機製作工場に、私もついに徴用されてしまった。その頃すでに、若いマスターも職人の岡田さんも、補充兵として赤紙召集されて出征していた。

義兄になるはずだった菅原さんも徴用され、岡田さんと同じく内地（本州）にはいなかった。それから三十九日後の、十九年一月二十九日に兵役法が改定されて、四十歳以上四十五歳未満の中年のお父さん達も兵役に服するようになってしまった。

当時、「中田理容館」では、おかみさんが大きなお腹を抱えていたし、マスターの実弟で、私より年上だが弟弟子にあたる常ちゃんは、ほとんど毎日のように勤労動員されて、貨車の積み込み作業などに従事していた。そんなわけで店で働くのは私だけ。どこの床屋さんも人手がなく「客待ち」で椅子にお客さまがあふれかえっていた。一人のお客さんに長い時間がかかる仕事なのに、いらいらしながら待っているお客さまに、じっと手元を見られながらの仕事はとても辛かった。

1943（昭和18）年1月4日に記念に撮る

経営者がいなくなってしまったため、故里野田町の近くで、せんべい屋をしているマスターの兄さんがやって来て、中田理容館のすべてを仕切った。おかみさんの発言権を含む権利のすべてが剥奪された。

そんなわけで、私の徴用の時には、ひと言の挨拶もなければ、一銭のご祝儀も出してはくれなかった。徴用の翌日、母が、マスターの兄さんに町なかでばったり出会ったそうだ。

「へええ、やっぱり徴用されたんですかあ？　監視哨にいたのになあ」

完全にとぼけられてしまった。母親はその冷たい仕打ちに、しきりと悔しがっていた。

当時、徴用といえど戦地に行く出征兵士同様の扱いで、日の丸の小旗打ち振る国防婦人会や町の人達に見送られて、駅頭まで送り出された。

＊

二週間の練成期間を終了した後、埼玉県浦和市上木崎の浦和工業所に配属された（現在の地名は上木崎）。ここは中島飛行機の協力工場で、後に軍隊に現役召集されるまでの一年三カ月弱、旋盤工として勤務した。

「この、ばこう（工場）はな、世間から与太もんばこうと呼ばれてんだ。覚えておけよ」

脅しをかけて抑えておこうという魂胆か、兄貴株らしい奴がわざわざ言いにきた。

皆、強がりたい若い連中だ。今ふうに言えば、さしずめヤンキー達の集団工場といったところか？

なぜかそんな中にあって、私は徴用三羽烏と言われた一人だった。あとの二人は鈴木近蔵と山内良雄という男で、それぞれに個性の違うこの三人、妙に気が合った。鈴木は色が黒く目付きこそ鋭いが、なかなかの美男子。山内は誠におとなしい、おっとりとしたインテリで、工具室で働いていた。

私に関していえば、所内にあった青年学校の教官がこう言った。

「とんでもないことをしでかすんだけれど、なぜか憎めないんだよな」

さて、そのとんでもないこととは？

当時、同じ工場に小熊コトという二十四歳になる女がいた。私とは七つ違いの年上で、器量良しとは言えないが、あの娘、まるで島倉千代子の世界だったなあと、時々懐かしく思い返される。身体中で表現する、恥じらいのしぐさがなんとも可愛らしく、そんなところが好きだった。

退社後に待ち合わせて、家路に帰る村道を自転車を転がして歩く彼女と、何度かデートをしてみたが、何を話しかけても、ただただ恥ずかしそうにしているだけ。それ以上に何一つ進展せず、別れ際に軽く手を握るだけ。

彼女にしてみれば、当然、私との年齢の差も考えたことだろうし、何を思い何を考えているのやら、さっぱりはっきりしないし、いい加減面倒くさくなってしまった。

何を話しかけても答えが返ってこないというのも、声を出し合ってお喋りすること自体、お互いに下手だった。

「男女七歳にして席を同じゅうするなかれ」、そんな時代に育った私達には、思うことの半分も相手に伝えることができなかった。言おうとする言葉が喉元まで出かかっているのに、言えずに呑み込んでしまう。いつでもそうだった。小学校も男女別学であったし、異性と混じり合ってお喋りする機会もなく、日常的に、異性間の会話や触れ合いに慣れていなかったのだ。

「自転車ころころ転がして」で思い出される、こんなことがあった。

ある日の夕方、退社する彼女と林の中で待ち合わせた。私が夜勤につくまでには二時間ばかり余裕があるので、夜勤の折には、昼勤の彼女とそんなふうにして落ち合ってはデートした。

工場前の村道を、自転車を押しながら歩く彼女の横について、一緒に並んで歩いた。それはいつものことなんだが、この日に限ってなんとなく、ついつい遠くまで来すぎてしまった。ここまでくる間に人っ子一人出会うこともなく、もちろん車なんて走っていなかった時代の話。辺りは延々と広がる林であったり、原っぱや畑、田んぼであったりで、静かな田園風景が続いていた。やがてTの字に突き当たる道路の手前右角に、大きな農家がぽつんと一軒あった。その中庭を何気なく覗いたとき、一見それと分かる不良が、三、四人たむろしていた。不良のことを、当時、不良っ子と呼んでいた。

「こりゃあ、まずいぞ！」

と思った。彼女の顔が緊張でこわばった。

Tの字の突き当たりは、広々とした田んぼだった。突き当たって左に曲がり、しばらく歩いた辺りで後ろを振り向いた。何と不良がぞろっと十五、六人、一団となって後からつけてくる。みんな十代の若い連中だ。いや驚いた。こんな片田舎に、まるで街場と変わらない、とっぽいなり（服装）した不良っ子がいるなんて思ってもいなかった。それにその人数も半端じゃない。よくもまあ、こんなに揃いも揃ったもんだ。

「どうしたもんかなあ？」

ことによったら腕の一本くらい……。ここは一番！　腹を決めるしかないようだ。

どのみちやられるんなら、彼女を先に逃がしてから、裏の方でやられるか……そう考えた。左側は、ずうっと先まで田んぼが続く。少し歩いた先でやっとのこと、大きな生垣に囲まれた農家が見えてきた。右に曲がれる。

「小熊さん、あそこの農家の手前を右に曲がるからね、合図をしたら自転車に乗って吹っ飛ばして家へ帰んなよ、いいね、分かったね！」

合図とともに行動開始。私は脱兎の如く右の道に走り込んだ。急に走り出した大勢の足音が後ろから迫ってくる。少し走って左に曲がり、回り込んだところで追いつかれた。行く手の前後を立ちはだかるように塞がれた。細いあぜ道で一人の不良っ子と向き合った、

「あんさん軟派やれんなら、硬派もいけるんだろう？」

「軟派なんかじゃねえよ、あれは親戚のもんさ」

お決まりの科白の言い合いだ。ばばばあんと、きた。もつれ込んで下の草っ原に落ち込んだ。頭を四発いかれた。殴られながら、「こいつのパンチ利かねえの」と思った。

二人があぜ道に上がった時、兄貴分といおうか親分みたいな男が、それらしい貫禄見せながら、「あんさん、やさ（寝ぐら）はどこだい？……そうかい、これからこのシマを通った時にはよ、うちの若いもんに挨拶の一つもしてやってくれよ。今日はいいからこれで帰んな」

あぜ道に落ちたとき、下駄の鼻緒の前つぼが切れてしまった。吹っ飛んで雑草の中に隠れてしまった下駄を、皆で探してくれて、見つけ出し拾い上げてくれた。しかも驚いたことに、下駄の前つぼを一束持っていた男がいた。その男が、切れた鼻緒の前つぼをすげ替えて、私の足元に置いてくれたのには重ねて驚いた。

「おいら不良っこは奇麗なんだぜ！」

と、奇麗さにプライドを持っていた不良っこだったので、本当に助かった。

その晩のタイムカードは遅刻だった。


当時、適齢期の男達はほとんど兵隊にとられ、「お国のため」に皆戦っていた。そんな状況下で、適齢期を迎えた娘達にとっては、結婚したくても結婚する男がいなかった。単なる恋愛ごっこではなく、結婚の相手として考え、真剣そのものだった。それだけに、年若い相手では先々を考え、思い悩んでいたのだろう。しかし当時の私は、そんなことに思い巡らすわけもない。いつまでもはっきりしない彼女に、元々遊び心の私は、面倒くさくてどうでもよくなってしまった。

「小熊さん、もうこれっきりにしようね、さようなら」

と、一方的に言って別れてしまった。彼女は多分に未練が残っていたようで、しきりと微笑みかけてきたが、私はもう終わったことだしと、目線をそらした。

それから数日たった夜勤の折、便所の窓ガラスを二十数枚、拳で割ってしまった。

最初は拳で割れるかなあと思いながら、ボクシングの構えで、勢いよくババーンと左右に打ちこんでみた。と、意外や意外、奇麗に二枚のガラスが割れていた。なんかこう訳もなく嬉しくなり、二枚が四枚、四枚が八枚と、朝までに三十枚近く、一枚も残さずに奇麗に、それこそ奇麗に割ってしまった。

今の言葉を借りるならば、ストレスの解消だったのかな？

夜勤が終わり、朝、皆が一斉に中庭の井戸端に出て、顔や手足を洗い始めた。

「あれえ！」

中の一人が奇声を発した。

一同騒然となり、大変な騒ぎとなった。その場に居たたまれなくなり、用事もないまま、同じ敷地内にある独身寮の部屋に逃れた。

いつまでも訳もなく、ぐずぐずしていては怪しまれると思い寮を出た。河田という工員と玄関前ですれ違いざま、目線を合わせてしまった。瞬間、私の目がすべてを告白していた。思った通りヤンキーの兄貴分に告げ口。ふっ飛んできた兄貴分、ブクロの幸ちゃん（池袋でいい顔だったと自称していた）にババーンと、二発食らってしまった。

「お前、この落とし前、つけられんのか？　つけられんなら、きっちりつけて来い！」

私は工場裏手にある社宅に行った。そして工場長に事の次第を話した。

「なんでそんなことをしたんだ！」

私はもっともらしく答えた。

「実は、徴用工と本工員との間の溝というか、冷たい関係に抗議してやりました」

すると工場長いわく、

「僕は、そんな英雄主義は嫌いだ！」

工場中大変な問題となり、連日私の処分について会議が開かれていた。そんな折、工場長がやって来て、

「ほんとのところ、どうなんだね。あんなことしでかしたことについては、ほかに何か訳があるん

じゃないのか？　正直に言ってくれないか」

と、何度も聞かれたが、私の答えは変わらなかった。

そうこうしてるうちにも、いよいよ大詰めに近づいたなと感じた頃、所長に呼び出された。進退決する正念場、いよいよご到来と肝に銘じた。

所長室に恐る恐る入って行くと、所長は一人、深々とソフアに腰を下ろしていた。

度の強い眼鏡の奥に光る鋭い目がなんとも怖い、冷たい感じの人だ。

「君はなぜ、あんなことをしたのかね？」

ちょっと間を置いてから、私はおずおずと言葉を濁しながら答えた。

「実はあ、小熊コトと言う女と……」

そこまで話したとき、

「よし分かった、分かった。もういいから帰りなさい」

翌日、裁定が下った。事務所に呼び出され毛筆で始末書を書かされた。ただそれだけの処分で済んだ。出征するときには始末書は返してやる、と工場長が言った。

当時、工場側は普段から警察や憲兵隊側と、連絡を密に取り合いながら、素行不良と見なした徴用工員などには、容赦なく出頭命令を出して、しごきをかけていた。憲兵隊本部の土間にゲートル（巻き脚半）を巻いたまま、何時間も正座させられた仲間が何人もいた。

私も警察に呼び出されたことがあった。正式に医師の診断書をつけて欠勤届を出して休んだのに、無断欠勤のように言われた。ひどいことをするもんだと思い、翌朝工場に行き、警察に呼ばれたことを工場長に訴えた。

「だから休むんじゃないよ」

と、ひと言で終わり。私は黙って聞くだけ、なんの反論もできなかった。

そんなこともあって、ガラス事件の後、大嫌いな工場長に呼び出しを受けた時、今度は工場長が、私に恨みを込めて言ったもんだ。

「君、何で僕にひと言、言ってくれなかったのかね」

（知るかいそんなこと、この馬鹿ったれが！）

お腹の中での独り言。胸がすうっとした思いだった。

所長にしてみれば、女がらみでは、どうということでもなし。皆まで聞かずに分かった分かったと、粋を利かせて大きなところを見せたあたり、年上の工場長が何としても聞き出せず手こずっていたのに比べて、瞬時の間に、私の威厳をして彼に告白させた、そう思ったに違いない。工場長に差をつけて、そのプライドを大いに満足させたことだろう。そんな大人達の思いの裏をかいて、計算ずくで立ち回るあたり、教官が言った通り憎めない顔こそしているが、やることがちょっぴりワルだったのかな？

小熊コトは、それから数カ月後、私が気づいた時にはすでに勤めを辞めて、工場にはいなかった。どうして辞めたのか知る由もなかった。

私は別段、彼女とのことが原因でガラスを割ったわけでもないが、対外的にそういうことにして解決してしまった。そうすることによって、大人達が最も納得しやすいと、判断したからだった。小熊さんに迷惑かけたかな？

その年の夏も暑かった。「国民皆泳」が叫ばれていた。国民が等しく泳げるようにと奨励されて、徴兵検査に合格した若者には水泳訓練の呼び出しがかかり、次々と工場から暇をとって、嬉しそうに帰って行った。もっとも、工員といっても現役志願したのは徴用工員だけで、本工員で志願した奴は一人もいなかった。

「いいなあ、羨ましいなあ」と思いながら、自分にも呼び出しの通知があるだろうと、毎日首を長くして待っていたんだが、待てど暮らせど音沙汰なし。どうしたんだろうか、心配になってきた。もう駄目だ。何かの手違いで名前漏れしたのか、それとも野田の方ではやらないのかな。これ以上待っていても、恐らく通知は来ないだろうと思った。と、そのとき俄然閃いた。

「待てよ、これはいけるぞ！」

水泳訓練の通知を受けて帰って行った連中を見ると、事務所に行って口頭で申告しているだけ。それなりの用紙を見せてもいなかったし、提出する書類もないようだった。そんな様子をガラス越しに眺めていて、一計を案じた。

翌日事務所に出頭して、水泳訓練の通知があったことを口頭で申告した。一も二もなく工場長は黙って承認した。「万歳！　やったあ」、二週間真っ黒になって遊べるぞ。

楽しかったなあ。毎日水遊びに明け暮れた。昼間は一人遊びだが、夜ともなればどこへ行っても粋がって、突っぱらかって与太っているのは、皆、同級生の連中だ。あるんだよねえ楽しいことって。青春のひとときを目いっぱい謳歌することができた。

電車事故

昭和二十年一月初旬（日付確認出来ず）東武線野田駅発。いつものように、友人三人と大宮行きの朝の三番電車に乗り込んだ。

その頃の私は、浦和の工場まで電車で通勤していた。

上木崎工場の独身寮から荷物をまとめて、親にも相談せずに故里の野田に勝手に帰ってきてしまっていた。というのも、独身寮で出る食事が何ともひどかったからだ。

お米や雑穀の量を助けるために、ご飯以外の代用食品が入っている。ごろごろしたヤツガシラや、糸コンニャクに似た糸コンより固い、トウメンというのが沢山入っていたり、まずい上に分量がやたら少なくて、我慢できずに逃げ帰ってきてしまった。

工場までの通勤もなかなか大変だったが、食糧難の時代ながら、母親が頑張って食糧調達して、何とかやってくれてたので、食べることには至極満足していた。したがって、十時間労働昼夜二交替勤務の辛さはあったが、そのくらいのことは、お腹いっぱい食べれることで充分我慢ができた。

東武線は単線のために、毎回上下線の電車が野田駅構内で交換することになっていた。その朝、柏行きの下り電車が珍しく遅れた。今までに、こんなことは一度もなかったことだっだ。

「早く出せ！　何ぐずぐずしてるんだ」

私ら三人はただ黙って、ことの成り行きを見ていただけ。他の乗客達はかなり騒いでいた。そんなことも手伝ってか、少し遅れただけで発車した。次の愛宕駅でも交換せずに、そのまますぐに発車した。しばらく走ったあと、大きな急カーブで大音響と共に下り電車と衝突してしまった。

野田駅で上り電車に乗る時、最初は二車両連結の、前車両の後部座席に腰かけようとしたんだが、この日はあいにくと後ろ半分の窓ガラスが、一枚残らず全部割れていた。

「こりゃあ寒いわ、まるっきりだなあ」

「寒いのなんの駄目だこりゃあ、あっちにしようや、あっちにさ」

お喋りしながら運転席に近い前半分の座席に移動した。

当時の東武電車の運転席は片側の隅にあるのではなく、真んまん中にあったので、どちら側の席に腰をかけても首を横に回すと、走る電車の前方を見ることができた。

当時としては毎日のように食糧調達の買い出しの人達で、昼間の電車はいつも超満員の鈴なりだった。腰かけシートに土足で上り、窓枠に腰かけてでもいなければならないほどの混みようだった。電車のドアが開いたまま、乗客が今にもこぼれ落ちそうなのを必死になってしがみついていた。そんな状態だったので、買い出しの大きな荷物で窓ガラスがほとんど割られて、なくなっていたのが実状だった。

運転席のそばで立ちんぼしながら電車の前方を見ていた男が、「ギャー」と悲鳴を上げながら、私の前をすごい勢いで走り抜けていった。瞬間、私は走る電車の前方を見た。

下り電車が、眼前数メートルに肩をゆすって迫っていた。両手で頭をかかえ、両膝に頭をつけてうっ伏した。物すごい衝撃を肩と向こう脛に感じた。頭の上に大きなガラスが乗っていた。足を動かしてみた。大丈夫、折れてはいない。車内は真っ暗闇で何も見えない。停電か？　いや、そうじゃない。埃だった。大変な埃で何にも見えなかった。「大変だ。早く出ないと火がつくぞう」

大きな声で誰かが叫んだ。うめき声！　泣き声！　急いで窓から外へ出ようとしたが、足が動かない。身体を乗り出して、飛び降りようとガラスの割れた窓から首を突き出し下を見た。土手のように高く盛り土した上を走る電車の窓から下を見ると、何て高いんだろう。思いきってお尻から飛び降りた。

草むらを這いずりながら安全な場所まで離れた。一時間くらいの間、痛くて足が立たなかったので、じっとしていた。辺りを見渡すと、ガラスによる切り傷で皆、血だらけになっていた。

上り下り線ともに二車両連結で、四車両あるはずの電車が、どう見ても三車両きりないのだ。よくよく見ると、私の乗った上り電車二車両のうち、前の木造車に後ろの鉄板車が食い込んでいた。もしあの時、後ろ半分の窓ガラスが割れていなかったら、昭一の人生あれで終わりだったはず。

私は安全を確保しながら雑草の中でじっとしていた。やっとのことリヤカーを引いた駅員が四、五人で救助にやって来た。辺り四方原っぱで、人家も遠くに見える。助けに来てくれるまでにはだいぶ時間がかかった。

切り傷から流れ出る血を懸命に押さえながら皆必死に頑張った。救急車なんてなかった頃のひどい話。

とにかくひどかったな。朝の三番電車といえば、午前六時台の電車で、比較的空いていたのに、死者十一人と新聞に出ていたのには、驚いた。

しかしそれも、紙面の最下段に、ごく小さく報じられていただけだった。

その当時は連日連夜の空襲と、大変な敗け戦のため大勢の人が毎日死んでいった。だから、こんな電車事故など、とりたてて騒ぎ立てるほどのことではなかったようだ。

たいした怪我ではなかったが、これ幸いに、工場を二十日間ゆっくりと休んだ。

後日、駅の関係者らしい人が一人でやって来て見舞金を置いていった。私も母親も、ただ頭を下げて挨拶をしただけ。ひと月分の給料ぐらいがせいぜいだった。ひと月分といっても女子本工員の給料に比べてもはるかに低賃金で、徴用工員には人権などまったくないに等しく、奴隷同様の状態だった。それでも、病院の治療費だけは無料だった。

私はその前年、現役志願して、すでに徴兵検査を済ませていた。召集令状を今日か明日かと待っていた時だけに、よりによってこんな時にと思っていたら、いいあんばいに完全治癒するまで、召集令状が来なかった。

永久の別れ

日に日に空襲が激しくなって、その頃ではほとんど毎日のように敵機の来襲があった。夜だけではなく、昼間でさえ最近では珍しくなくなっていた。アメリカが誇るＢ29が編隊を組んで飛来してきても、日本の高射砲の弾丸がＢ29まで届かず、はるか下の方でぽんぽんと弾けていた。

これらの爆撃機を迎え撃って、果敢に日本の戦闘機が空中戦を展開する。空襲警戒警報が発令されると、工場側ではモーターを止めて、警報が解除されるまでの間、作業が一時停止される。皆、中庭に出て空を仰いで、空中戦の見学となる。自分達に身の危険がないと分かれば、皆勝手なもんで、まるで打ち上げ花火でも見るように、空を見上げて動かない。

日本の戦闘機が果敢に、自分より数倍大きい敵機に向かって体当たりを敢行する。大きな爆撃機がぐらっと傾いて斜め下に緩やかに煙を吐きながら下降していく。敵のグラマン戦闘機が超低空で飛んでくる。これを迎え撃つ機銃弾も、日本にはないとみえる。我が物顔で縦横に飛行していた。戦況がいちじるしく不利であることは、誰の目にもはっきりと見ることができた。私はこんな激しい空中戦を二度ほど、工場の中庭から見ることができた。

あの窓ガラス事件からしばらく過ぎた頃だった。鈴木近蔵に恋人ができた。鈴木には、僕より一足先に召集令状がきていた。彼の口から、吉野元子という娘だと聞かされた。いつの頃からそういうことになったのか知らないが、二人は互いに愛し合い婚約を交わしたという。死なずに兵役を終え無事に帰還した暁には、結婚するんだという。鈴木がなんでこんな女と結婚までする気になったのか、まったく驚いた。はっきりいって僕はこの女が嫌いだ。

あるとき、独身寮の窓下へ気色ばんだ顔で吉野元子が文句を言いに来た。訳を聞いて要約するとこうだ。私が彼女を指して、尻軽な女だと言ったのだそうだ。笹木という男が焚きつけたらしい。私は、笹木という男と一度も話をしたことがないし、そのときも話の中には入らなかった。確かにあの男、仲間の工員達と、喋り合っていた。

「あの女は、絶対男知ってるよな、そうとうなもんらしいよ」

とかく噂の多い、気の強そうな女だなあとは思ってはいたが、ただそれだけのこと。そんなある日、またまたその女が私のところへやって来た。入隊前に、彼との最後のデートをしたいという。ついては浅草六区へ行きたいのだが、私にも行って欲しいという。若い男女が二人連れ立って歩くなんて許されない時代。その申し出は痛いほど分かった。

「石塚千恵子さんが、染谷さんとなら一緒に行ってもいいと言っているの。石塚さんは染谷さんを以前からとっても好きなんだって。可哀相なくらいよ。お願いだから、応えてあげて」

そんなこと少しも知らなかった。この女性が事務員として入社してきた時、工場内が大変な騒ぎになった。工員達がこの女の話で持ちっきり。そんなに良い女なのかな?

皆が騒ぎ立てるほど、今いちピンとこなかったんだが。

浅草六区の大勝館に入り、映画を見た。つまらない時代劇、訳の分からない映画だった。隣の席で石塚さんが言った。

「元子さんが羨ましい。私も元子さんのように、貴方と婚約したい」

私の姉には婚約者がいた。そしてその婚約者が徴用召集されて、南の島へ行ったきり音沙汰なし。生死の程も不明だった。こんな時代に婚約なんて、とても考えられない。

第一、結婚するには若すぎるし、この先、否応なく戦場に引っ張り出されるっていうのに、そんな気にはとてもなれなかった。

その後、弟を連れて彼女と三人で浅草へ行ったことがあった。なぜ、弟を連れて行ったか。一つには、前にも言った通り、若い男女が連れ立って歩くなんて、非国民のレッテルを張って歩いているようなもの。世間の見る目が冷たい。

そして当時外出先では、水以外には飲むことも食べることも一切できなかった。それほどまでに、世の中全体が物のない時代になっていた。浅草へ行ってもお金で買える食物なんて何もなかった。お金では物は買えない、すべてが物々交換の時代になっていた。そんなわけで、商店街は軒並み休業状態だった。弟を連れて行くと母にいえば、黙っておにぎりを作ってくれることを知っていたからだった。なぜって母親は、弟をめちゃめちゃ可愛がっていたからだ。

金竜館でしみきん（清水金一）の実演を見た。当時浅草では、活動写真のほかにはお芝居などが盛んで、主に軽喜劇が主流だった。柳家金語楼、「あきれたぼういず」の川田晴久らが活躍していた。それから、森川信（後年、『男はつらいよ』の寅さんシリーズの初代おいちゃん役）など。中でも、しみきんこと清水金一の人気は大変なもので、

「見ったああ、なくってしゃあねえ」

という流行語と共に一世を風靡して連日大入りだった。しみきんの喜劇を見ながらおにぎりを食べた。彼女は随分と喜んでくれて、

「また行きたいわ」

と何度も言っていた。

どんな事情があったか知らないが、彼女はその後会社を辞めていた。辞めた後も大宮の駅まで会いに来てくれた。私の喜ぶ顔が見たかったに違いない。多分、朝早くから長い行列をして買って来てくれたのだろう、大事そうに煙草を抱えて。そんな姿がとてもいじらしかった。でも三分と話をしないまま、

「帰りなよ、気をつけてさ」

「うん、じゃあ帰る。さようなら」

こんな会話で終わってしまい、いつも帰してしまう。

本当に可哀相で仕方がないのだが、どうすることもできなかった。

広い駅構内の階段下などには、不良グループがごろごろたむろしていた。女性なんかと一緒にいようもんなら、すぐガン飛ばされて、因縁つけられる。そして、

「オシンあったらハイ両貸してくれ（金あったら一円貸してくれ）」

「あんさんモクあるかい！　テッカリは？（煙草あるかい！　マッチは？）」

まったく自由のない怖い世の中だった。そんな時代背景もあって、何一つ応えてあげないまま、握

手さえすることもなく終わってしまった。

軍隊に行く数日前、私は彼女に別れの手紙を投函した。時、三月二日。

「あなたを僕の姉のようには、したくないと思っています。生きて帰れるとは到底思えないし、僕のことは忘れてください。あなたの幸せを祈りながら出征します。いつまでもお元気でいてください。さようなら、さようなら！」

第二章　地獄の青春

若い志願兵の現役入隊

一九四五年（昭和二十年）三月五日、千葉県東葛飾郡柏町東部十四部隊に入隊した。このとき満十八歳、その前年、十七歳で現役志願して徴兵検査を受けていた。

歌に唄われている通り、「人の嫌がる軍隊に志願で出ていく馬鹿もいる」。まさにその通りで、年が来て身体が良ければ、嫌でも召集される。そう言ってはいたものの、両親がしきりと軍隊行きを勧める。

食べ盛り育ち盛りの息子を抱えて、この食糧難の時代にさぞかし大変なことだと思う。「口減らしになることだし、志願するのも良いのかもしれないな、それも親孝行のうちだしさ」そんなふうに少しずつではあるが、考えが変わってきていた。

それにしても今この時期、軍隊行きを勧めるのは、死んで来いというのと同じことじゃないのかな。それほどまでに戦局は著しく敗戦の色濃く、大本営の発表も、「我が方の損害、軽微なり」と、そんなこと言ってるだけでは、国民を騙し通しきれない状況になってきていた。折も折、東京は連日連夜の大空襲、それに加えて南の島々の玉砕が相次いで報じられていた。もう、ひた隠しもできないほどに戦況が悪化している。それは、誰の目にもはっきりと分かった。そんな状況だったから、いつになったらこの戦争が終わるのか、この先どうなってしまうんだろう？　どえらいことに日本の国は嵌り込んでしまったようだ。

毎夜のように灯火管制が敷かれて、家の中も外も真っ暗闇。高射砲の発射音と地鳴り振動がひどい。毎夜生きた心地もしなかった。

うちの前に住んでいた同級生の秀ちゃんが、いつの間にか海軍に志願していた。時折、ぱりっとした真っ白い水兵服を着込んで外出した際、私の家に寄り込んでは得意げに軍隊話をしていった。

「いいぞ、軍隊は飯も食えるし服だって支給されて、それにタダだしよ、昭ちゃんも志願しちゃえよ、志願をさ!」

自分の心に暗示をかけて、志願する方向に自然と気持ちを傾けていった。

1945（昭和20）年3月4日、18歳で現役志願兵として出征する前日の勇姿

「親孝行になるんだし、いずれ行かなきゃならない軍隊だしさ」

入隊した時、母親は誰彼なく上官をつかまえては、私のことを頼んでいた。そして泣いていた。そんなことしたってどうにもならないのに。

「泣くくらいなら最初から、志願なんか勧めなければいいのにさ」

柏町東部十四部隊は工兵部隊で、東部八十三部隊の歩兵部隊と同じ兵営敷地内にあった（現在の柏市根戸）。収容能力がないためか、部隊前にあった小学校（現在の柏市立富勢小学校）の体育館に仮収容された。渡満前の予防注射やら、もろもろの準備のための短期間の仮兵舎となった。

当時の柏町には、柏駅を中心として北東方向に東部十四部隊と東部八十三部隊。それに高射砲連隊があり、北に陸軍演習場、陸軍病院、射撃訓練場、北西には柏飛行場、東部百五部隊、航空分廠、航空教育隊東部百二部隊。駅前近くの東には、柏憲兵隊分遣所があった。広大な土地に恵まれていたためであろう、町ぐるみの戦時体制であった。

柏駅は小さなひなびた田舎駅舎。狭い駅前の細い道を歩いて街道に出る。ほこり道を三キロくらい歩いた辺りに東部十四部隊があったはず。

今となっては、自分では柏駅からどの方角に歩いたか、記憶を辿ってみても、どうにも分からず、お手上げの状態だ。唯一の記憶では、柏駅から歩いて進行方向左側に柏東部十四部隊があって、そのすじ前道路右側に小学校があった。ただそれだけの記憶を頼って、柏市役所に手紙で関係資料をお願いした。随分と探し回ってくださったのだろう、戦時関係の施設や慰霊碑等の市内現況地図と、東部十四部隊の兵営略図を郵送してくださった。

さてこの仮兵舎で、三月九日夜から十日未明にかけての東京大空襲を体験した。

体育館の窓ガラスが真っ赤に染まり、ビリビリと音を立てて振動していた。夜空を見たかったが、兵隊達が折り重なるようにゴロゴロしていて、とうてい人を踏んづけずに窓際まで辿りつけるとは思えなかったので諦めた。

生きた心地もなく夜が明けた。すさまじかったのひと言。東京の町は、いったいどんなになっちまったんだろうか？　上官殿からは何の説明もなく、新兵達は質問することもできず、ひそひそと囁き合い情報を伝え合っていた。

翌十一日、東部十四部隊を出発して、常磐線柏駅より乗車した。

この日の我々初年兵の軍装は、何とも情けない格好だった。第一に軍靴《ぐんか》（編み上げの革靴）がないので、地下足袋を履いてペタペタペタと歩いている感じ。外套こそ着用はしているが、帯革《おびかわ》（革のベルト）がない。帯革がないということは、当然、帯剣がないので全員丸腰。飯盒《はんごう》の代わりに、孟宗竹を輪切りにした竹ずっぽうを腰にぶら下げている。これに飯を入れて食う。コップの代用もする。

渡満するというのに、小銃も薬盒《やくごう》（弾入れ）も、帯革も帯剣もなく、ずるずるっとした格好での出発。まるで戦わずして武装解除された戦争捕虜の集団みたいだった。

何とも情けない格好で、行進していても恥ずかしかった。

それもこれも、満州（現在の中国東北部）に行きさえすれば、何もかも揃って、ばりっと軍人らしくすべてが整うとでもいうのだろうか？　到底、そうとは思えない。

日本には、すでに革も鉄も繊維品も何もかもがなくなっていた。

鉄という鉄類はすべて供出させられて、お寺の梵鐘はもちろんのこと、鉄で作られた鍋釜の果てまですべて供出の対象となった。集団で道端の釘拾いをした、ニュース映画の撮影をするためにクラスから数人狩り出されて行ったことがあった。あらかじめ釘をばらまいておき、お国のためにせっせと資源確保に活躍する良い子のシーンを撮影していった。

「戦争に勝ったらさ、アスファルトの道路なんか、今にゴム引きになるんだってよ」

「すげえなあ、そうなったらよ、タンク（戦車）なんか通ったって音なんかしねいよな、南の国にはゴムなんかいっぱいあるんだからよ、みんな持ってきちゃえばいいんだよ」

一昨夜来の爆撃で鉄道が破壊されていた。北千住駅辺りからだったか？　電車を降りて日光街道に出た。上野、浅草を通って秋葉原から神田まで行軍した。

荒涼たる焼け野原になった東京の街。不思議と、人一人死んでいるのを見ることなく、たった一日の間に焼死者が全部片づけられて、私らの目にとまることがなかった。

後日分かったことだが、一昨夜の空襲で実に千五百個の焼夷弾が落とされ、死傷者約十二万人に達したという。当時の新聞を見ると、『B29百三十機主力を持って帝都に来襲、三月十日零時より二時四十分の間、深夜市街地を盲爆。我が方は十五機を撃墜、五十機に損害を与えた（読売報知新聞、昭和二十年三月十一日付）』と記されている。

神田から国電に乗った。隊伍を解かれて、皆、思い思いにばらばらになって乗車、やっとのことで品川駅に辿り着いた。

「すみませんが、この手紙、ポストに入れといてください、お願いします」

結構要領のいいのがいるもんで、あらかじめ書いておいた手紙を、電車の中でそばにいたご婦人に手渡してた男がいた。多分、人知れず書いておいたんだろう。そこまでは気が回らなかったなあ。

品川駅ではしばらくの間待たされたが、やがて軍用列車に乗り、品川駅を一路下関に向かって発車した。列車の中で二日目の夜を迎え，下関駅に着いた。午後八時頃だった。とにかく厳しい灯火管制が敷かれ、おまけに星一つ出ていない真っ暗闇。隣を歩く同年兵と腕を組んで、やっとの思いで宿に辿り着いた。

部屋に入って初めて灯りを見た。狭い部屋で軍装も解かずに雑魚寝であった。

翌朝下関港まで行軍したが、まだ夜が明けない暗いうちだったので、下関の町並みを見ることもできずじまいで終わった。

船は曇天の日本海へ。海はかなり荒れていた。いつ機雷に触れるか、攻撃されるか考えだしたらきりがない。かなりの緊張感で船に揺られる。

幸い何ごともなく、無事、関釜連絡船で釜山港に着くことができた。釜山より軍用貨物列車に乗って、目的地であるソ満（ソ連と満州）国境の、牡丹江省東寧県大杜士仙《だいとしせん》二六三二部隊第十五野戦兵器廠南倉庫大野中隊へやっとのことで到着。東部柏を出て以来の入浴となり、なんと全員に虱《しらみ》がたかっていた。初めて虱を見た。嫌な格好！　時、三月二十日。

一期の検閲

訓練が始まる。それほどには寒くはない。今頃の季節に来られて、本当に良かった。

訓練は午前中は、野外訓練、午後は内務班教育になっていて、野外も内務班（小隊の下部組織）教育も東部柏から一緒に召集されて来た兵長さん達が教育に当たっていた。その他に内務班には専従の古参上等兵殿が二人ついていた。この二人の上等兵殿には、帝国陸軍の真髄を徹底的に骨の髄まで叩き込まれた。野外訓練で徹底的に絞り上げられて、帰営すると手ぐすね引いて待っていて、内務班のしごきにかかる。たまったもんじゃない。

「貴様ら、上等兵殿を何と心得ているんだ。言ってみろ！」

「はい、上等兵殿は神様であります」

「そうだ神様だ！　よおく覚えておけ、分かったな」

軍隊という所は、一人がへまをすると全体責任となり、全員罰擲《ばっちゃく》の制裁が待っている。一列縦隊に並ばせて、一人一人次々にビンタをくれていく。大勢の兵隊を殴りつけるので手が痛くなる。そこで、手に代わって帯革で殴ったり、上革（革の上履き）で殴りつけたりする。時には二列横隊に向かい合わせ、向きあった者同士を殴り合わせる。見ていて一番辛いのは、向き合った二人が互いの顔を殴り合う。上官殿が「やめっ」と言うまでやめることはできない。しかし、初めから思いきりよく殴りつける奴なんていやしない。手加減して、そろりと殴る。その結果、次はどうなるのか皆知っている。それでも強くは殴れない！

「貴様らそれでもビンタか！　ビンタってえのはな、こうやるんだ。これがビンタだ！」

手加減され、そろっと殴られていた兵隊に、上等兵殿の激しいビンタが飛んだ。顔が歪んで身体ごとふっ飛んだ。

二人で互いの顔を泣きながら、いつまでもいつまでも叩き合い殴り合う。しかしいつまでたっても、「やめっ！」と言ってはくれなかった。

自分が殴られているよりも辛い。泣きながらお互いに叩き合ってる二人の姿を見て、激しいビンタの音を聞いて、内務班の同年兵全員が泣いていた。

野外に出ての戦争ごっこ。広々として起伏に富んだ原野が続く。匍匐《ほふく》前進する（匍匐前進とは、地面に張り付くようにして進むこと。第一匍匐、第二匍匐、第三匍匐となるにつれて、体勢がより低くなる）。

匍匐が遅いと、精神棒が尻を叩く、頭を叩く。野外の戦闘訓練では、私も随分、精神棒のお世話になった。戦闘帽の中にタオルを詰めて、殴られてもいいように守っていると、そんなときに限って尻を叩かれる。

私的制裁の道具として精神棒で叩くのは、もっぱら海軍が専門で、陸軍ではビンタと相場が決まっていた。それでも野外訓練などでは、陸軍でも精神棒が使われていることを知った。

精神棒とは？　不屈の軍人精神を鍛え上げるための道具として、頭を殴ったり、尻を叩いたり体罰を与えるもので、警官が持つ警棒より少々長い棒を指してそう呼んでいた。

「日本の軍隊は強いからなあ、そりゃあ何たってすごいよ。初年兵の時なんか、ひっぱたかれて、ひっぱたかれて、すごいよ。ぶん殴られるからあんなに強くなるんじゃないの、あのくらいやんなきゃ、駄目なんじゃないのかね」

新兵を殴りつけ、ひっぱたいて鍛え上げるからこそ日本の軍隊は強いんだと、強さの原動力は殴ることにあるとして、世間や大人達は肯定し、子供の頃からそう聞かされてきた。

日本の軍隊はすごくケチだ。一発の空薬莢《からやっきょう》がなくなっただけで、一列横隊に間隔を開けて、丘の麓から始まり稜線まで、馬鹿みたく捜しながら登って行く。何のために？

「畏《かしこ》れ多くも畏くも天皇陛下より下賜奉られたる薬莢を、紛失したるとは何事だ！」

軍人精神を叩き込むために。くだらないの一語に尽きる。

そのくらいだから、小銃だって撃たしてなんかくれないし、手榴弾にしたって、ただの一度だって本物を投げさせてくれなかった。それでも小銃だけは、たった一度だけ例外的に撃たせてくれた。それもたったの三発だけ。教官がそばに付いて指導してくれた。しかし私は、たった三発の実弾を撃っただけで多くを学んだ。それは百回の説明より一回の実戦だと思った。

撃鉄を引いて感じたことは、撃鉄は一気に引くものとばかり子供の頃より思い込んでいた。それが間違いだと分かった。弾が飛び出してしまうんじゃないかと思うくらいに撃鉄を静かに絞り込んでいって、最後にほんの僅か二、三ミリを引く感じ。銃身を震わさずに発砲できた。思ったより良い線いっていた。手榴弾は、爆発しないものを渡される。力もなく何度投げてもすぐそばにポトンと落ちて「自爆！」と言われる奴が大勢いた。

朝、起床ラッパで飛び起き、消灯ラッパで床につくまで一秒の暇もなく緊張の連続だ。

新兵さんは辛いもんだあね
またあ寝てえ泣くうのおかあねえ

消灯ラッパが鳴った。悲しい消灯ラッパを聞きながら、故里の家族にお休みなさいの挨拶を言う。一人一人の顔を思い浮かべて、名前を呼ぶ。それは毎夜、いついかなる時であろうと、生きて故里に帰ることのできた日まで、一夜たりとも忘れることはなかった。

「お父っあん、母ちゃん、姉さん、弘子、貞雄、千代ちゃんお休みなさい」

そんな緊張の中で、毎日のようにせっせと故里へ手紙を書いた。それはほとんど、寝ながら上官の目を盗んで書いたものだが、果たして何通くらい故里に届いたことだろうか。

初めて営兵所勤務についたときすごく緊張した。営兵所ってやたら怖い所だと思っていたので、余計だった。営兵所は部隊の顔ともいえる存在で、営門の左右に歩哨所があり、入って右側に営兵所がある。営兵がぞろりと数人腰をおろして、身じろぎもせず控えている。夜の動哨に出た。動哨は歩哨と違い、一カ所に留まって警戒にあたるのでなく、歩きながらあらかじめ決められた地域の警戒にあたることを任務としていた。

上等兵殿と一緒だが、すごく怖い。その頃、あちらこちらの部隊の歩哨や動哨が拉致される事件が相次ぎ、警戒を呼びかけられていた頃だったから、上等兵殿がはっとして立ち止まるたびに、ぎくっとする。怖さ半分眠さ半分で、どこをどう歩いたのかほとんど覚えていなかった。翌日、思い出そうとしたが、どうしても駄目。

居眠りしたのに見つからず、本当によく突かれずに済んだもんだと思っている。

通常、新兵達には一晩おきくらいに順番制で不寝番《ねずばん》勤務がある。一人の服務時間は二時間だが、夜中の一番眠い時間帯に起こされての不寝番勤務は、つらい。兵舎の内外を常時監視警戒する大変責任の重い任務でもあり、それに、いつ入って来るか分からない動哨に対しても大変な緊張感があり、神経が極度に張り詰める。

なぜなら不寝番は、動哨が兵舎に入って来たことを速やかに察知して、すぐさま動哨の兵士に対して、不寝番中異常ないことを報告する。いつどの入り口から入って来るのか、絶えず警戒していなければならない。万が一、動哨が巡視に来たことを知らずにいようもんなら、後が大変だ。

私は営内動哨にも数回ついたことがあった。将校下士官用の食堂には、その日配膳して残ったご飯が、おむすびになって食器棚の中に置いてある。慣れたもんで、失礼して毎度おいしく頂いた。

煙草がそうだ。当たり前にしていたら、いつになっても煙草なんかにはありつけない。「軍隊は要領を本分とすべし」。どんな苦しい中にいても、冒険を求めて止まない、それが若さだし、それが青春なんだと思っている。

一期の検閲を待たずに、兵長さん達四人は、伍長に昇級していた。

一期の検閲とは、新兵さんを一人前の兵士とまではいかないまでも、一通りの訓練をして、ばっちり鍛え上げる三カ月の教育期間を指して言う、それはそれは厳しい、人間性をまったく度外視した、しごきそのものであった。

吉田伍長殿は軍曹殿になっていた。この吉田軍曹殿は、よくよく今の境遇が嬉しくて仕方がないようで身体中で表現していた。よほど兵隊稼業が好きらしい。野外演習の時など、起伏に富んだ丘の蔭に私を呼んでは、

「染谷ちょっと肩揉んでくれよ！」

と肩を揉ませながら、昨日、初年兵にビンタしたことを、いかにも得意そうに話して聞かせる人だった。他の伍長さん達は、そんな吉田軍曹殿を嫌っていた。

ある日、同年兵の一人が、誰も住んでいなかった下士官室で首をくくった。しごきに耐えられなかったようだが、幸い未遂で発見されて、ことなきを得た。その後、私達の予想と違って、まるでお客さま扱いで、歓待しているような気の使いようには驚いた。

また自殺されないように、伍長殿全員が交替で不寝番に立った。そんな日が三日三晩も続いた。当のご本人、にこにことお喋りしながら、甘えているようにさえ見えた。そのうち元気に回復した頃には、ご本人の姿は私達の前から消えていた。どこへ行ったやら、それっきりだった。何にしても、この程度のしごきに耐えられないようでは、この先が思いやられる。男として少々意気地がなさすぎる。それにしても私達の前では、処罰どころか、ほいほいと機嫌をとっていた。一体どういうこと？自分達の小隊からこんな落ちこぼれを出したことを、外部に漏れないよう配慮したんだろうか？

一期の検閲も済んで、私は同年兵の犬塚と共に、吉岡班に配属された。内務班の部屋は真ん中に通

路を挟んだ右側に二十二床、左側に二十二床。入口を入って右側に、関東特別大演習に召集された通称（関特演）のおじさん達が五人、それに加えて先任の神田兵長殿、それに選抜で選ばれた優秀な野瀬上等兵殿と、ぼけっとした三年兵の村田一等兵と背の高い陽気な四年兵の相田上等兵殿とで、安藤小隊吉岡班は全員四十四名。班内の指揮をとるのは先任の神田兵長殿だ。ぎょろっとした目玉で、見た目通りの怖い人だった。

兵舎内は真ん中が通路で、左右両側に高さ五十センチほどの板の間続きになっており、ここに蓑虫みたいに毛布で巻きつけた寝床が、両横に並んでいた。

吉岡班の毎日の作業は、農作業をしている古兵殿もいたが、大半の兵隊は営内より一キロくらい離れた野原の真ん中に建っている大きな需品課の倉庫が作業場で、そこで一日の大半を過ごしていた。兵隊でなく、まるで雑貨屋にでもなったような毎日だった。

倉庫の中には、色々な雑用雑貨器具類があって、員数梱包してどこかに毎日のように搬出されて行った。ひどい道具になると、使い物にもならない、なまくらな手斧などもあった。良くもまあこんな粗悪な物が許可されて、手間暇かけて満州くんだりまで運ばれて来たもんだと感心する。ちょいと使って見て驚いた。一振り、振り下ろしただけで刃先が窪んでしまう。全然焼きが入っていない。材料が鉄ではなくて、鉛で出来てるのではないかと疑いたくなるような代物だ。何一つ欲しいなあと思えるような物はなかった。

そんな中にあってただ一つ気に入った物といえば、一メートルくらいの丸い筒状の缶に入っている白砂糖だった。

毎度蓋を開けては口いっぱいにほお張って、甘くおいしい思いをさせてもらった。そんな繰り返しの毎日だった。

安藤小隊に所属している兵隊で変わり種がいた。歌舞伎の舞踊伴奏音楽などでお馴染みの邦楽演奏家であり常磐津の師匠でもある芸名杵屋五三夫、大沢古兵殿である。二六三二部隊の部隊長殿の当番兵をしていた関係、ほとんど小隊に帰って来ることがなかった。

そんなわけで、私の右隣のベッドはいつも留守だった。およそ兵隊らしからず、内股で歩き、もの静かで優しい方だった。三、四回お会いしただけだったが、こちらから話しかけると気さくに答えてくれた。部隊長殿は熱心な舞踊愛好家で単なる趣味の域を遥かに超えていた。その凝りようも半端ではなかった。それは、かつらから衣裳や諸道具にいたるまで、ただただすごいの一言。その技量の程を伺ったら、

「そうねえ、中の下くらいかなあ」

と、言っておられた。大野中隊あげての確か十五周年記念祭だったと思うが、一カ月もの間、手間ひまかけて準備万端整えて、華々しく打ち上げた。下級兵士専用の慰安婦と、将校専用の慰安婦は格好が違い純然たる芸者姿であった。当時のことだから、日本髪などは当然自毛で結い上げている。飲めや歌えの大宴会で、両脇に女性をはべらせて、上等兵殿や下士官、将校達は大はしゃぎ。運動会も含めて三日間も続いた。

二日目、戸外に作られた大きな舞台上で、大兵肥満の部隊長殿が、「藤娘」や「娘道乗寺」「汐汲み」などなど数曲踊った。フィナーレには、時代劇の大井川の渡し場に出てくるような搬台が、舞台

正面に横づけされて、踊り終わった部隊長殿を乗せて六人ほどの兵隊で担ぎ上げた。犬塚准尉殿の音頭とりで「ワッショイ、ワッショイ」とはやしたてた。

「もっと、はやせ！」

と准尉殿が目くばせした。観客の全兵士が、ワッショイ、ワッショイと両の手を上下にあおりながら、大声ではやした。部隊長殿を乗せたまま、おみこしは入浴場に運び込まれた。お風呂に入った部隊長殿の汗とお化粧を数人がかりで洗い落としながら、踊った容姿がいかに素晴らしかったか皆でヨイショしている光景が、目に見えるようだった。

三日目の運動会での瓶釣り競走の時、珍しくも部隊長殿が参加された。そこまでは良かったんだが、瓶が釣れずに一番どんじりになってしまい、どうしても釣れず、その場に軍服のままゴロンと大の字になって、寝てしまった。数百人の観衆が見ている中で、さあ大変！　気の利いた扱い上手な伍長殿が一人駆け寄って、なだめすかして、ようようのことで起こし上げて、テントまで連れ帰った。

「何てこった、これが俺達の部隊長かよ、まるで駄々っ子じゃねえか」

皆情けなさそうに、お互いに顔を見合わせていた。

お風呂の話がでたが、我々初年兵の入浴は、湯殿に入るとき、官姓名を名乗ってから、「入ります」。湯殿を出る際も、官姓名を名乗り、「入浴終わって帰ります」と、大きな声で叫ぶ。湯殿に入ってから出るまで、早い奴だとまず三分、遅い奴で八分。私はその中をとって、楽しんで入浴する。遅くなく早くなく、食事もその通り。いつも中間で味わって食べていた。

その後、後方の間島省《かんとうしょう》の間島にある二六三二部隊に移動することになり、先発隊はすでに移動していた。私は最後の残務処理隊に組み込まれていたが、私物を含めて装具類は一足先に後方に移送済みで、後は身体一つで移動できるようになっていた。

このところ毎日のように、弾薬などの搬出作業をしていた。毎朝作業前に工人を受領に行き、多いときには一度に二十人以上もの工人を使役することもあった。

満州人の工人達は、季節に関係なく、いつでも黒い綿入れの労働衣と腰下を着用している。裏側にキルティング加工を施したもので、防寒用の冬服を真夏でさえ例外なく着用に及んでいた。素肌に直接労働衣だけで、下着等は一切つけていなかった。そばに寄ると、ぷうんと異臭が鼻を突いた。臭いし、それに大変な虱だ。夏の太陽の下で休憩時間には、一斉に全員が虱捕りに余念がない。中にはすっぽんぽんの振りチンで作業している者もいた。

彼らの食事とくるとかなりひどいもので、朝食や夜食は見たことないが、昼食なんて、マントウリャンガ（饅頭二個）、ただそれだけ。トウモロコシの粉（ポミー粉）と粟が材料で、底を返すと親指がすっぽり入るくらいの空洞が開いている。触っただけでもざらざらっとしていて、ばらけてこぼれる。食べてみると、やはりざらついて歯ざわりが悪く苦みがあって、なんともまずい饅頭だった。

たまたま、工人達の寄り合う小屋の前を通った時、工人達を束ねている上等兵殿と出食わした。見ただけでも嫌な奴。まずいのに出会ったと思いながらも敬礼した。ところが、私の敬礼がお気に召さず、執拗に何度も何度も繰り返し、敬礼をさせられた。

「馬鹿もん！　そんな敬礼があるか、もう一度やって見ろ」

随分と意地の悪い男だ。こんな奴に関わるとロクなことがない。どうしても許してくれる様子もなく、際限なく繰り返し繰り返し、敬礼をさせられた。しまいには工人達のいる処に連れていかれ、横一列に整列している工人達を顎で指しながら、

「こいつら金を隠して持ってるんだ。どこに隠してるのか探してみろ！　分かったな」

そう言って、後はただじいっと見ているだけ。「この初年兵をどういたぶってやろうか」……上等兵殿の頭の中では、すでに絵になって出来上がっているみたいだった。

この上等兵殿は、内地（本州）にいたときには、寺の坊主だったと聞いている。こんな根性の悪い奴が、仏に仕える坊主だったとは、恐れ入谷《いりや》の鬼子母神《きしもじん》だ。

毎日、弾薬倉庫から弾薬を戸外に搬出して、マーチョ（馬車）に積み込んで、駅まで搬出する。駅といっても名ばかりで、ホームさえない。

そんな駅に弾薬を野積みにして置く。後は貨車で後方に移送するだけ。大変な力仕事になる。なんといっても相手が弾薬だから、重いのなんの半端じゃない。砲弾や手榴弾、小銃弾、機銃弾と様々だが、どれもみんな木の板でがっちりと梱包されていた。

梱包された板張りの角が肩に食い込んで痛い。雨の降った後などは、ぬるぬると滑って足場も悪く、私にはどうしても砲弾を担ぐだけの力はなかった。工人を使役して、兵隊二人で弾薬を持ち上げる。一列に並んだ工人の肩に次々と乗せてやるんだが、すいっと上手に肩を入れてくる奴と、もさもさっと、肩を入れるまでに間を空かす奴と、様々だ。重い弾薬をやっとの思いで持ち上げる。それだけで精一杯だから、そんな奴だと腹が立ってきて、思わず肩にどしっと置く。工人が肩に堪えて、小

さな悲鳴を上げる。

そんな搬出作業が毎日続いて、先が幾分見えてきた。もう数日経ったら、後方に移動することができるだろうと思えてきた。

ソ連参戦

早朝、古参上等兵よりいきなり命令された。

「染谷、これより直ちに公用外出して犬塚准尉殿の官舎へ行き、奥さんと赤ちゃんの顔を剃ってくるように。分かったな！」

思ってもいなかったので少し驚いた。公用腕章を腕に巻いて営門を通るなんて、初めての体験だった。官舎までは五キロくらい行ったところだと思う。引率外出で前にも何度かこの道を通ったことがあった。

私は、歩きながらこの半年間のことを思い返してみた。そうなんだ、思えば思うほどに、私は根っからの職人なんだなあと、つくづく思う。家を出るとき、剃刀を一丁持って出た。この半年間この剃刀でずいぶん大勢の上官の髭を剃ったものだ。下士官、古年兵それに同年兵。様々な場所や色々な状況の中で、あるときは古年兵が上官殿にヨイショして、あちらこちらに声をかける。日曜外出を前にした土曜の夜などは、もう大変な忙しさだった。そんな中でも一番困るのは、私の上官に一言の断りもなく、営内歩行中の私に、

「おーい染谷。ちょいと俺の顔をあたってくれ」

消灯ラッパを聞きながら、下士官室で下士官殿の髭剃りをしてたことなどよくあった。そんなこともあってか、私的制裁の激しい地獄のような軍隊で、内務班では私はかつて一度も殴られたことがな

かった。ただし野外訓練では、「匍匐前進が遅いぞ！」と、精神棒のお世話になったことは、度々だった。

犬塚准尉殿の官舎に着いた。年の頃二十三、四歳くらいの若い奥さんが迎えてくれた。赤ちゃんの髪を奇麗にしただけで、奥さんは顔剃りをしてくれとは言わなかった。帰り際に奥さんが、今朝ラジオでソ連が参戦したと放送していた、と教えてくれた。半信半疑ながらも、

「えらいことになったぞ！　これから先、一体どんなことになるんだ？」

詳細は後日知ったことだが、その朝未明、ソ連は日ソ中立条約を破って百五十万の兵力を投入して参戦したのだった。この二カ月くらいの間、毎日のように国籍不明の偵察機が超低空で飛んできていた。「絶対攻撃してはいけない。抵抗するな！」との命令も出ていた。

毎夜、ソ連領から満州側にサーチライトで照らされて不気味だったし、何となく不穏な状態が続いていたので、恐らく間違いないだろうと思えた。

きっと営内は、上を下への大騒ぎになっているだろうと思った。ところが予想に反して、何のことはない平静そのもの。普段とまったく変わっていなかった。

変だなと思いながらも、話す相手もいないまま数時間経った。

午後二時過ぎた頃だったか、営内がにわかに騒がしくなり、上を下への大混乱となった。保革油でギトギトの新品の小銃が、急遽トラックで運ばれてきた。野積みの弾薬に擬装網をかけたり、兵隊達が走り回って大変な騒ぎ。弾薬が支給された。小銃弾と手榴弾。薬盒《やくごう》（小銃弾入れ）がないので、上着の物入れ（ポケット）に小銃弾と手榴弾をねじこんだ。何とも気色が悪い。

兵隊の軍装では通常の場合、帯革《おびかわ》（革バンド）に通した薬盒を左右に二個付ける。帯剣は、小銃の先に着剣して敵兵を突き刺す武器で、五十センチ弱くらいの短剣で、左の腰に帯革に通して下げるようになっていた。

帯剣も飯盒《はんごう》もない。とにかく三十人くらいの小隊で、小銃や帯剣が四、五丁きりなかったし、古年兵が楽しみにしている日曜日のお遊び外出など当然なしで、終日、帯剣の員数集めに大変だった。とにかく帯剣なしでは、兵隊は一歩たりとも外出することはできないからだ。私達が渡満して来た時のようなことは、例外中の例外なのだ。

ソ連の飛行機が飛来して爆弾を投下した。飛行機から爆弾が投下されるところを初めて見た。盲腸炎をちらして練兵休（病気と診断されて休むこと）で寝ている犬塚が心配で、兵舎に行ってみた。犬塚の奴、至近距離に爆弾が落ちてよほど驚いたと見えて、そのまま起き出してしまった。そして彼はまるで盲腸炎など何もなかったように、けろっとしている。そんな自分に、彼自身が驚いていた。

私は古兵殿と第二需品課の倉庫に行くことになった。雑草の生い茂った見渡す限りの野っ原に、ぽつんと需品課の倉庫が一つ。その倉庫にまだ辿りつかないうち、それもたった二人きりなのに、突然飛来して来たソ連機から、激しい銃撃を受けた。超低空で降下してきた。バリバリ、バリッという物すごい銃撃音。両方の発動機のあたりから発射された弾丸が、弧を描いて、私に向かって吸い込むように飛んでくる。何とも恐ろしい初めての体験だった。一回こっきりだったので、ほんとに助かった。ああよかった！

「おーい染谷！　大丈夫かあ、驚いたろう、アッハッハ」

いつもながら何事にも動じない古年兵殿が、高笑いしながら草叢《くさむら》から起き上がった。

中隊に命令が下った。裏山に二人一組になって、二人で入れるくらいのタコ壺を大至急掘れということだった。徹底交戦の構えのように見えた。どうなっているんだろうか。夕飯も出ないまま、空きっ腹を抱えて徹夜で穴を掘り続けた。どうやら二人で入れるくらいのタコ壺が掘り上がったと思った頃だった。突然、中隊本部前に全員集合の命令が出た。何だろうと思いながら、急ぎ裏山を下りて集合した。

「払暁《ふつぎょう》明けやらぬうち、兵器廠《へいきしょう》および弾薬倉庫等を爆破する。爆破隊を残す。その他の兵は直ちに後方に撤退する。撤退先は、間島省の間島にある二六三二部隊の本隊だ」

朝飯も出ないまま、米と味噌だけが現物支給された。雑嚢《ざつのう》（雑多なものを入れる袋）に米と味噌を入れた。その他にはなんにもなし。飯を炊くにも飯盒もないのに、一体どうしろと言うのだろう。

中隊本部前で、かなりの時間が費やされた。

夜もしらじらと明けわたり、辺りがすっかり明るくなってしまった。

老黒山街道に出る一本道を、ただひたすらに進む。そう、この道は、昨日通った犬塚准尉殿の官舎前の道だ。道路の左右を一列縦隊になって、各個道足（足並みを揃えずに、自由に歩くこと）で前進する。それもほんの束の間、第十五野戦兵器廠を出て間もなく、敵機の飛来による凄まじい機銃掃射に見舞われた。縦隊の列が乱れた。滅茶苦茶の状態となり、終始狼狽《ろうばい》のてい、その極みに達した。バラバラになって隊列が乱れたまま、Tの字の左角、大杜士仙《だいとしせん》二六三二部隊前を通り老黒山街道に出た。

街道に出て左に曲がり、歩き始めて間もなく、左に見る二六三二部隊の倉庫が次々と爆破炎上した。パーッと広がる閃光。続いてドドーンという爆発音。

この街道の四十キロ先には老黒山という駅がある。そこまで行けば貨車に乗ることができるし、後方に撤退することもできる。そんな情報が前の方から伝わってきた。

それにしても、何という暑さだろう。真夏の炎天下、ジリジリ照りつける灼熱の太陽、前を行く兵隊達の背中が大きな輪になって濡れている。水筒の水を何本も空にした。飲み過ぎてはいけないと思いながらも、ついつい飲んでしまう、ひどい渇きだ。

この老黒山街道は、この辺りでは一本しかない重要な軍用道路で、周辺の兵隊が皆、この街道に入ってくる。いきおい、撤退する兵隊で街道は溢れかえっていた。

加えてソ連参戦と同時に即日解放されたらしい、多分邪魔になって解放したんだろうが満州人（現在の中国人）の工人達（強制連行され、劣悪な環境の中で奴隷のように酷使されていた人達）が、背中に背負えるだけの大荷物を背負い込んでいた。黒い労働衣をまとった姿が随分と目立った。

私達が行く街道の両端には、食糧品以外のもの（特に真新しい衣類が大半だった）が沢山捨てられ、延々何キロも続いていた。武器弾薬以外のものは全部捨てろという命令が出たからだった。軍馬が解き放たれて、何頭も走り回っている。

保革油でギットギトの撃てない銃が気にかかる。これでは、いざという時に使い物にはならないし、手入れする暇もないのだが、どうにも気になって仕方がなかった。

それでも必死になって銃を分解して、奇麗に手入れすることができた。やったあ、これならいつでも使えるぞ。ああ良かったと、そんな思いもほんの束の間。

昨日下賜《かし》されたばかりの小銃だから、自分の銃だという認識がなく、銃の番号など覚えている奴などいなかった。

誰彼の責任がないまま、数人で小休止した折、銃を立てかけておくと、簡単にいつのまにか持っていかれてしまう。せっかく時間をかけて手入れしたのに、保革油でギットギトの銃とすり替わってしまっていた。

「もう嫌だ、銃の手入れなんか、もうするもんか」

撃てない銃がやたらと重く感じる。それにしても腹減ったなあ。

時間が経つにつれて、周りには知った顔の兵隊がいなくなった。

前進する街道の右側には切り立った山々が延々と続き、山の稜線は、我々の頭上にあった。

ブーンという爆音が聞こえた時、はっとして見上げるともう遅い。山の稜線からひょい、と現れて頭上に敵機。パーッと散って身を隠すのが精一杯。二、三機で飛来しては、いっときの間、間断なく銃撃を加えて去って行く。

何十回目かの機銃掃射を受けた時。一度に六、七人の工人が撃たれた。腹を打ち抜かれて腸が飛び出している者。顔をぶち抜かれて、お椀を伏せたようにすっぽりと中身がくり抜かれ空っぽになった後頭部。耳と顔の部分がわずかに残っている。顔の肉ってこんなにも分厚いんだ。知らなかったなあ。大腿部をぶち抜かれて、両足を投げ出し、大きな荷物に背中をあずけて休んでいるように見える男。その目がうつろだ。知った顔の工人で、何度か弾薬輸送に使役したことがあった。打ち抜かれた大腿部が、白くザクロのようにめくれ上がり、不思議と出血していない。いずれ死んでしまうんだろう、可哀相にな……。

「大人総話（偉い人に話しておくよ）」

と言って、その場を立ち去った。銃撃で兵隊が撃たれたのは一度も見ていない。撃たれたのは、いずれも工人だけだった。

なぜなんだろうか？　それは、背負い切れないほどに沢山背負った大きな荷物と、黒い労働衣のせいではなかろうか。ウロウロと逃げ惑う姿は、機上から見て絶好の標的だったに違いない。長い苦役から解放されて、喜び勇んでの故里への帰途。なんとも哀れだな……。

人ごとではない、一度に大勢やられたのを見て、私もかなりのショックを受けた。先を急がなければと気が急《せ》いた。だいぶ皆から遅れたように思える。見通しのきかない道の前後には人影が見えない。少々のんびりしすぎたようだ。

時、八月十日の午後。思えば私の生涯で、もっとも恐ろしくて怖い、長い長ーい一日だった。

撤退と言う名の退却

今日は一日、一体どれほどの距離を歩いたんだろう。まったく見当もつかない。途中涼しい木陰に入って、気持ち良くのんびりと遊んでしまったり、思わぬ時間を過ごしてしまった。

この日の夕方近く、後ろから来たトラックに拾われたのだった。私を見つけたそのトラックが急停車した。拾ってくれるらしい。私は急いで直立不動の姿勢をとり敬礼した。

「馬鹿もん、敬礼なんかどうでもいいんだ。早く乗れ!」

罵声が飛んだ。焦っている。緊張感でピリピリしている。トラックの上では十数名の兵隊が、大きく揺れるトラックから振り落とされないように必死になって踏ん張っていた。今日一日中街道を歩いていて、初めて出会った、たった一台のトラックだった。

しばらく走った頃だった。山の稜線を越えて敵機がスコッ、と頭上に現れた! 最前列に立っていた古年兵が、運転席の屋根をババババンと激しく叩いた。急停車したトラックの荷台から、兵隊達がバラバラバラっと転がるように退避した。慌てふためき転げ落ちて、銃撃される前に何人かは血を流していた。

そのあと、かなりの距離を延々と走ったのには驚いた。

昭和二十年八月十日。老黒山駅に辿りついた時には、もう辺りはどっぷりと陽が暮れて真っ暗闇。何十車両だろうか、延々と連結された貨物車両は、すでに大勢の兵隊で溢れていた。屋根のない無蓋《むがい》貨車がかなりの数であるようだ。無蓋貨車なんかには絶対乗るもんかと思い、ひょいと覗《のぞ》いた有蓋貨車に安藤班長殿の顔も見えた。すぐその貨車に乗り込んだが、乗せたくないとみえて、ブツブツ言っていた。そんなことには委細構ってなんかいられない。乗って間もなく貨車が動き出した。ああ良かった。危機一髪のところで助かった。

もしこのトラックに拾われなかったら、大変なことになったと思う。この貨物列車に乗り遅れた兵隊達は、この後大変な苦労をしたらしい。

後日、臨時の捕虜収容所になった部隊の営門横に立っていると、満人や朝鮮人に変装した日本兵達が、逃げきれずに毎日のように投降してきた。その数は大変なものだった。その中には当然のこと、あの最後の貨車に乗り遅れた兵隊達も大勢いた。

間島省の間島には翌日の午後に着いた。

間島へ行く途中で、貨物列車がトンネルに入った時だった。激しい轟音と共にトンネル内が真っ赤に染まった。その瞬間、爆弾が落ちたと思い込んだ数人の兵隊が、走る貨車から飛び降りた。それというのも、それ以前に嫌というほど空からの銃撃を受けて、恐怖心で舞い上がっていたからだ。

この世に生を享けて十八年、私にとっても初めての体験だ。それはもうこの世の終わり、あの世への入り口かと思うほど。超低空で降下する物すごい爆撃音。バリバリバリっという耳をつんざく機銃音。肝を震わす振動音。すさまじいのひと言だった。

皆、かなりの恐怖感が増幅していたところだからたまらない。そんなことも手伝って、多分飛び降りたんだろう。飛び降りたのはみんな無蓋貨車の兵隊だった。銃撃を受けて何人かの負傷者が出た。その負傷者のいずれも、屋根のない無蓋貨車の兵隊達だった。やっぱりなあ。私の勘に間違いはなかったようだ。

後日、敗戦になってからの話だが、そのとき走る無蓋貨車から飛び降りたという兵隊に偶然にも出会えて、そのときの状況を聞くことができた。彼の話では、飛び降りてからしばらくたって、辺りに静寂が戻った折、十数人の兵隊達のうめき声が聞こえたそうだ。

その日一日中、私の頭の中にあったことは、どんなことがあっても死ぬもんか、死んでたまるか、ただそれだけ。この糞暑い灼熱の炎天下、撃たれて野たれ死んだら最後、たちまちのうちに腐れ果て、どこの誰やらも分からないまま、いつまでも放置され、死んだことさえ家族にも知らされないで終わってしまう。そう思ったら、死んでも死にきれやしない。

体裁のいい、撤退という名の、長い長ーい退却の一日が今終わろうとしている。

「ああなんとか助かった。ひどかったな、疲れた！　本当に疲れた！」

ぎゅうぎゅう詰めの貨物列車が、ガタピシと大きく揺れる。横になって寝ることもできず、雑嚢を抱え込んだままあぐらをかき、背中を丸めてウトウトと、いつの間にか眠くなってきた。

武装解除

間島省《かんとうしょう》の間島には、翌日の午後に着いた。間島の二六三二部隊に来てみて驚いた。その敷地がなんとも広い。隅から隅までどれほど広いのか見当もつかないし、目で確認することなど到底できるものではなかった。部隊の南の端に立つと、間島の町が眼下に一望に見渡すことができたし、間島の町もこれまたとても大きな町だった。

この間島へ来てからすぐに、中隊本部付の伝令を命じられた。だがそれっきり何の指示もない。内部で混乱しているようだ。一日中本部周辺をうろついて、同年兵と時間を潰した。居場所がないまま、まったく中途半端な一日だった。

その頃すでに、後方移送されていた官給品や私物の梱包が営内のどこかに野積みになっていると聞いて出かけて行き、随分と探し回ってやっとの思いで見つけた。梱包を解いて取り出したのは家族と母親の写真だけ。あとの物は全部その場に捨てた。

そんな翌日、今度は野戦炊事班勤務を命じられた。

「ああ、炊事班で本当に良かった」

中隊本部のお偉い上官殿との関わりは、何とも気づまりで嫌なもんだ。

野戦炊事班は、朝鮮人部落の村長さんの家の庭先を借りていた。その庭先に大きな釜を二つ据えつけた。炊事班員は、同年兵の犬塚と私に加えて総勢十数人、炊事班長は曹長殿で、顔は以前から知っていた品の良い男前の人だった。

朝鮮人の村長さんはかなりの親日家らしく、大変協力的で温厚な感じの人だった。

炊き出しが始まった。時間になると各小隊ごとにどこからともなく飯上げにやって来る（軍隊では、三度の食事を部隊または中隊規模で炊飯する。各小隊ごとに炊事場にご飯やおかず、味噌汁などを受領しに（取りに）行く。これを飯上げと言った。兵隊達はどこを守備しているのか、どこから出てくるのか、さっぱり見当もつかない。炊事場を離れるわけにはいかないから、守備の様子を見に行くこともできない。炊き出しのメニューは、最初はおにぎりくらいだったが、慣れるにしたがって、あんこを作ってお萩にしたり、カレーにしたり。とにかく、しごく簡単なものがほとんどだった。


ある日のこと、古兵達が深刻な面持ちで話をしていた。日本が戦争に負けたという。確かな情報らしく、聞いていて説得力があった。

私は炊事場を離れて、部落の井戸へ水汲みに出た。周りには誰もいなかった。戦争に負けたなんて、もう理屈抜きで泣けて泣けて仕方がなかった。国も故里も家族の暮らしも、すべてがなくなってしまうんだ。

そんなことがあってから数日過ぎた頃、野戦炊事場も別な場所に移動していた。

敗戦の話はそれっきり、なんの命令も説明もないままに過ぎていった。

ソ連軍の進攻がかなり早いと見えて、最前線がすぐ近くまで迫ってきているようだ。そんな様子をなんとなく肌で感じる。すでに肉弾突攻隊も編成されていたし、同年兵達も、毎日洞窟内での不自由

な暮らしが続いているようだ。それでも皆やる気満々、気合いが入っていた。そんなある日、

「明朝、十時を期して総攻撃をする」

という命令が出た。全員玉砕を覚悟した。今日を限りの命だと皆も分かっている。だが、誰もが何も喋ろうとはしない。

二六三二部隊は兵器廠だし弾薬はある。しかし銃がない。あってもせいぜい小銃くらいだ。機関銃、迫撃砲、大砲もない。後日聞いた話だが、あるように見えた弾薬さえ、三日も撃てば終わりだったとか。

私は、吸着地雷（磁石の部分が八カ所ほど出っ張った形をした直径十五センチの地雷）を帯革に通してぶら下げていた。

敵戦車の下に潜り込み吸着して爆破させるんだが、実際にあたってそんなことができるかな？ 十八歳の若さで死んでしまうのかな。今までにあった色々なことが思い出される。両親や家族のこと。思いは次から次へと、なんともたまらない気持ちだ。

こんな原っぱの真ん中で、一人で明日を思い、死と対決する。突然殺されてしまうより、そんな時間が与えられただけでも、せめてもの幸せなのかもしれぬ。

夜になり、激しく降りしきる雨の中を、野戦炊事場にあるありったけの酒・甘味品を炊事班の兵隊達が夜を徹して各洞窟に配って回った。

兵隊達に明日の夜はない。今夜限りの命だ。残念なことに、ついぞ私は同年兵が守備する洞窟を、

一度も見る機会もなく終わってしまった。

八月二十日朝、激しかった昨夜来の雨もやんで快晴となった。

総攻撃に備えての守備態勢が敷かれた。一列横隊に伏せて銃を構えて、三十分、四十分と経過する。これから一時間後、我々の目前がどのように展開され、どう移り変わっていくんだろうか？　想像することもできない。

たまらなく張り詰めた、乾いたような怖い時間が刻一刻と流れて行く。

そうこうしているうちに、正午もだいぶ過ぎてしまった頃。伏せている兵隊達が急にざわつき出した。皆の頭が動く。

「なんだなんだ。どうした？　どうしたって！」

話がやっと伝わってきた。営門に出入りするトラックの屋根に白旗が、かかっている。どうやら停戦したらしい。

実際にどうなのか、行って確かめてみたいところだが、そんなこと、できることではなかった。

日本が戦争に負けたという、古兵達の話を思い出した。やっぱりな、そうだったんだ。負けたのを知らされずに、今まで戦っていたんだ。時間がたつにつれて、だんだんと様子が分かってきた。あくまでも敗戦ではなく、停戦という言葉で語られていた。

＊

それからどれほどの時間が過ぎたことだろう。二六三二部隊は完全にソ連軍によって占領され、我々は一発の弾丸も撃つことなく彼らの捕虜となった。

そして武装解除。

次々と放り投げられ、うず高く積み上げられた銃や兵器の山。かつて内地にいたとき、ニュース映画で見た映画のワンシーンそのものだった。そして、そのニュース映画の渦中に私がいる。何とそこに私が立っているのだ。信じられない夢のようなこんなことが私の生涯で起こるなんて、思ってもいなかった。

エキストラの一人ぐらいでしかない私には関わりなく、容赦ない非情なシーンが次々と展開されていった。きわどいところで助かったという安堵感が、どんな感情よりもまして先行していた。

間島中間集結地

武装解除から数日たったある日のこと。中隊本部付の上等兵殿から、

「染谷！　すまんがな、犬塚准尉殿の奥さんに頼まれたんだが、赤ちゃんの髪を刈って欲しいっていうんだ。どうだろうな、行ってやってくれないか？」

そう言われたが、私は最初から毛頭行く気がなかったので、どこに収容されているのか聞こうともしなかった。

それから数日たった頃、また上等兵殿がやって来た。再度行ってくれと言われたが、私は頑として行こうとはしなかった。

戦争も終わったことだし、上等兵殿は直属の上官でもないし、第一、私の上官殿に対してひと言事情を話して承諾を受けるくらい、気づかってくれてもいいはずだ。

直接初年兵の私に言われても、どうにもなりはしない。そんなことくらい分かっているだろうに。

それにしても意固地になって、なんで行かなかったか？　准尉殿の奥さんて、思いやりのない人だ。少なくとも新兵さんの置かれた辛い立場なんて全然分かってない。今にして思えば、苦労知らずの若奥さんにそれを望むのは、どだい無理なことかもしれないが、それにしても、どれほど辛い思いで軍隊生活を送っているのか、二等兵から叩き上がった准尉殿の奥さんなら、なおのこと分かってくれていいはずだ。

あの時、奥さんがひと言言ってくれたら、私の気持ちも随分となごんでいたと思う。例えばこう。

「煙草お吸いになるんでしょう？　ゆっくりしていらっしゃいね。今日は遠いところ本当にご苦労さん。色々と大変でしょうけど、頑張ってくださいね」

そんな優しいねぎらいの言葉を、そんなひと言が欲しかったんだよな……。


この収容所では何をするということもなく過ぎて行った。二六三二部隊は兵器廠なだけに、衣服類や日用雑貨品が沢山あった。兵隊達は皆、新品の軍服や靴を履いてピッカピカだ。その反対に、ドイツ戦線から来た歴戦のソ連兵達は薄汚れていた。

そんなある日、中間集結地に移動することになった。

八月二十五日、間島の町を一望する丘を下りたのは、午後をだいぶ過ぎてからだった。

間島の町に入った頃には、辺りがすっかり暗くなっていた。

この町に下りて来る途中で驚いたことには、ソ連軍の装備が抜群に優れていることだった。これではまるで、勝負になんかなりはしない。皆一様に、日本軍の貧弱な装備をぼやき、ソ連軍の優れた装備に驚嘆した。機関銃を装備したサイドカーが走り回り、ベーカー（米国の車）と呼ばれたトラックの、目を見張るものすごい登坂力。その台数の多いこと！　しかも、日本兵がマンドリンと呼んでいた、一分間に六十数発発射できるマキシム自動小銃で、兵士達は武装されていた。

ソ連兵がうろうろしている。さあっと寄ってきては、ピストルを突きつける。ほんのわずかの間。そしてさっと離れて行く。金目のもの、特に腕時計が欲しいらしい。

私も短い時間に二度もやられた。

「これからは、こんなことが随分とあるんだろうな」

捕虜であることの実感を、ひしひしと感じてきた。今のところ彼らも慣れてないとみえて助かったが、回を重ねていくうち略奪もだんだん執拗になり、うまくなっていくに違いない。

町の通りに面した家々の門戸は開放されて、白いエプロン姿の日本のお母さん達が、半紙に包んだ物を兵隊さん一人ひとりに手渡していた。

この辺りは日本人街らしく、軒並み、日本のお母さん達が軒先に出て接待していた。

今の時点、お母さん達の顔からはまだ余裕が感じられたが、これから先、さぞや大変なご苦労があるんじゃないのかな？

なんだろうと思いながら包みの中を開けてみた。白砂糖だった。あのお母さん達のこれから先のご苦労を思うと、嬉しさがジーンと込み上げてきた。

黙々と隣を歩いていた古兵殿が突然叫んだ。

「こんなもんなめたら大変だぞ、死んじまうかもしんねえぞ。毒かなんか入ってってよ！」

そう言いながら、ポイッと捨てた。

「よく言うよなあ、人の誠意ってもんが分かんねんだよなあ、この人には」

私にしたところで、砂糖に飢えてるわけではない。雑嚢の中には白い靴下が真ん丸になるほど、ぎゅう詰めの砂糖が二本も入っている。炊事場勤務の役得で、そのへんのところに抜かりはない。

「死んだら死んだでいいさ」

そう言いながら歩きながらなめてみた。古兵殿は、黙って隣で聞いていた。

間島集結地についた。すぐに部屋割りが始まった。私の小隊はどうやら、もと馬小屋だったところらしい。通路を挟んで向かい合う形だ。隣とは腰のあたりまで板壁で仕切られていた。ひと仕切りに四人ずつ。ところが、部屋割りも済まないうち、突然辺りが騒がしくなった。

「なんだなんだ、どうした！」

「手を貸してくれ！」

同年兵が血相変えて飛び込んできた。どこか知らないが、倉庫から食糧品をかっぱらってくると言う。

それ、とばかりに四、五人ばらばらっと飛び出した。ソ連兵に気づかれないうちに、何人かの兵隊が、続いて同年兵も、大きな木箱を担いで帰って来た。

皆で箱を壊しにかかった。乾麺包（保存食用ビスケット）だ！　ふと見ると、知らない顔の古年兵が一人混ざっていた。どさくさに紛れてのかっぱらいだ。

「この野郎！」

とばかり、そいつにビンタを食らわした。

初年兵が古年兵を殴りつけた。ひるんだ古年兵は黙って引き下がった。古年兵を殴ったのに、誰からも文句がこなかった。やれやれ。

それやこれやで、ここ間島集結地での生活がいよいよ始まった。

一個大隊ほぼ千名単位の編成で、祖国日本への帰国に望みを託して、ソ連兵に護衛されて毎日のように兵隊達が集結地を出ていくようになった。

集結してから半月になる頃には、露天掘りの仮設便所から風に乗って臭気が運ばれて来ていた。

ダモイ（帰国）

収容されてからまだ半月くらいだというのに、随分と長い間待たされたような気がしてならない。大隊が再編成された。まったくの混成部隊になってしまった。

見知った顔の兵隊がいない。それでもわずかに二人だけいた。二人とも、私と共に柏の東部十四部隊に入隊して満州まで来たのだが、最終的には散り散りになってしまい、それっきりなんの音信も聞くことがなかった。一人は軍曹殿で、もう一人は三瓶《さんぺい》という変な名前の男だった。私とは同年兵だが、言葉の語尾に「そうだによ」がついて、多分に田舎っぽい。性格的にも、ちょっと癖のある兵隊だった。この二人とは、否応なく長いことつき合わされる羽目となった。なんにしてもこの二人、故里を出た時からいつも一緒だった関係からか、軍曹殿は片時も三瓶を自分のそばから離そうとせず、自分の当番兵として使っていたし、三瓶にしても、気心の知れた小隊長殿の世話をしていたほうが何かと楽ができたし、ついぞ不平らしいひと言も聞くことはなかった。そうでもなければ黙っているような男ではない。

前置きはこのくらいにして、とにかく千名くらいの大隊編成で、ここ間島集結地からソ連兵に護衛されながら出発した。

後年（平成五年三月）、全国抑留者補償協議会（全抑協）に入会して、『回想のシベリア』という斉藤六郎氏の著書を読み、遠く彼方に忘れ去っていた当時のことが随分と思い出された。それによると、その時の大隊長は河野保中尉、大隊副官は大橋曹長という人で、この人達の名前だけは覚えていた。クラスキーという港町まで、二百五十キロの行程を五日間で行軍した。

シベリアに強制抑留され、四年以上もの間、重労働をさせられる。そんな羽目になろうとは露知らず、ソ連兵達から、

「ヤポンスキー、ダモイハラショー（いいな、日本へ帰れるぞ）」

と、何度も何度も声をかけられるたびに、ほんとだろうかと半信半疑ながら、段々とその気にさせられて、清津《チョンチン》の港から船に乗るんだ、いやそうじゃない羅津《ブチン》からじゃないのかと、一喜一憂して大変な騒ぎだ。皆一様に、そうありたい願いをこめて叫んでいる感じだった。

九月とはいえ大変な暑さだ。広大にしていかにも大陸的な景色が眼前に広がり、緑豊かな原野が続く。時折雄大なる広い畑が続き、トウモロコシが今を盛りとたわわに実っていた。皆ソ連兵の目を気にしながらも、隊列から飛び出しては、トウモロコシを夢中になって手折って来る。先発の大隊が大勢通った後だろうに、よくもまあ、こんなに実ってるもんだと感心した。

後日シベリアに入ってからのことだが、兵隊達の話の中で、

「あん時によ、もしもトウモロコシがなかったらさ、今頃、俺達どうなっていたかな？　随分と助かったよなあ」

あの時期、あの街道をどれほどの兵隊が通ったことだろうか？　そんな中で、一本のトウモロコシも食べられずに終わったなんて、恐らく私一人だけではなかったろうか。そんなこと誰にも話せず、随分と悔しい思いをした。

それは行軍が始まってすぐのことだった。各班ごとに使役（作業要員）を一名だすように命令がでた。

荷物を満載した大八車が十車両くらい。一台に四人ずつ付いた。朝から一日中、薄暗くなるまで押したり引いたりして、やっとのことで解放されて班の野営地に帰る。

初年兵の私には、誰一人ご苦労さまを言ってくれる者はいない。こんなことが、ソ連領クラスキーに辿り着くまで、一回の交替もなく続いた。交替なしで最後まで大八車についていた兵隊は、見るかぎりでは私だけのようだった。よその班では毎日交替で出てきていたし、初年兵だけでなく古年兵も例外ではなかった。日暮れて野営地に帰る彼らには、

「ご苦労さまでした」

「ご苦労さまでした」

と、あちらこちらから声がかかり、早速焼きたてのトウモロコシが出てくる。

「やあやあ、ありがとう。すまないなあ」

と言いながら美味しそうに食べている。

三瓶の奴も所詮、端《はな》っから同じ釜の飯を食った同年兵じゃなし、そこはそこ、冷たいもんだよ、自分だけうまそうに食いやがって。

軍隊というとこは、とにかく使役の多いところだ。これから先も使役使役で、よくよくこき使われることだろう。覚悟しておかないといけないないな。

うちの班長殿、よほど気が弱いと見えて、シベリアのラーゲル（捕虜収容所）での使役要員はいつでも私だった。使役を一名出すように命令がくる。小隊長はひとまず兵隊達の顔を見渡して、目線が私と合って止まる。そんなこと初めから決まっている。寄せ集めの古兵達に多分に遠慮があり、なんにも言えず、命令することもようできないらしい。

シベリアで伐切作業をしていた時のことだが、一日の労働を終えてラーゲルへの帰途、かなりの道を帰ってきてしまってから、作業現場に工具を忘れたことに気づいた。四列縦隊のみち足が止まった。使役は例によって私だ。それにもう一人、行かなければ用が足りない。そこでそのもう一人は、小隊長殿自身が行くことになった。私以外の兵隊には、命令ができない男だ。

その当時、私は極度の栄養失調で鳥目になっていた。ラーゲルにも十数人の鳥目患者がいた。医務室で診断の際、軍医殿より鳥目であるとお墨付きを頂いた兵隊達には、特別食として油で揚げた黒パンが与えられた。なんのことはない、油だけが特配だっただけのお話。

私もその一人なのに、馬鹿な小隊長殿、私を連れて作業現場にとって返した。その帰り道、夕暮れが迫り、だんだんと辺りが見えなくなってきた。私は手探りで牛にも似た歩きとなった。

小隊の兵隊達も帰るに帰れず、先ほどの場所で待っていてくれた。誰も私を怒る者はいなかった。当然の結果で、こうなることは私には分かっていた。一応格好だけはつけてはいるものの、なんとも意気地のない小隊長殿だった。

話がだいぶ横にそれたので、元に戻してみよう。

五日間野営するうち二晩雨に降られた。最初はトラックの下で、もう一晩は雑草の上に一枚の毛布にくるまって、疲れているからぐっすりと眠り込んで熟睡した。

見渡すかぎりの原野、凸凹道が延々と続き、遥かかなたの道の先が見えない。幾分上り坂になっているのだろうか、やっとそこまで辿り着いて先を見ると、さっきとまったく同じ風景が現れる。嫌になるほど何回となく、そんなことが繰り返された。

激戦だったんだなあと思わせるような場所に何度か遭遇した。

ソ連の戦車が何台も擱坐《かくざ》（動けなくなる）していたし、銃器や弾丸が散乱していた。馬の死体などはそのまま。生々しい激戦の跡は手つかずで、そのままの状態だ。とにかくソ連は民需品であろうがなかろうが、軍需品であるとして在満資産のすべてを持ち去ることに全力をあげていた。

険しい峠を越える時だった。手前から行く手の先まで、右側にはそそり立つ断崖絶壁が続き、左手は深い谷底だった。ひっきりなしに、我々の隊列を追い越して行くトラック。その中の一台が横を通った時だった。ひょいと見た横顔、

「あれ！　日本兵だよ」

ソ連軍はいっさいの占領業務を放棄して巨大物資の搬出に日本兵を使役していた。

若い兵士の横顔、走り行くトラックの後ろを見ながら、右側に寄るようにして歩く。と、突然左に大きくトラックが傾いた。ごろんごろんと谷底へ転げ落ちて行き、やがて車輪を上にしたまま、ひっくり返って止まった。車輪がいつまでもくるくる回り続けていた。

可哀相にな。これから先、あのままの格好で、いつまでも捨てて置かれるんだろう。戦争で助かっ

たのに、なんとも運のない男だな。家族の者は生涯、彼の死の状況を知ることはないであろう。悲しいなあ。

それからしばらく進んだ頃、前のほうから女子供の集団に出会った。開拓団だろうか、四、五歳くらいの女の子でさえも、背中に荷物を背負っていた。お年寄りもかなりいるようだ。大八車に大きな荷物を積んでいる。今にも荷物に潰されてしまいそうな集団だ。お互いに手を振り、励ましの声を掛け合う。兵隊達の集団から乾麺包の白い袋が老人女子供の集団に向かってポンポンと投げ込まれる。ほんの二、三分の触れ合いで終わった。

これから先この人達は一体、どうなってしまうんだろう。大変な苦労が待っているんだろうに!!そんなことを思いながらも、大八車を押して、黙々と歩く。

じりじりと照りつける陽を受けて、険しい峠をただひたすらに歩く、歩く。

峠を越えてしばらく行軍したあと、川のほとりに出たときだった。小休止ということになった。驚いたことに、ここでお風呂に入れるという。

本当かなと思っていたら、川のそばに一台の自動車が止まっていた。背の高い大きなワンボックスカーのような作業車で、蛇腹の太いパイプが川の中に突っ込まれていた。

そのパイプを通してモーターで川の水が汲み上げられ、自動車の中で熱いお湯になってパイプを通してシャワーとなって出てきた。いっぺんに大勢の兵隊が、シャワーを浴びることができるしかけになっていたのには驚いた。

青い雑草を踏んで、一度に百人からの裸ん坊がシャワーを浴びれるんだから、スケールが違うんだよねえ。そこで働いていたのは、なんと女の兵隊さんだった。

しばらくぶりでなんとも良い気持ちでシャワーを浴びることができたし、明るい日差し、緑豊かな大自然の中で、しばらくの間、ほっとした思いのひと時だった。

リヤンスイ（？）という部落を通った時、満人の子供が元気良く遊んでいた。古兵殿が女の子に話しかけた。その子は三年生、上手な日本語を話し、日本人の子供と少しも変わらなかった。その女の子が、こんなことを言っていた。

「ついこの前までは日本語で勉強していたけれど、今では日本語を使ってはいけないということになったのよ」

部落の家々の軒先には、ロシア人と満人が笑いながら手を取り、肩を組み合っているポスターが張られていた。なんとも宣伝工作の早いことに感心した。

見ると、部落の四つ角では満人がたった一人で大勢の日本兵を相手に罵声を浴びせて喧嘩をしていた。今までならとても考えられない光景だ。我々の置かれている立場が大きく逆転したことを、思い知らされた。


リヤンスイの部落を過ぎて、その日の夕刻、雑草生い茂る野原で野営することになった。隊伍が解かれて、各自思い思いに野営の準備にかかろうと動き出したとき、わっと、歓声が上がり人垣ができた。なんだろうと、急いで現場に行ってみた。

兵隊達の輪の中には、口髭を生やした一人の日本兵がいた。階級は兵長殿だった。彼と雲つくような大男のロシア兵との二人が、これから肉弾合い打って戦うところだった。どんな話からこんなことになったのか、この大男、ロシア兵の中でも群を抜いてうすでかく、二メートル近いかと思われた。年齢も若く、二十歳くらいだろうか。とても生意気な男で、日本兵達もこのロシア兵を良く思っていなかった。この男、間島の集結地を出た時から、行軍する隊伍の前後を馬上豊かに行ったり来たりしながら、嬉しくて楽しくてたまらないといった風情だった。

戦勝国の兵士として、武装解除された小さな日本人捕虜を、馬上豊かに高いところから眺め降ろして、さぞかし優越感に浸っていられたであろう。そんな気がしてならなかった。

二人が向き合った。兵長殿がロシア兵の胸倉に両の手をかけた途端、ロシア兵の巨体が大きくもんどり打って、どどどおんと青い雑草の上に投げ出されていた。

一瞬の出来事だった。柔道の技で腰車というのかな？　なんと言うのか知らないが、絵に描いたような大技で、ものの見事に決まってしまった。

当のロシア兵、悔しがることしきり。思ってもいなかった結果が信じられないらしく、もう一回やろうということになった。

またもや二人が向き合った。兵長殿の両手が、ロシア兵の胸倉にかかった途端、先ほどと寸分違わぬ光景が展開された。こんなにも鮮やかに決まった格闘技、私は生涯を通して、眼の前で見ることができたのは初めてだった。介添えをしていた連れのロシア兵も、ひと言もなく押し黙っていた。仲間内でさえ、この大男にかなう奴なんていないと思っていたんだろうに、言葉を失った感じに見えた。

当のご本人は、よほど悔しくて、どうにも収まりつかないといった様子で、手当たりしだいに、他の小さな日本兵をつかまえて相手をさせようと誘うんだが、皆に逃げられていた。映画のワンシーンを見たような鮮やかな結末に、胸のすく思いだった。強い人って世の中にはいるもんだなあと、つくづく感心させられた。それも、私と変わらないような体格なのに、驚いたな。

翌日、天気が良くて、かんかん照りだった。琿春《コンシュン》の町に入る。満州に来て、こんな大きな町を見たのは初めてだ。内地（本州）同様、昨日まで物資なんてなんにもなかったはずなのに、今私の見る街並みには、道路を挟んだ両側にぎっちりと露店が立ち並んで、食べ物やら果物が溢れんばかりに並んでいる。なんともはや、満人達のしたたかさを見た思いがした。

琿春の大きな町を通り抜けるまでにはだいぶ歩いたのに、その両側にはびっちりと縁日のように果てしなく露店が続き、活気に溢れていた。

日本兵達は隊列から飛び出し、駆け出して行っては買ってくる。皆、夢中になって買うんだが、思うほどに買えないまま。使わずに溜めていたお金もなんのことはない、使えずじまい終わってしまった。情けない話。

ところで、ちょっと気になる兵隊が三人いた。いずれも口髭を生やし、現役の五年兵だそうだが、階級は上等兵――終戦と同時に全兵士が階級を一階級上げたので、終戦上等兵とかポツダム上等兵と呼ばれた――と言うことは、終戦時一等兵だったわけ。

どうせ手のつけられない、程度の悪い兵隊やくざ。やることなすことすべてが荒っぽい。雑嚢にぎっちりいっぱいの札束が、団子状にぐじゃぐじゃになったまま詰め込んであった。

一体こんな大金、どうしたんだろうか？　どさくさに紛れてかっぱらってきたんだろうか。そうとしか思えない。それにしても荒っぽい買い方だ。満人の男の子が、鶏を両手にぶら下げて売りに来た。すかさず、

「トントンデーイーコイン（全部でいくらだ）」

何を買うにも根こそぎ買い込む。なんにしても、彼らにはこんな大金を使いきる時間がないから必死だ。

これから先、こんな大きな町を通ることはない。それは分かっていたし、分かっているからこそ、なおさらのこと。ソ連兵の目を盗み、素早く隊列を離れながらの買い物は、なかなか思うように買うこともできないまま、結局その大金は使いきれずに残ってしまったようだ。

ソ連に入ってからは、彼等は紙幣をマホロカ（煙草）の巻き紙にして使っていた。

この兵隊ヤクザには後日談がある。その数も後から増えて七人、大隊長の息のかかった忠実なる番犬となり、大変重要な役割を演じた。それは、スターリンの提唱する、

「ソビエト社会主義経済五カ年計画を三カ年で達成しよう！」

のスローガンに呼応して、しゃにむに兵隊達の尻を叩き、ビンタを食らわせ、ノルマの達成に躍気となって協力した。その結果、ラーゲルを暴力で支配して、多くの兵隊達を地獄のどん底に叩き込んだ張本人達、それが奴等だった。

遮断機のある国境線

荒涼たる原野が広がるソ満国境。延々として果てしなく続く有刺鉄線の柵。遮断機が上がる。ソ連領内に一歩踏み込んだ。

九月十五日、それは二百五十キロの行軍もいよいよ終わりに近づいたということだ。ロシア人の家が見える。女の子が、遠くの方から我々の隊列に向かって、石を投げている。これから先、こんなことが随分とあるんだろうな。ソ満国境の町クラスキー。その町からだいぶ離れているのだろうか、数えるほどの家しか見当たらない。

随分と大勢のソ連兵が野営をしている。コップ一杯の水を口に含んで、手の平に吐き出しては顔を洗っている。慣れたもんだな。町というより村か原野だ。三キロくらい進んだところ、木立ちの見当たらない小高い丘、その丘の傾斜地にテントを張り野営の準備。丘の下には小川があり、わずかだが流れがある。岸辺には雑草が生い茂り透き通った奇麗な水だ。

翌日、古参兵達が井戸掘りを始めた。かなりの日数をかけて、あちらこちらと精力的に掘ったものの、いっこうに水が出ないまま、遂に井戸掘りは断念した。井戸まで掘ろうというからには、どうやら長丁場になりそうだ。

この場所で野営しながら、ダモイの汽車待ちをするらしい。日がな一日、大勢の兵隊達が膝までつかって、川の水を利用している。洗濯やら炊飯、飲料、身体を洗う。奇麗な小川の水も、石鹸水などで川面が汚れるのに、さほどの時間はかからなかった。無理もない、大勢の兵隊がここで三週間も暮らしたはず。

雨降りの日なぞ大変だ。テントの中でしゃがみ込んだまま、丘の傾斜地を勢いよく流れる雨で、ひと晩中寝もやらず朝を迎える。雨の降る夜は寒い。テントの中で焚き火をする。低いテントの中で燻る煙で目が痛い。最悪の夜だ。

朝を迎える。今度雨が降った時のためにとテントの周りに溝を掘る。

炊飯する薪や焚き木が極端に不足し出した。何とかしないことには、どうにもならない。大勢の兵隊達が焚き木を求めて遠出をする。燃料確保は大変厳しい。行けども行けども小枝一本落ちてはいない。刃物類を持つことは許されないので、どうにもならない。大方の兵隊達は、小枝一本拾えずに空手で帰る。私も、とうとう諦めて空手で帰る始末。何とも情けない話だ。

行きと違い、帰りは閑散として寂しいくらい。大きくカーブした林道の中で、大勢のソ連兵の待ち伏せに遭った。

「しまった！　どうしよう」

と思ったが、もう遅い。後ろを振り返ったが、後に続くはずの人影が見当たらない。

略奪が狙いだ。下士官もいる十五人くらいの集団だ。道の前後がまるで見えない急カーブ。死角になっている。略奪には絶好の場所だ。

彼らのお目当ては主に腕時計だ。ほとんどのソ連兵は、一人で何個もの腕時計を両手にはめている。そのほかには、金目の物なら何でもござれ、目の色変えて必死だ。

このクラスキーの丘にくるまでに、何十回私物検査をやられたことか。日に何度となく、将校が先導で一斉に非常呼集をかけてくる。私物を広げさせて、目ぼしい物はなんであれ持ち去って行く。将校が先立ちでやるんだから、どうにもならない。日本兵も盗られまいと工夫をこらし、段々と隠し上手になってはきてはいるものの、こう頻度が多くてはたまったもんじゃない。

今までにも何回となく銃や拳銃を突きつけられて略奪に遭ってはいるが、一度として恐怖を感じたことはなかった。だが、今度ばかりは今までと違って、ちょいと怖かった。

群れから離れた一人の若い兵士が急いで近寄って来る。

私は時計のバンドを捨てた。

バンドなんか持っていたんでは、余計な疑いがかかると踏んだからだ。だが捨てるところを見られたため、かえってまずかった。バンドがあるくらいなら時計が当然あるだろうと思われた。兵隊は必死になって草むらを探し回ったが、お目当ての時計が見つからないので、やっとのこと諦めたらしく、無罪放免となった。

その略奪の日から間もない頃、小川の前の原っぱで腕時計を盗られてしまった。小川近くで銃を突きつけて数人の日本兵を脅していたソ連兵が、こいつらは持っていないなと判断したらしく、くるりと向きを変えた瞬間、運悪く私と目線が合ってしまった。追いかけてきた。私は逃げた。刈り取っておいた乾燥しかけの草を小脇に抱えて、逃げながら草の中に隠すつもりで、草と一緒に時計を落とした。だが時計の重さを誤算した。落とした草より一瞬早く時計が落ちたらしい。追いかけて来たソ連兵に、手の内をすっかり見られてしまった。残念！　悔しい。

夏も終わり、秋らしい気配を感じた頃、やっとダモイの順番が回ってきた。出発命令が出た。

「おーい皆、いよいよ帰れるぞ！」

第三章　異国の丘クラスキー

日本へダモイの貨車輸送

十月二日、クラスキーの丘を後にして、二キロくらい行軍した所に貨車が待っていた。何十車両だろうか？　延々と連結された五十トン貨車。貨車の中に入ると、両横が二段ベッドになっていた。上段の横には二十五センチ四方の小さな窓があり、扉を閉めてしまうと、左右に窓が二つだけ。その窓から差し込む明かりだけが頼りだった。正面の床にも兵隊達がぎっちりで、床の上にあぐらをかいている。夜になっても手足を伸ばして寝ることもできないほどで、互い違いになって寝るのも、やっとの状態だった。

竹筒が外に向けて斜めに突き出ている。小便用だ。

人なつっこそうなソ連兵が、貨車のすぐそばまでやって来て、にやにやしながらぼんやり辺りを眺めていた。その風情からして、多分日本兵が珍しいからだろうくらいに思って、気にもしていなかった。

ようやくガタンゴトンと貨車が動き出し、スピードが次第に加速されてきた時だった。今までぼんやりと人の良さそうにしていたソ連兵が、貨車の扉近くに投げ出されていた雑嚢を、さっと手にして脱兎のごとく駆け出して逃げていった。引き込み線の線路を何本も何本も跨いで走り、仲間の兵士達のところまで逃げて行き、くるりと振り向いて、雑嚢を高々と振り上げた。

「ざまあ見ろ、馬鹿野郎！」

しだいに小さくなっていくゼスチャーが、そんなふうに言ってるみたいだった。

列車は、走り出したら最後、いつになったら停車するのか、全然見当もつかない。かと思うと、一旦停車したとなると、いつになったら走り出すのやら、一晩中ポイントの切り替えで走り出したり止まったり。連結器のぶつかり合う衝撃音が、最前列車両から始まって、自分の所へ、そのたんび奥歯を噛み締めて、首をすくめる。そして最後尾へと一晩中飽きずに繰り返している。気まぐれとも思われる走行に、振り回される。

やっとのことで停車。何分くらいの停車か全然分からない。貨車の扉が開かれて、大勢の兵隊が飛び出す。一斉に尻を出して排泄だ。実に壮観だが、あの中に自分が混じっていなかったのが、何よりも幸せなことだった。

白いお尻が横一列に並んで、百人を超すだろうか？　ロシア人がそれを見て、ブツブツと何やら言いながら怒っている。怒るくらいならこんなところへ来なければ良いのに、日本兵との物々交換が目的で集まってくるのだ。

たいして家らしい家も見当たらないが、結構どこからともなくやって来ては、交換をしている。日本兵も今なら色々といい物を持っているので、商いになってるようだ。他の兵隊達は、貨車周辺の水溜まりの水を飯盒や水筒に静かにすくっては入れている。この水は炊飯や飲料にするもので、当然のことだが下痢をする人達が大勢出た。貨車輸送での腹下しは最悪だ。なにしろ大便所がないから始末が悪い。

シベリアという広大なる土地は、行けども行けども荒涼たる原野が延々と続き、果てしがない。鉄道沿線両横一キロ先まで何もない広々とした原野が続き、その先に林が見える。そんな風景が果てしなく続いて少しも変わらない。たまに駅舎が見えても、ホームがないし、駅舎があるのに人家が見当たらない。

そんなある日、ソ連軍の女性兵士を乗せた輸送貨車と隣り合わせて停車した。十分間くらいの間だったが、いっときの間、お互いにもの珍しく、貨車から身体を乗り出して賑やかだった。彼女達は、かしましくもまた華やいた雰囲気で、それがまた何十車両と続いている。女だけの貨車輸送だなんて、排尿なんかどうしているんだろうか？　そんなことが気になった。

彼女達は口々に、

「ヤポンスキー、ダモイハラショー（いいな、日本へ帰れるよ）」

と呼びかけてくる。懐かしい日本に帰国することを願って、ここまでやって来た。そうあって欲しいと願い、ただひたすらに、それだけを祈りながらの旅だった。

出発してから五日目。身体ががたがたになって痛くなった頃、ようやく降ろされたところは白樺林のど真ん中。鉄道線路のすぐ横に白樺の木が迫るようにびっちり生えていた。今までとは全然違った風景だった。山のど真ん中に降ろされたらしい。

「どうやらここが終点らしいぞ！」

「この山の向こうに港があるんだよ、きっと。そこから日本に帰れるんだぜ」

そんなことを皆が思い思いにしゃべり合っている。本当だろうか？　本当だといいんだけどな。不安が込み上げて広がる。皆半信半疑ながら、望みを託してまた歩き出した。

と、突然、四方白樺の林に囲まれた山合いの盆地が、眼下にぱあっと広がって現れた。

「おい皆見ろ、収容所だぜ。駄目だ！　もう駄目だ。俺達は騙されたんだ！」

時、十月七日。丘を下りてからしばらく歩いた。収容所の営門を見上げながら一歩踏み込んだとき、

「ジャアーン」

と心の中で大きく叫んで、ドラを叩いてた。これから先、いったいどうなるんだ。不安を胸に兵舎に入った。

ここフタロイバチン（二の谷）の収容所には、つい最近まで、ドイツ人の捕虜がいたという。水は、馬車に積んだボーチカ（ビヤ樽）に谷川の水を汲んで運んでくる。真冬でもそうだ。電気はない。わずかばかりの灯油が配給されて、薄暗いランプの明かりを頼りに夕飯にありつく。ひどい食事だ。量が少ない。部屋の真ん中にはペーチカ（ペチカ）が置かれ、部屋の周りにはコの字型に二段ベッドが造りつけられていた。

夜になった。途端に南京虫の大攻勢だ。天井から、それに二段ベッドの上段の床板から容赦なく落ちてくる。そして食いついてくる。部屋の床には足の踏み場もないくらい兵隊がゴロゴロと雑魚寝している。夜中、小便に外へ出て行くにも容易ではないだろう。二段ベッドの上段は、やたらと暑く寝苦しい。南京虫の奴ら、今夜は久方ぶりのご馳走にありついて、飲めや歌えの大宴会だろうな……。

ダモイの日が、これから五十カ月も先になろうなんて、神ならぬ身の誰が知ろう。絶望に打ちひしがれて、捕虜収容所の暑く寝苦しい夜が更けていった。

強制捕虜収容所フタロイバチン

収容所に入った翌日、初雪が降った。ぐるり一面、白樺の林が真っ白になった。兵隊達はまるで無気力で、虚脱状態だ。たいしてきつい労働もないままに、三、四日が過ぎた。しかし日を追うごとに、労働も計画的に組織的に機能してきた。当然のこと、段々と労働がきつくなり本格的になってきた。階級章を外すことは許されず、軍隊の組織がそっくりそのまま、ラーゲル（収容所）の中に持ち込まれた。

このラーゲルの仕事は、薪や用材の伐採作業がすべてで、それに関連した作業として搬出作業や貨車への積み込み作業などがあり、切り出した木材の搬出やトロッコでの搬出には何頭もの馬が使われていた。

一日の労働を終えてラーゲルに帰ると、早速楽しい食事となる。大きな広い部屋にランプが一つ、なんとも薄暗い明かりの下での食事となる。灯油の配給が少ないため昼間作業中に白樺の皮をせっせと剥《は》がしておいて持って帰る。そしてその皮を、ペーチカの遮断盤を開けて投げこむと、ぱあっと一瞬辺りが明るくなる。明るくなるのは良いのだが薪材を燃やすときと違って、なんともひどい煙だった。生活の知恵で、いろいろと考えつく人がいるものだ。この皮投げ作業は部屋の真ん中のペーチカ近くで寝ている人が、いつもこまめにやってくれていた。

夜は例によって南京虫に襲われるし、それに虱がひどい。昼間、作業現場で小休止のときなど、焚き火を囲み裸になって皆して虱捕りが始まる。裸になれるのも今のうちだろうが。その頃、私は極度の栄養失調になってしまい、細い丸太一本担ぐこともできなくなっていた。皆について歩くことすらできなくなり、裸になって虱を捕る元気もなかった。唾が全然出なくなって、口の中がカラカラに渇いてしまって、声も出ないし、物を飲み込むこともできなくなってしまった。

朝、作業に出る前、医務室に行き診断を受けても、休みはなかなかもらえなかった。ラーゲル内の営内勤務の組織は、大隊長の息のかかった兵隊達でばっちりと抑えられていたし、彼らは最優先で、練兵休はもちろんのこと、お互いに顔を利かせ合っていた。

ラーゲルの組織の一端は、こんなふうになっていた。例えば、身体が弱く等級検査の結果、三級の弱と診断されたものでなければ、各部屋ごとにいる部屋当番につくことは本来できないのだが、一級の体格をした屈強な兵隊を三級の弱と診断する。大隊本部と医務室ぐるみでごまかして、兵隊やくざ七人を各部屋ごとの当番兵として張りつかせた。

彼らは毎朝、練兵休の患者を叩き起こしては天秤桶を担がせて、谷川へ水汲みに行かせたり、部屋の掃除をさせたり、気に食わなければ容赦なくビンタを食らわす。一日の作業を終えて帰る兵隊達を、手ぐすね引いて待っていて、作業によっては、百パーセントノルマを果たすことができずに帰る兵隊に、容赦なくビンタが飛んだ。部屋の中にある流し台のわずかなごみを見つけ、全体責任として兵隊を一列に並ばせておき、次々と帯革ビンタをくれていく。同じ階級の上等兵までも。

そんな自分達はどうかというと、毎日ただ遊んでいるだけ。夜になると、一晩中寝もやらず賭け麻雀。賭ける物に不自由はしない。煙草や黒パン、砂糖など、顔を利かせてなんでもござれ、調達して来る。

等級検査の話が出たので、ついでに話しておこう。等級検査とは、定期的に行う身体検査なのだが、その検査の結果、診断された等級に応じて労働のノルマが違うのだ。

その身体検査たるや、なんとも原始的で、我々にはおよそ考えつかない。お偉いソ連のオフセル（将校）、ドクトル（軍医）、ヤポンスキー（日本人）の軍医さんやら衛生兵が、ずらり机を前に居並んで、すっぽんぽんにしたヤポンスキーサルダート（日本兵）を前にして、まず胸の肉を摘んでみる。ぐるり後ろ向きにしてお尻を摘んで、肉の張り具合を見る。それで等級を決めていく。

一級、二級、三級、三級弱、オカとあり、オカになると重労働作業が免除されて、オカ大隊のラーゲルに送られるが、そこでは自活するための必要最小限の軽作業があるだけだ。しかし、そのオカ大隊のラーゲルが確立され用意されたのは、数年、時が過ぎてからのことだった。

長い間ソ連にいた経験から、この等級検査、一見原始的にこそ見えるけれど、なかなかもっていいとこ決めていくもんだと思った。まるで豚か牛の品評会みたいで気に食わないが、普段偉そうにしている古年兵達も例外ではない。人間の尊厳なんぞ、ここにはありはしないのだ。

私は、たまに練兵休をもらえた時など、三瓶に頼んで水筒に水を汲んできてもらう。物を飲み込むときや、喋るときに、水をひと口含んでからでなければ声も出ないし、物を飲み込むこともできなくなっていた。真水を飲んではいけないことは重々承知してはいるものの、飲まないではいられなかったし、それに食欲もなくなり、ただ水だけが頼りだった。そんなある朝、目を覚まして驚いた。なんと身体が二、三倍に真ん丸にむくんでいた。そこで医務室に行き練兵休をもらった。身体がだるく起きているのが辛い。そんな時に、部屋当番の兵隊やくざに叩き起こされた。

「おいお前！　水汲んで来い」

と天秤桶を見ながら顎をしゃくった。

「上等兵殿、自分には担げません。勘弁してください」

何度哀願しても、許してはくれなかった。

「もう駄目だ！　俺は死ぬ！　谷川へ行ったら最後、絶対に俺は死ぬ」

生きては帰れないだろうと思ったその時、奇跡が起こった。慌ただしく飛び込んできた衛生兵が、

「染谷いるか？　何ぐずぐずしているんだ！　今朝、軍医殿から入院だって言われたろ、早く早く。もうすぐトラックが出ちまうぞ」

びっくりした。そんな大事なことを聞きのがしたり忘れたりするなんて絶対にない。第一、軍医殿は私に何も言ってはくれなかったし、声もかけてくれなかったはず。大急ぎで、装備もそこそこに表に出た。そして頑張ってトラックの荷台にはい上がった。十四、五名ほどの患者を乗せたトラックは、ラーゲルを後に雪の山道を走り出した。

「助かったよ！　ありがとうな弘子、また兄ちゃんを助けてくれたんだね」

不思議なことだ。いつでもそうなんだ。もう駄目だと思うぎりぎりの状態の中で、思ってもいない方向に、百八十度回転して助けられる。

今までに何度となくあったし、これから先もダモイの日まで、妹はきっと私のそばについていて、

そしていつも守っていてくれるだろう。私は今でもそれを信じている。

バリニイッア（囚人病院）に入院

十一月初旬、寒いシベリアの夜、コムソモリスクにある病院に着いた。トラックを降りて、皆に遅れまいと雪の渡り板を懸命に歩く。ストレートに連れていかれたのが、入浴場だった。

熱があろうがなかろうが、そんなことはいっこうにお構いなし。観念して、皆黙って裸になった。

ロシア人の係の男女が二人、何やらひそひそと小声で話をしてる。

「あ！　石鹸盗られちまうぞ！」

私の雑嚢を掻き回している。オレンジ色をした化粧石鹸なんて、あいつら見たこともないだろう。残念でたまらない。重たい思いをして、大事にここまで持ってきたというのに盗られた。湯殿に降りた。ペーチカの熱で湯殿は熱い。私は、自分で湯殿に立っているのが精一杯だった。それを見たロシア女が私をつかまえて、頭のてっぺんから爪先まで、ごしごしと、すごい勢いで洗ってくれた。

裸の上に木綿の襦袢に腰下、その上に外套をはおった。たったそれだけの格好で、零下の戸外に放り出された。渡り板の道を歩いて病棟に入った。

ずる賢い目つきのロシア男は床屋だった。剃刀で患者たちの陰毛を剃り上げる。集団生活の場では、脇毛や陰毛は伸ばさせないらしい。かって毛虱が蔓延して、手痛い思いをした経験からだと言われている。

病室はとても清潔だった。明るく淡い草色の毛布がなんとも気に入った。

入院してから一週間、相変わらず唾が出ないので、食べ物を飲み込むことができなかった。四面楚歌で、なにかにつけて、いちいちいじめに遭った。何でいじめるのか訳は簡単。いじめやすいからだ。第二に食事を残す。その食い物の行き先が気になって仕方がない。引ったくってでも食いたいのに、食わずに残す奴がいると、みんな腹が立って、いじめの対象となる。

「俺食えないから、食ってくれないか？」

と、隣の男に言って差し出しても、文句をぶつくさ言いながら、仕方なさそうに食っている。本当は嬉しいくせに、皆の目を意識して、不機嫌そうにして見せる。

ラトビヤ人の若い掃除人のお兄さんに頼んで、ボーチカ（ビヤ樽）から汲み置きの水を汲んできてもらい、少しでも食べるようにしていた。そして、彼にはお礼のつもりで、いつも昼食にでるビヤーロイフレーブ（白パン）をあげていた。彼は嬉しそうに、にこにこしながら受け取った。

薬は一日に一度、粉薬が出るんだが、その包み紙を大事にとっておいて、用便の時に使うようにした。小さな包み紙一枚で奇麗にお尻が拭けるんだから大したもんだ。

それにしても、薬だって毎日出るとは限らない。紙がないとき皆はどうしているのかと思い、観察してみてやっと分かった。枕の中に入っている綿を抜き取って使っていたんだ。あらかじめ縫い目を少しばかり解いておいて、小出しにして使っている。やるもんだね。

入院してから十日もたつうち、むくみもなくなり、唾も出るようになっていた。早晩退院になるだろうと思っていた頃だった。突然、隣の病棟の重病患者の部屋に移された。どうなっているんだろうか、腸チフスと診断された。

自分ではどうにも納得できず、ラトビヤ人のドクターに、自分は腸チフスなんかではないと言い張って、随分とドクターをてこずらせた。年の瀬が押し詰まった頃、わずかに下痢をしたことと、多少の微熱が出たくらいだった。同室の腸チフスの患者は、日に三十回もおむつを替えていた。その兵隊は骨と皮に痩せさらばえて死んでいった。そのほかにも三人ほど、肋膜や発疹チフス、肺病などで死んでいった。

年も明けて昭和二十一年一月、清潔で温かい病室の窓から見る戸外の冬景色。

「今日も零下三十五度あるんだってさ、昨日なんて零下四十度あったんだってよ」

そう言われても、ただ恐ろしい思いで、吹き荒んで舞い上がる白い雪を見つめるだけだった。

折しもシベリアは、四十数年ぶりの大寒波に見舞われたということだったが、温かいベッドの上にいる私には、シベリアの寒さを実感することはできなかった。そのうち退院してからいずれ迎えることになるであろう次の冬のことを思うと、ただただ恐ろしい怖い思いでいっぱいだった。

週に一度のバーニャー（入浴）も、やっとのことで許された。ただし一回だけで、その後は当分の間、入浴は許可されなかった。

行きも帰りもタンカに乗せられてのバーニャーだ。例のロシア女と床屋の二人、裸の私を見て、何やらひそひそ声で喋っている。私には、何を話しているのかよく分かる。

「見ろよ、あの兵隊。長いことないよ！　立ってんのが、やっとじゃないか」

言われても無理もない。ガリガリに痩せて骨と皮。毛穴が黒くぼつぼつと浮き上がり、手でさすると、ざらざらしている。左足の付け根がしびれていて感覚がない。

「畜生、誰が死ぬもんか、こんな処で誰が、くそっ！」

そんなある日、新しく入院患者が入ってきた。その兵隊がたまたま持っていた割れた小さな鏡を借りて、覗いて見て驚いた。髪の毛が奇麗に剥げてなくなっていた。まるで生まれたてのヒヨコのように。やっぱり腸チフスだったんだと、やっとのことで納得した。

腸チフスが全快した頃、多少だが蛋白がでていたということで、腎臓が悪いと診断された。やっと普通食になって喜んでいたのに、またまた患者食に戻されてしまった。

ダモイダモイで、ダモイの話と食い物の話で毎日が明け暮れる。懐かしい祖国日本や郷土。片時も忘れることのない家族のこと。郷愁の念やみ難く、昂じて気がふれる精神病の患者が、この頃とみに増えてきた。

それらの兵隊は皆一様に、一点を凝視したまま身じろぎもせず、声をかけても反応しない。まったく物を食おうともしない奴と、ガツガツと食う奴とふた通りだ。ガツガツと食う奴には、

「この野郎仮病だよ！　狂った振りしてやがる！」

と、同情は集まらないが、幾日たってもいっこうに物を食おうともしない奴には、同情が集まる。

「こいつは仮病じゃない、本物だ！」

と、皆が一様に保証した。

マダム・マローシャ

前にいた病棟では、病室内でも敗戦以前の軍隊の階級章を外すことが許されず、初年兵の私は、何かにつけて陰湿ないじめに遭っていた。

この病棟に変わってからは同室の皆さん方は軍隊当時の階級意識が全くないので、兵隊さんではなく、軍隊用語でいう地方人（町方の人）になったみたいだった。

やっと人間らしく、平等な楽しいお付き合いができるようになった。それというのも、ここには、いろいろな収容所からやってきた下級兵士の人達が多かったせいなのか、階級意識がまるでなく穏やかで、皆さんとても気の良い人達だった。お蔭様で本当に心休まる楽しい病院生活を送ることができたのだった。

その頃、私達の病室に二人のソ連兵が入室してきた。短い期間ではあったが、隣ベッドのソ連兵とは仲良しになった。とても気のいい奴で、話も弾んだ。もう一人の男は基本的に日本人が嫌いらしく、ことごとく、我々日本兵に突っかかってくる損な男だ。そいつが病室の中で大便をすると、紙を使わない、お尻を拭く習慣がないらしい。

「汚ねえ野郎だなぁこの野郎は！」

と、皆で軽蔑する。

だいたいにおいて、黒パンなんかを食べていると、用便の際など比較的小さな紙片で間に合ってしまうことも確かなようだった。

この兵隊達、軍隊で何をしでかしたのか？　何の落ち度もなくてこんな囚人病院に入れられるわけがない。

バリニイッアとは、ロシア語で囚人系の病院を指して言う。通常の病院はゴースピタリと呼ぶんだと聞いている。このバリニイッアは、丸太を組んだ高い塀に囲まれていた。四方の望楼には監視兵がたえず銃を抱えて睨んでいる。ここで働いている人達は、ほとんどが刑期満了に比較的近い囚人や、模範囚、加えてラトビヤ人のドクターなどであった。

ある日のこと、ドクター達が日露会話辞典を持ってきて、自分達はワイナープレンノ（戦争捕虜）ではなく戦利品だと説明していた。ソ連はラトビヤに侵攻した際、技術者や人間の頭脳まで強制連行して自国のために働かせた。いつになったら祖国に帰れるのか、囚人と違い刑期があるわけでもなくお先真っ暗。スターリンに対しての恨みつらみは大変なものだった。

囚人のほかには、外来で病院勤務をしている女医さんや看護婦さんが数人いた。

雑役婦達のボス、マローシャも囚人の一人だが、このマローシャには後日大変可愛がってもらったし、よく面倒も見てくれた。塀の中ではかなりの顔だし、なかなかの貫禄。とても怖い顔をしていて大柄な女だった。

ある日こんなことがあった。病棟をこっそり抜け出し、除雪された渡り板を歩いていた時、偶然、金の指輪を見つけた。持ち帰って指にはめてみたが、大きな指輪で親指以外にはズルズル。仕方がないので木綿の糸に通して首にかけていた。それを見たマローシャが欲しいと言うので、マホロカ（葉や茎の部分を刻んだだけの煙草で紙に巻いて吸う）と交換した。マローシャの指には丁度ぴったりだった。ことほどさように大きな女だった。

毎夕、ワクター（営兵詰め所）前で点呼がある。点呼こそあれ、それ以外塀の中ではまったく自由であった。ワクター前には、七十センチくらいに切った鉄道レールが吊されていた。監視兵がタポール（斧）の峰でガンガン叩く。それを合図に、塀の中で働く囚人達の点呼が始まる。日に一回は必ず、点呼のために囚人達はワクター前に集まってくる。

点呼といえば、かつてラーゲルにいた時は、やたらと就寝前や夜中に非常呼集がかかった。そんな時にはいつもそうなんだが、員数確認ができるまで、それこそ大変！　何度となく数え直し、途中まで数えていっては分からなくなって、またまた振り出しに戻って数え直す。掛け算ができないのかな？　とにかく、員数合わせが大変だった。抑留者なら誰もが体験しているはずである。

私がこの部屋に重患で入った時、しばらくの間、使用した食器類を含めて完全に隔離され消毒されていた。そしてそれらの雑用をこなし、雑役婦兼看護婦（？）として付き添って面倒を見てくれたのは、今は懐かしい人、色白で奇麗なナターシャだった。

「ズダローイ？　ソメヤ（そめや元気？）」

と声をかけながら、優しい顔がニコニコと微笑みながら寄ってくる。

彼女には二人の子供がいると言う。ある時私が、

「ウイ、バッショイグルジー（貴方の胸大きいね）」

と、言ったら両の手を胸に添え、持ち上げるようにして答えてくれた。

「ミニヤー、マーリチック、イエスドアー（小さい子供が私には二人いるのよ）」

それぞれに、人生の苦悩を抱えて懸命に皆生きているんだな……。


病棟のドアが勢いよく開けられる。いつものことだが、せわしげに鉛筆の頭で筆記板をぽんぽんと叩きながら、ワーリンキ（フェルト製のブーツ）を踏み鳴らして入ってくる。そして今度は私達の点呼となる。

病棟の入り口を入ると、廊下を挟んで、左右に病室が八室ある。一番左手前が診察室で、その向こうに配膳室がある。私達の部屋は右側の一番手前で、ちょうど斜め前が配膳室になってる。私のいる部屋は角部屋で、外に向かって前面と右側面が大きな窓ガラスになっており、とても明るくて日当たりの良い部屋だった。点呼の時には、横の窓ガラスを通して、毎日ワクター前に集まる囚人達の覚えのある顔を見ることができた。


食事の配膳は私の部屋から始まり、ひと渡りするとスープなど結構余るらしく、マローシャの大きな声が聞こえる。

「このスープをロシア語の上手な兵隊に持ってってやりなさい」

私は時折マローシャの好意で、おいしい思いをすることができた。

その頃の私は、一日ひと言のロシア語を覚えていくように努力していた。

紙も鉛筆もないので、頭で覚えるしか方法がなかった。隣のベッドに寝ている仲良しのソ連兵が、

部屋の前を通ったマローシャを見かけて、

「セストラー」

と呼んだ。呼ばれたマローシャが嬉しそうに、にこやかに応対していた。私なりにセストラーとは雑役婦長さんくらいに解釈した。私も真似をして、後日、

「セストラー」

と呼んでみた。日本に帰ってから日露会話辞典を見たら、セストラーとは看護師さんのことだと分かった。道理でマローシャが良い顔していたはずだった。

私のロシア語はすべてそんな調子。誰に聞いたとて答えは返ってこないので、自分流に判断するしかないのだ。

*

昭和二十一年二月頃だった。そのマローシャに、配膳室で働かないかと誘われた。マローシャはドクターにお伺いを立てた。

ドクターは、「染谷さえよければいい」と言ってくれたので、話がすぐに決まった。

三度の食事の後、配膳室で働くことになった。仕事としては、食器を洗ってよく拭き上げる。そして食器棚に収納する。ただそれだけの仕事。

食事のあとスープは余るが、カーシャ（かゆ）が余ることはあまりない。スープなど、時折部屋の

人達全員に差し入れできるくらい余ることがあった。

「ウベライソメヤ（片付けてソメヤ）」

同室の仲間達に喜んでもらえるよう、妬まれないためにも、残ったスープをできるだけ部屋の人達にせっせと運んであげるようにした。

ここにいる人達は誰でもそうだが、腹いっぱい食べることさえできれば、どんどん肥えて元気になって、すぐにでも退院できる人達だ。皆、空きっ腹を抱えて寝ているだけの、言ってみれば栄養失調患者。医者でなくともそんなこと、誰にだって分かる。

「もうじき日本米が食べられるからね」

と、しきりとドクターが言うので、待つことしばし。随分と期待していたのだが、確かに白米に違いはないが、まるでぽろぽろで味がなくてまずかった。今なら、外米だからさもあらんと思えるが、当時、外米なんてこと全然知らなかった。

その白いご飯だが、一人分が煙草のピース缶ほどの空き缶に入れられて、八分目くらいだった。いかに量的に少ないかが分かってもらえると思う。

塀の中の女達

この病棟で働く女達は、マローシャをはじめ、皆、底抜けに気の良い女達だった。犯した罪も気性も違い、それぞれに個性的で愉快な女性軍だ。

殺人罪で服役中のターニャは田舎者丸出しで、真面目一辺倒の力持ち。腕相撲で勝てる日本兵は一人もいなかった。

それにドーシャ。この女よく働くが気性も激しい。そんなある朝、偶然見てしまった。床をはうようにして雑巾掛けをしている彼女が、ベッドの下に置いてあった尿瓶の中の小便を、いきなりバケツの中にジャブッと入れた！　その汚い水で雑巾を何度も何度もすすいでは、床の拭き掃除を続けていた。

ドーシャといえばもう一つ、彼女がよくするゼスチャーで、日本ならさしずめ、

「あらあらあらあ、どうしよう。困ったわ」

と言う、そんな場面で、私も受けを狙って真似をした。彼女はそんな時、

「あいやいやいやああ」

と言っていたのだが、どこをどう聞き違えたか私は、

「ほいほいほいほおい」

と、やってしまった。それを聞き合わせた若いラトビヤ人のドクトルとドーシャに、笑いながらた

しなめられた。ホイとはロシア語で、オチンチンのことだった。

次にリーザだが、彼女は見上げるような大女で、体重も百キロを優に超える（？）。真っ赤なスカーフに原色の服、童顔で赤いほっぺた。底抜けに明るく、いかにも純朴そのものといった感じの所作振るまい。そんな彼女に配膳室でいきなり抱きすくめられて、ほっぺたにブチュー！　白雪姫のアニメに出てくるような、滑稽で明るく愉快なお姉さんだ。

「私の故里はカザーカ（コサック）」

だと彼女が言った。いかにも大陸的で大らかな女性だった。

それに、ピーザーという名の骨太で逞しい女性もいた。部屋の患者仲間が声を揃えて、

「ピーザーピーザー」

「ダーダー（はい、はい）」

と、遠くの方で返事が聞こえる。なおも、

「ピーザー、ピーザー」

と、大きな声で呼び続ける。何ごとならんとピーザーがふっ飛んでくる。

待ってましたとばかり皆が声を揃えて、

「ピツザー（おま×こー）」

怒るまいことか、あとが大変。

すっかり元気になって、週一回のバーニャー（入浴）も毎回することができるし、快適な病院生活

を送っていた。こんなふうに長く入院生活をしていると、段々と何か物を入れる袋物が欲しくなってくる。今までにも何枚か作ってはいたが、今度はより大きいのが欲しくなり、よせばいいのに、欲しい欲しいの欲望が高まって、着ていた木綿の白い襦袢を鋏でジョキジョキと切ってしまった。それがまずいことに、すこし大きめに切り過ぎてしまい、起き上がって歩いたり動いたりすると、背中やお腹が出そうになって、ひやひやもんだった。

そして、せっせとお裁縫をして袋を縫い上げ、紐を通して出来上がった。至極満足な出来で、やったあ、との思いも束の間、問題の入浴日となって、進退ここに極まった。

バーニャーに行った。脱衣場に入る。皆裸になってどんどん脱ぎ捨てる。見る見るうちに、白い襦袢と腰下がうず高く山となった。私も素早く裸になって、そ知らぬ顔で患者仲間の坊主頭を、バリカンでジョキジョキと一所懸命刈り出した。

それ自体はいつもの通りで、ごくごく自然で毎度のことであった。ロシア人の床屋は、もっぱら浴場内で、髭剃りと剃毛で手いっぱい。頭まで刈ってやる時間はないようだ。あいつにしてみれば随分と助かっているはずなのに、そのくせ感謝するどころか、

「バリカンはそんな使い方じゃ駄目だ。こうやるんだ」

と能書きをたれながら自分でやって見せたりする。言われるまでもない、そんなこと分かってはいるんだが。今の私には、バリカンを早く動かすだけの腕力がないだけの話。

そうこうしながら、一番最後の人の頭を刈っていた時だった。急に辺りが騒がしくなった。

高温殺菌消毒して洗濯するために、ひとまとめにして持ち去ったが、血相変えて洗濯物の山を抱え

てマローシャが戻ってきた。つんつるてんに切り取られた襦袢を片手に犯人探しに乗り出した。

「見て見なさい。誰が一体こんな？　なんてことをしたんですか！　みんな自分の襦袢をとりなさいよ！　急いで早く、ぐずぐずするんじゃないよ！」

怖いぞマローシャ。皆、湯殿から戻ってきた。一週間着用していたものだけに、盛り上がるように置かれたパジャマの山から名前もついていないのに、なぜか誰一人まちがわずにスムーズに各人が自分の物を取っていった。

最後に私達二人切りになってしまった。頭を刈り終わった兵隊がやおら立ち上がって、残された二組の内の一組を取って、後ろに引き下がった。当然の結果だが、最後に私の一組だけになってしまった。

憮然とした面持ちで、

「アーエータニマヤ　ドロゴイ（違うよ、これは俺んじゃないよ）」

マローシャは、ソメヤがやったとは思えないらしく、それ以上何も言わず、追及はしなかった。本当に危機一髪であやうく助かった。

やれやれと思っていたら、話はそれだけでは済まなかった。

それから数日たって忘れかけていた時だった。かつては入院患者だった小島という男。今では雑役夫として重宝がられ、病院のために働いていた。

この男が珍しく病室に入り込んできた。

「誰が襦袢を切ったか俺は知ってるからな！」

と言い出した。部屋の連中は、私も含めてこの男と口を聞くのは初めてだった。

馴染みもないこんな奴から、いきなり言いがかりをつけられて、皆、口をとんがらかして小島とやり合い怒っていた。小島は、

「切り取った布で、袋作ってんのも知ってるんだからな」

「よおし、そこまで言うんなら、誰がやったっていうんだ、言ってみろ」

長い押し問答の末、小島は出て行った。不思議と、小島という男、ただの一度も私の顔を見なかった。もちろん目線も合うことなく終わったのだが、この男、私を糾弾しに来たとはとても考えにくかった。部屋の仲間達も、私が犯人だとは思ってはいないようだし、染谷が犯人だと分かっていながら、かばってくれてるとも思えなかった。

バーニャーでのあの時も、部屋の仲間は異口同音にすかさず私をかばってくれた。

「染谷さんのじゃないよそれは。俺達見て分かってるもん」

私自身、皆の目に触れないように、秘かに袋を縫い上げたんだが、それにしても、普段、部屋の仲間に良くしてあげていたことで、大事に至らずに済んだように思えた。もし憎まれていたら、犯人探しなんか至極簡単。ベッドの横に置かれてあるボックスを開けて、私物を広げられたら最後。同じ共切れの袋が出てきて、すぐにばれてしまう。

今回ばかりは、少々やり過ぎだったかな……と反省。

＊

気の良いロシア女に囲まれて、腹いっぱいたらふく食べて、わずかの間にモリモリ肥えて、入院生活も六カ月。つかの間の幸せな日々もいつかは過ぎて、いつの日か来るであろう、恐れていた日がやってきた。

それも、ある日あるとき突然に。ラーゲルからカンボーイ（監視兵）が、退院する兵隊を受領に来ていた。待ったなし。追い立てられるような慌ただしい退院だった。その慌ただしさは、入院するときとまったく同じだった。

日本兵の患者達から、絶大なる信頼と敬愛の念を一身に受け、顔じゅうバラダ（顎髭）でおおわれた、柔和で堂々たる風格のラトビヤ人のドクター。マローシャをはじめ女性軍もあいにくと皆出払って留守だった。

お別れの挨拶もお礼のひと言も言えずに別れたことが、六十数年たった今日でもいまだに悔いが残っている。

お別れの挨拶を直接できなかったこともさることながら、なぜあの時、勇気を出してドクターに伝言をお願いすることができなかったか、それを思うと悔やまれて仕方がない。それくらいのロシア語なら充分話すことができたはずなのに。

私が退院したことを後から聞かされて驚くマローシャの顔が目に浮かんだ。

本当に素晴らしい人達との出会いと触れ合いに、感謝の気持ちを残して、心淋しい別れとなった。

退院兵は三人だけ。監視兵と共に病院を後に歩き出した。

ちなみに、化粧石鹸はやはり盗られて一個も残っていなかったし、良かったことといえば、軍服にたかっていた虱が全部死に絶えていたことだった。

今日も鳴る鳴る地獄の鐘が

退院したら絶対もとのラーゲルなんかには戻りたくないと思っていたのに、またまた地獄のラーゲルに戻って来てしまった。ついてないよなあ、まったく。

時、五月初旬。ラーゲルでは相変わらず階級章を外すことを許さず、階級制は前より増して厳しくさえなっていた。

直属上官殿に対しては停止敬礼だなんて言っていた。停止敬礼とは、視界の範囲内に直属の上官を見た場合（直属の将校に限る）、上官のいる方向に正対して速やかに行動を停止し、直立不動の姿勢をとり敬礼することをいう。

たとえ百メートル先の方にいた場合でも、視界の範囲内にあって、たまたま欠礼した場合、他の上官に見つかったら最後、ど突かれて大変な目に遭ってしまう。下級兵士を抑えつけ、軍隊組織を維持するために、一段と厳しく躍気になっている感じだった。

翌朝、作業出発前の朝礼で、大隊長いわく。

「今回の脱走者、数えること、これで十一人目である」

よくよく辛くて逃げ出したんだろうが、こんなところで逃げたって、格子なき牢獄も同じで、どうにもなるもんじゃない。

再度大隊に戻ってきた私を見て、三瓶が驚いて言ったもんだ。

「お前がよ、病院で死んじゃったと小隊に連絡が入ってよ。医務室に呼ばれて、軍医殿より生前のお前のこと色々と聞かれたんだぞ、どんな兵隊だったんだとかさ。俺は、てっきりお前が死んだとばっか、思ってたんだによお」

どこでどう間違って、病院からそんな連絡が入ったんだろうか？　今もって分からない、不思議な話だ。

伐採作業も、どんどん木を切り出して麓から始め、いつか山の頂上へと切り進んで行った。朝ラーゲルを出て、山の頂上に着く頃までには、いつも水筒の水が空になっていた。山では、カッコウ鳥が鳴いた。足下の草地からちろちろと清水が湧き出てる所がある。腹にしみわたるような冷たい水。こんな光景初めて見た。

上半身裸になって作業をしていた時。すぐ横で腰を下ろし銃を抱えて休んでいたカンボーイ（看視兵）の二人、何やら私を見ながらひそひそ話。一人の兵士がそばに近寄ってくるなり、いきなり私の胸を鷲掴んだ。

陽に焼けてない真っ白な身体、ふくよかな柔らかい胸が、女を感じさせたのかな？　不思議に思って思わず手が出たんだろう。

そんな少女のような胸も、真っ黒に日焼けしてガリガリに痩せるのに、さほどの時間はかからなかった。

夏

ラーゲルの朝　ゲートに吊された鉄道レールが夕ポール（斧）で
ガンガン打ち鳴らされる　地獄の鐘が響き渡るシベリアの夏
重い腰を上げて　ぞろぞろと戸外に出る　飯盒や空き缶腰に
営門を通過　殺気立って血走る目　道具で決まる　作業成果
ピラ（鋸）と夕ポール争い取って　上に上にと切り進み日ごとに
遠くなる伐採現場　水筒の水も　からになるほどの　急勾配
カッコウ鳥が鳴き　山の冷気ひんやりと深山幽谷の感あり
山肌よりちろちろと湧きいでる山清水　やがて大きな流れと
なり谷合いを勢いよく流れ落ちる　手も切れそうな冷たい水
ノルマに追われ追われて倒す大樹　大地に突っ張った太い枝が
高々と重なり合って倒れる　歩き跨いで枝払い　払い終わって
玉切って　八立方メートルに積み上げて　作業終わって下山する
疲れ果て　引きずる足も上がらずに　弾みがついて躓《つまず》き転ぶ
盆地の夕暮れは早く　陽は山陰に　虜囚の心と共に沈んでいく
シベリアの夏は短く　またやってくるであろう　極寒の冬が

帰りたい祖国家族待つ故里に　恐ろしい冬　またくる前に早く

私のパートナーは伍長殿だが、最初この人と組んだとき、周りの人が口を揃えて、

「あの班長殿と組まされた今までの相棒は、皆病気になっちまったよ。その辺のところ、気をつけるんだな」

そんな班長殿に鍛えられて、伐採作業もいっぱしできるようになっていた。

伐採のノルマは四リューベ（立米＝立方メートル）。二人では八リューベだ。薪伐採は二メートルの長さに玉切りし、縦横高さ二メートル角に積み上げる、それが一つ。

私は木のてっぺんを見上げながら、木の周りを一回りすると、この木はどちらに倒れるか一発で分かる。時として、大木によっては二回り三回りすることもあるが。

そして倒れる方向にタポール（斧）で受け口を入れる。ピラ（鋸）は二人で挽き合う、合い挽き鋸だ。切り株は低く低くと、とてもうるさい。太い木になると、ピラの幅いっぱい、五センチも挽けないようなときもある。そんなときは楔を打ち込みながら、粘り込んで切るしかない。

用材などは、六メートルとか四メートルに切るのだが、うっ蒼と茂った密林だから、切り倒した木が重なり合って枝を張り、地べたより三、四メートルもの高さとなる。枝から枝へ、跨いで越えての枝払いが大変だ。

枝といっても、その太さも半端じゃない。直径二十センチくらいざらにある。多量に出る太い太い枝も、もったいないようだが、防虫のため枝燃やし班がいて、奇麗に燃やして掃除をしてくれる。

私も、一度枝燃やしをやったことがあったが、とてもとても簡単に燃えるもんではない。特に冬場、零下三十数度もある中で凍てついた枝を燃やすには、それなりの技術がいるもんだなあと、つくづく思った。

狙い定めて切り倒した木が、木と木の間にうまく倒れずに、立ち木にひっかかってしまうことがある。滅多にあることではないが、その倒木を落とすためにその立ち木を切らなければならない。だが、またまたその倒木が別の立ち木にひっかかり、その立ち木をまたも切る羽目になる。二本、三本と重なり合って重みがかかり、みしっみしっと、何本もの立ち木がきしみ合い、今にもどっと落ちてくる感じだ。凄く怖い。それ！　とばかりに何度も逃げるが倒れない。怖さが手伝って、逃げ腰が足を引っ張る。

「しょうもない。少し粘ってみるか」

「いいか、声かけたら、お前は右にタポール持って逃げろよ。俺は左にピラ持って逃げるかんな」と班長殿。鋸を挽きながら大木のきしむ音を聞く。大木の重みがかかり、立ち木の切り口がばりばりっと裂ける。

「逃げろっ！」

左右にパッと散る。どどどっ！　と凄まじい音。地面が揺らぐ。

伐採作業って男性的な仕事だなあと、つくづく思う。それにしても日本人て、よくまあ働くよ。感心する。ラーゲルをあげての生産競争が、働かなければならないように仕掛けられ、周りの環境が自然とそうさせるのだ。

シベリアの暑い夏と冷たい心

作業現場が日に日に遠くなり、伐採作業も終わりに近づいた、七月中旬。毎朝作業に出る前、工具事務所には必ず伐採道具を取りに寄るのだが、程度の良い切れるタポールやピラを瞬時に見抜いて取るのに身体を張る。

一日のノルマがかかっているから必死だ。道具の良し悪しは、その日のうちにはっきりと作業成績に表れる。

夕方、道具を返しに立ち寄る事務所前、空き地に長い縁台が置かれていた。まだ若い、わりと奇麗なマダムがその縁台に腰を掛け、こちら向きでハジャイン（監督）と話をしていた。一見男好きのする女、女の大事な部分が丸見え、履いていない。髪の毛が赤い。あちらの毛も同じく、そして多毛だ。その気になったらさ、いつでも何処でもすぐにできるもんね。豊かな大自然の夏、その辺のところは、おおらかなもんだ。

日曜日の昼間。作業も休みで、皆のんびりとベッドの上で休んでいた。

「ブラックノイ（無頼漢）」、兵隊やくざの七人を指して、ソ連兵はロシア語でそう呼んでいた。突然ブラックノイの三人が、一人の男を部屋に呼び込んで、その男を三人がかりで寄ってたかって袋叩き。殴られている男は満州ごろ（ごろつき）だと、もっぱらの噂だが、さもあらんと思わせるような、骨っぽい男だった。

男は抜き身の日本刀を振りかざして、ぶった切ってやると血相変えてがなり込んできた。だが兵隊達の陰に隠れて小さくなって息をひそめている三人を、血走った目で見つけることはできなかった。

事の起こりは、満州ごろが、ブラックノイの仲間の一人を殴ったことに端を発し、仲間が仕返しに出たということだ。元々満州ごろは一匹狼で、ブラックノイとは突っ張り合って、反りが合わなかったようだ。

第一、大隊本部にぶら下っている軍刀を、いきなり飛び込んで行って抜刀してきたんだから、将校達が慌てて飛んでくるのも当たり前。続いてロシア兵も飛んできた。抵抗することもなく軍刀は取り上げられ、そして一件落着した。だがそれ以来、将校達の帯刀は許されなくなったし、もちろん軍刀は没収されてしまった。

日本は昭和二十年八月十五日。無条件降伏して敗戦した。武装解除して以来二年猶予の歳月が過ぎ去った今日まで、よくもまあ帯刀が許されていたものだと思う。

かつて日露戦争において勝利した大日本帝国は、乃木将軍とステッセル将軍との旅順での会見に際して、武人の情けをもって敗戦国の将軍に対して帯刀を許したことは、歴史が証明していることであり、誰と話をした訳でもないが、ソ連側の多分、あの時のお返しではないのかな……。

そうと、私なりに解釈していた。

その頃、地方巡回の劇団が回ってきた。その中に、滝口新太郎が劇団員として入っていた。私は正直言って、芝居なんかとても見に行く気になれなかった。ほんの少し舞台を覗いただけだったが、当のご本人にはごく間近で何度も見ることができた。

ふっくらとした、なかなかの美男子で、私より十歳くらい年上に見えた。

この人は、当時、映画を活動写真と言っていた時代の俳優さんで、すでに結婚していた。奥さんは月宮乙女という女優さんで、お二人とも時代劇の役者だった。彼は前髪立てのお小姓や若侍役が多く、美男俳優として人気があった。私は活動写真が大好きな両親に連れられて、活弁の時代から、いわゆる無声トーキーの時代も見ていた関係で、古くは尾上菊五郎や山田五十鈴の最初の夫、月田一郎等も含めて、活動写真のことはわりと知っていた。

それから間もなく彼の噂を聞いた。何でも彼は、ハバロフスクの放送局で日本向けのアナウンサーとして働き、ソ連に帰化することを希望しているという。その後だいぶたってから、彼は希望を受け入れられて、ソ連に帰化することができたと聞いた。

後日、日本への引き揚げ帰還船も最終期に入った頃には、ソ連内において、ロシア人に混じって働いていた日本兵技術者など、特に優遇されていた人達の中には、真剣にソ連への亡命を願い、またその人達はわりと希望がかなって、帰化することができたという。再び滝口新太郎のことが話題になって、仲間と話し合っていた時、

「世の中にはいろんな人がいるもんだな、日本に帰りたくないっていう人もいるんだからな。どういうんだろうね、気が知れないよ」

と言ったら、

「俺もそうだよ！　帰りたくねえもん」

「どうしてよ！」

「どうしてって、帰りたくねえんだ」

それ以上、何も聞かずにおいた。生まれ故里に彼を待つ人が誰もいないのだろうか？

ソ連に帰化した人達の中での有名人といったら、まず滝口新太郎が筆頭だと思う。

かつて、女優岡田嘉子が男性演出家の杉本良吉氏と、雪のサハリンを越境して入ソ、杉本氏はスパイ容疑で銃殺刑に処せられた。岡田嘉子は服役して、一時期、獄中生活を体験した。

太平洋戦争中、ハバロフスクで対日ラジオ放送のアナウンサーとなったそんな女優、岡田嘉子と滝口新太郎はハバロフスクで知り合って結婚した。後日二人はモスクワに移り住んで、モスクワ放送局で働いていた。新太郎は晩年奥さんの岡田嘉子に看取られて他界した。その後岡田嘉子は、何度目かに日本に帰国した際、夫新太郎の骨を故里の地に納骨して手厚く弔った。彼はなぜ、月宮乙女を残してソ連に帰化したのだろうか？　すでに彼女とは離婚をしていたのだろうか？　当時、芸能雑誌もなかったし、ラジオもＮＨＫの放送だけで、マスコミの報道も皆無。そんな時代だったから、私には分からない。今現在においても、滝口新太郎のことや月宮乙女のことなど、マスコミで紹介されることもなく、忘れられた過去の人にすぎないのかもしれない。


伐採作業も終わり、搬出作業に変わった。薪の搬出作業だが、これもまた大変危険が伴う作業で、敷設されたレールが問題だ。

凸凹に起伏した山間に敷かれた、曲がりくねったレール。枕木が露出している。まるで遺体を火葬で荼毘《だび》に付するために造られたように、丸太材が何段にも互い違いに重なり合って組み込まれている。レール上のトロッコに、幅二メートル高さ四メートルに積み上げられた薪材を、一頭引きの馬にロープで引っぱらせる。

二、三台間隔を置いて同時に走り出す。馬上豊かに猛スピードで突っ走る。上り坂になると、引っぱられたロープがぐうんと張りつめて危険はないのだが、一旦下り坂になろうもんなら、馬よりトロッコのほうが先を走ってしまう。そんな時には、でれんとたるんでしまった太くて重いロープ操作が難しく、必死になって頑張る。

ロープ操作の道具には、三メートル以上まっすぐに伸びた枝と、丁度いいあたりでV字型に曲がった枝を、頃合いを見計らって切る。これで操作用鍵枝の完成だ。

四メートルもの高い薪材の上の先端に腰を下ろして、鍵枝でロープを引っ掛けて、露出した枕木の端にロープが引っ掛からないように操作する。トロッコがたえず前後に揺れている。馬が遅くトロッコがやたらと速いとき、怖いし神経が極度に緊張する。

谷間の低い駆け上りでは、地面より一メートルも高いところにレールが敷かれているので、枕木が何十本も露出している。

用材のトロッコ搬出も、しばらくの間やっていたことがある。用材の場合は、左右に馬の二頭引きだ。用材は六メートルからの長さがあるので安定感があり、危険度も低く、ロープ操作もそれほど難しいとは思わなかったが、薪材の搬出は実に怖い危険な作業だ。

枕木にロープが引っかかろうもんなら、がくんと急停車して、ずどおんと、前に脱線転覆して身体はレール上に放り出される。薪材が辺り一面に散乱する。これを再度積み込むには、大変な時間が消費される。

皆から寄ってたかって、怒鳴られる。容赦ない罵声が飛ぶ。なじられる。冷たい目が、怖い目が、軽蔑した目が一斉に痛い身体の全身に浴びせられる。

人間という奴は、極限まで落ち込んで自分が苦しいとき、弱いものを助ける心が極端になくなり、逆にいじめてしまう。栄養失調でふらふらしている奴や、病気でいじいじしている奴を見ると、明日の我が身が見えてくるのか、何かにつけていじめられる。そんな私を見て、小休止のときに、同じような調子でいじめにかかった奴がいた。

「ふざけんなこの野郎、上官だから黙ってんだ。てめえまで調子づくことねえだろう。そうだろうが。日本に帰るまで、皆で助け合って、お互いに生きていくのが本当だろうが、違うか?」

そいつはひと言もなく静かになった。階級章のないところでは、私は強い。

腹の調子も悪く、下痢が続いた。しまいには、白い寒天のようなのが少し、小枝の先で突くと、ぷりりんと揺らぐ。医務室へ行っても休みなどもらえないし、自分で苦しみ、自分で治すしかない。真っ黒に燃え切った薪の消し炭になった部分を粉にして、下痢止め薬の代わりにせっせと飲んだ。鳥目になって苦しんだのも、この年の夏だった。

ラーゲルに帰って夕食後、ほっとひと息ついて休むとき、なん棟もある兵舎の中で寝る兵隊なぞ一人もいなかった。南京虫にたかられるので、皆、戸外の渡り板の上にマットを敷いて寝たり、住棟の屋根裏にマットを敷いて寝ている。しまいには屋根裏にまで南京虫が上がってきた。

退院後初めて不寝番についたときだった。兵舎の中に入り、二段ベッドの下段に腰を掛けて、部屋の真ん中に置かれているテーブル上の、ランプの光りをぼんやりと見ていた。テーブルの上には驚くほど沢山の蟻《あり》んぼが、動き回っていた。

しばらくたってから腰を上げ、テーブルの前に立って見て驚いた。蟻だと思っていたのは、なんと南京虫だった。こんなにも沢山、数百匹の南京虫を見たのは初めて。テーブルの板が見えないほどだった。腰掛けている間にも嫌というほど、南京虫にたかられていたのに、気づかなかった。どおりで、皆が戸外で寝ている理由が分かった。

丁度その頃、遠い遠いラーゲルから三週間もかけて、同年兵の時計屋の伊藤がやってきた。そいつを翌朝見て驚いた。こともあろうに、部屋で一晩寝たんだという。顔から身体じゅう、南京虫に食われて真っ赤になって、白いところが全然見あたらなかった。よくもまあ、こんなになるまで、寝ていられたもんだ。

ゴースビタリフタロイラース（再度入院）

薪材のトロッコ搬出で、何回目かの脱線事故の際に線路上に投げ出され、右足の脛をレールで強《したた》かに打ってしまった。片足を引きながら医務室に行き診断してもらった。休みももらえないだろうと思っていたのに、何と入院することになった。

またまた奇跡としかいいようがない。どの程度の怪我か、自分でもよく分かる。働きながらでも我慢すれば、治せる怪我だと思っていたのに、ついてるぞ。今度こそ、こんなラーゲルとはおさらばだ。

その頃、数回トロッコを脱線転覆させて、皆から怒鳴られたり、いじめられたりしているうちに、段々と気持ちが萎縮していった。そうなったらもう駄目。

厳然たる階級組織の軍隊では、初年兵はどうあがいても、どうにもならない。寄ってたかっていじめに遭う。混成大隊になってしまったから、余計に激しく遠慮なくやられてしまう。ただし、同じ小隊の人からいじめに遭ったことは、ただの一度もなかった。

上官の命令は、即ち朕の命令である。畏《おそ》れ多くも畏《かしこ》くも、天皇陛下のご命令である。どんな理不尽な命令であれ、殴られようが、蹴とばされようが、上官のすることすべてが朕の命令であり、それは犯し難い絶対なものであった。

どうにもならない環境の中で痩せさらばえて、独り苦しんで頑張っていたが、こんな地獄よりまたもや思ってもいなかった形で救い上げられ助けられた。

入院する兵隊は全部で十四、五名。トラックに揺られながら、ラーゲルを後に走り出した。時、十月中旬。

「あの丘に、日本兵の墓地があるんだぜ」

と言いながら、二、三の兵隊が手を上げて、丘の上を指差した。

トラックは途中でロシア人の刑務所に立ち寄った。

辺りはもう暗い。嫌な感じだ。何もなければいいのだが。付き添って来たドクトルは、カントーラ(事務所)の奥に入ったきり出てこない。皆も、狭いカントーラに押し込まれたまま。中は真っ暗で、ランプの明かりも何もない。囚人がカントーラに入ってくる。

私にナイフを突きつけて、雑嚢の中をやたら掻き回し始めた。

「それは石鹸だよ。あんたにやるから持って行きな」

ロシア語で言われるとは思ってもいなかったと見え、驚いたようだ。

「ムーイロ?(石鹸?)」

と、聞き返しながら、石鹸一個盗られただけで済んだ。

皆はひと固まりになって、盗られまいとして懸命に頑張った。

ドクトルからケースを預かった西田なんか、いい災難だ。必死になって盗られまいと抵抗して殴られた。

ドクトルがやっと現れた。事の次第を皆で代わる代わる訴えたが、ドクトルは、通じない振りをしていた。

「グォール！（泥棒！）」

と叫んでも駄目！　通じないはずがないのに、なおも追い討ちかけて訴えると、しまいには怒り出す始末。変な男。

刑務所を後にして、やっとのことゴースビタリ（病院）に着いた。

私達が入院した病棟は本建築ではなく、仮設病棟らしい。屋根からすっぽりと病棟全体が天幕で覆われていた。

二度目の冬がやってきた。夜が寒い。雪が積もり、時折、外の気温がよほど下がったのだろうストーブの前にいても、前は熱いが背中が寒い。どうにも寒くて眠れない夜もあった。第一、病棟の床は土間になっていて、じかに泥床だった。寒いはずだ。

この病院で働く女達は、以前入院していたバリニイッァ（囚人病院）と違い、どことなく上品だ。

今まで出会ったロシア人の男達は、話の合いの手にふた言目にはやたらと、

「ヨットイマーチ（汝の母を姦淫せよ）」

マーチとは、日本語ではお母さん。もっと悪い言葉で、

「ヨットイボハマーチ（汝聖母を犯し姦淫せよ）」

ボハとは神であり、母なる神と姦淫しろ！　という意味になる。

「ホイスラク（チンボコなめろ）」

を連発する。日本人の野蛮性を侮蔑した言葉で、

「サバーカサムライ（犬ざむらい）」

「サムライハラキリ（さむらい腹切り）」

と、色々ある。

あるときこの病院のお姉さんに、

「ヨットイマーチ」

と言ったら、叱られた。

「そんなこと言っては駄目」

と、たしなめられた。同じシベリアだからいいのかなと思い、試しに言ってみたら、やっぱり駄目。そんな悪い言葉は使わない、限られた小さな社会もあるようだ。

ここでお断りしておくが、私の書くロシア語は、発音通りに書いてある。日露会話辞典などにあるカタカナ通りに話しても、およそ通じにくいだろうと思う。例えば、
さようなら「ダ、スグィダーニヤ」は「デスビダーニャ」。

こんにちは「ズドラーストグィチェ」は「ドラースチ」。

分かりません「ニェパニマーユ」は「ニプニマーユ」。

字の通り読んで話せば、通じる。

ここの病棟で働いている兵隊で、なにかというと、

「ヤーソーロクセーミーヤー（私は四十七）」と言う。言葉の語尾につく最後のヤーは大阪弁のヤーでロシア語のヤーではない。聞いてるロシア人にしてみれば、

「私は四十七、私」

と聞こえる。ヤーとは私。言葉の最初と最後に、二度ヤーを言ったので、そう聞こえる。何かにつけて、四十七歳を売り物にしている感じだ。

ーオン、スタールイ（彼は年寄りだ）」

ということで、可哀相だからと退院させず、病院の雑役をさせているのだと聞いた。だが私達が退院した後、盗みを働き退院させられたとも聞いた。

若い私の目から見ると、当時の四十七歳は、なんとも年老いた老人だ。この男少し調子づいてるように見えた。特権階級かのように態度が大きい。こんな年寄りまで召集して兵役にとったんだから、驚きだ。

私の同年兵は全部で四十名。そのなかで甲種合格者がたった一人。足が悪いのや、指が一本ない者、内務班教育で軍人勅諭の覚えが悪く、ビンタを食らう辛さに耐えかねて、自分は以前脳膜炎をやったことがあります、と自主申告する奴。かくいう私も第三乙種で合格した。育ち盛り、食いたい盛りに食えずに育った、当然過ぎるほど当然の結果だ。

病棟は、入り口を入って右側の手前角がナースステーション、左角が配膳室、真ん中が通路で、左右にベッドが横一列に並んでいた。

仮設病棟らしく、ペーチカがなく、ストーブが真ん中付近に置いてあるだけ。さらに進んで病棟を突き抜けると、戸外に便所があり、実際には小便所だけ。屋根もなければ囲いもない。多分大便所もあるんだろうと、まったく知らないまま勝手に思い込んでいた。

大きい方をしに外に出た。突き当たりの左手前に四角いそれらしき穴があった。しかしごみ捨て場らしいと、やっと判断できた時にはもう遅かった。なんとも暗い、いまさらどうにも我慢できずにやり出した。小便にやってきた古兵に見つかり怒られたが、皆には黙っていてくれた。

ヨットイマーチをたしなめたお姉さんが大の歌好きで、彼女の音頭とりで、夜、歌謡大会になった。

結構上手な人がいるもんだ。それに、そんな患者仲間に寺の住職がいて、そいつが「琵琶」を歌う。琵琶の場合、歌うというのかどうか知らないが、長時間延々とうなる。

若い青年医師は大変気に入ったと見えて、一所懸命真剣に聞いていた。それも一度ならず二度までも、日をかえ予約して琵琶を歌わせ、聞き入っていたのには驚いた。

どんな時どんな場所にでも、小さな喜びや楽しいひとときがあるもんだ。

私はその琵琶を歌う寺の住職に、縫い針を貸してくれと頼んだが、頑として貸してはくれなかった。私も意地になって、執拗に貸せと言って引き下がらなかった。そしたらあの糞坊主、手を合わせて長い時間念仏を唱えて祈りを捧げた後、やっとのことで縫い針を貸してくれた。

嫌な野郎だよまったく、縫い針が貴重品だくらい、よくよく分かっている。決して粗末に扱う気はないし、そこまですることはないだろうに。

本建築の本病棟へ行き、初めてドクトルの診断を受けた。

若くてハンサムな青年医師が、私の盲腸の傷跡をていねいに見ながら、日本語で、

「膿みありましたか？」

と聞いた。彼らにはおよそ理解できないほどに短く、そして奇麗な傷跡なので、化膿していたのかどうかを知りたいらしい。

無理もない。ロシアに来てから盲腸手術を受けた人の傷跡は二十センチもあり、いつまでもじゅくじゅくして治りが遅く、苦労しているという話をよく聞かされた。

私自身は一度も見たことはなかったが、なんにしても日本の医術は大変優れているらしい。

この青年医師は、なかなか優秀なお医者さんだそうで、将来を嘱望されてモスクワの医大に呼ばれて行ったと後日聞かされた。

初めての冬と凍傷

一カ月ほどの入院で足の怪我も完全に良くなり、十五名ほどの患者と共に退院することができた。時、十一月中旬のことだった。

トラックに乗り、ドーフのラーゲルに入所した。病院からさほど遠くない所だ。

随分と大きなラーゲルだし、敷地も大変広い。一行十五名はまずバーニャー（入浴場）に連れていかれた。

この十五名の中から、皆の話し合いで隊長さんが推薦で決まった。小隊長として吉岡さんという人にお願いすることになった。

病院には階級制はなかったし、このラーゲルにも階級制はないようだ。

バーニャーでは、なんの説明もないまま、まず手桶一杯のお湯をくれた。係の兵隊はぶすっとして、とても感じの悪い男。若いくせに偉そうにして態度の大きな奴だ。

皆身体を洗い出した。シベリアの水事情の悪さは骨身にしみて堪えているので、警戒しながら、もらった一杯のお湯で上手に身体を洗った。当然のこと石鹸は手加減してあまり使えない。ところが、委細構わず、がばっと石鹸をぬりつけて洗い出した吉岡さん。泡だらけになった身体を、洗い流そうと二杯目をもらいにいったら、

「駄目だ。一杯だけ！　そう決まってんだ」

と、なんとしてもお湯をくれない意地の悪い奴。ここで怒り出したいところだが、ぐっと堪えて哀願するしかないようだ。皆の口添えもあり、やっとのことで二杯目をもらい、洗い流すことができた。やれやれ！

皆が隊長さんに押すだけあって、それなりの強さを持っている人なんだが、皆の前でおおまかといおうか、弱い面をさらけ出した隊長さん、お気の毒さま。

私達が最初に放り込まれた兵舎は小さな一戸建て。カントーラ（事務所）にでも使うつもりで建てたのかな？　とにかく小さな建物だった。

数日たつうちに段々と様子が分かってきた。私達はこのラーゲルではどうやら一時的な仮住まいで、居候をしているらしい。そのうちに本来の行き先が決まるらしいのだが、なんの説明もないので、いつになることやら、皆目見当がつかなかった。

ここでの作業は、食糧倉庫の清掃作業や道路の除雪作業だ。食糧倉庫といっても、どこに食糧があるのやら、見たことがない。そんな状況の中で、安田という男、不思議と何かしら持って帰る。いい匂いをさせながら、ペーチカの上でパン粉のような粉を水で溶いて焼いている。何かにつけて要領がいいし、抜け目がない。その鮮やかさが何とも皆の反感を買う。皆から批判され良く思われていないのを、本人はよく承知している。

口数も少なく、いじめにも動じない強《したた》かさを持ち合わせている男だ。私は頭から嫌わずこの男ともよく話をした。

なんとも香ばしい匂いがしだして、うまそうなので、毎度煙草と交換して食べたが、味の方は匂いほどではなかった。

この男とのつき合いは、これから先もしばらく続いて、後日談がある。

山野という男が、飯盒を盗られたと騒ぎ出した。その犯人が安田だという。名指しするからには、それなりの確信があってのことらしい。皆で彼を糾弾した。そして、みんな興奮して彼を殴った。

彼には多分に盗癖もあるようだった。皆して戸外に出た。積雪三十センチ。多分雪の下にでも隠してあるんだろうと、あちらこちらと捜し回って見たが、捜しきれるもんでもなく、皆、しまいには飯盒探しを諦めた。


その後、作業が道路の除雪作業に変わった。毎日、吹き荒ぶ見渡すかぎりの原野に立ち、一日中スコップを振り回していた。

風が吹くと体感温度が下がり、マイナス四十度、五十度となる。その寒いこと半端じゃない。風を遮る立ち木一本立ってはいない。

昼食の時、焚き火の前で綿の入った分厚い手袋を、なんとか脱いで箸を使いたいと思い脱いではみたものの三秒と我慢できない。たえずばたばたと、足踏みをしていなければならなかった。小指が痛い。凍傷になるぞ！　と、思いながらも、どうすることもできない。

吹雪

吹き荒ぶ風がさらりとした　水気のない雪を　踊らせる
舞い上がる吹雪が視界をはばむ　風上に真向いて進む
顎が凍りついて　酔いどれのごとく　ろれつ回らず頬強張る
ゆっくりとろれって喋るひと言　お互いに顔見合わせて
鼻先の白くなるのを気づかいて　初期凍傷を　教え合う
鼻毛がちかちかっと凍てついて　瞬きをするたびごとに
まつげが　互いにくっつき合う　手斧にすくいし雪を
口に運ぶ　うっかりと唇に触れて　皮をとられて驚く
凍てつく寒さが足踏みを　間断なくさせずにはおかない
焚き火に当たりながら　片時も手袋を脱ぐこともできずに
小振りなワーリンキ（ブーツ）の中で　動きの悪い足　小指が痛い
凍傷になる！　そう思いながらもワーリンキを脱いで
揉みほぐすことも　叶わぬ寒気　体感はマイナス五十数度に？
極寒の冬は長く　シベリアの春は　まだ遠い彼方にあり
帰りたい故郷の春に今一度踏みしめたい　祖国の土を！

明日

明日という字は　明るい日と書くそんな明るい日が
いつの日くるのか　祖国からさえ忘れ去られた？　俺達には
格子なき牢獄だ！　隔絶され雪に閉ざされたラーゲルの中
あるはただ孤独と絶望だけ　痩せこけた身体ふらふらと互いに
助け合う心今はなく　いたずらに傷つけ合う　あるは己のみ
なんとしてでも生き抜こうと　必死になってうごめき這いずる
死相がちらつく兵隊の顔　とぼとぼ歩く後ろ姿に明日は誰
ふらふらと担ぐつるはし　引きずる足つまずいて転びまた滑る
黙々として語らず言葉なく沈黙の世界　喜びも感動もなく
能面の如くに　笑いの失せたる顔雪焼けて真っ黒々猿のよう

凄まじき極寒の冬　雪の世界　どんよりとして吹き荒ぶ風に
舞い上がる雪身体に合わない被服が　小ぶりなワーリンキが
凍傷を誘い呼び込んでいたぶる　吹雪いて上がる体感温度
零下五十度の厳しい寒さが　痛みとなって肌を刺し通す

すきっ腹を抱える　屠殺場に引かれゆく　牛馬のように
ダワイダワイ！（さっさと歩け）　スカレーベストラ！（早く！　急いで）
ダワイダワイで追い立てられる　永久凍土のシベリアに
置き去られ捨て去られた俺達を　忘れずに思い出してくれ
生きる望みはただひとつダモイ　ダモイでまた陽が暮れる
生きている今　帰して欲しい暖かい春に　家族待つ故郷に！

ダモイダモイの情報がまことしやかに　流れて飛んでまた消える
幾たびもぬか喜んで　騙され傷ついた心　癒されることもなく
流れ去った歳月　いつの日報われる　素晴らしき春を我等に
夢の中幼き日に小川に遊び　原っぱに寝転んだ草花の香りが
口いっぱいに頬張った　おむすびの味が　楽しかったお正月の
餅をつくきねの音嬉しくあんころ餅　ぼた餅お萩ぜんざいと
目を輝かせて能弁になるひととき　喋り疲れて　空しさが残る
帰りたい故郷に　絞りでるはらわたの叫び　心病んで狂いだす者
腸チフス発疹チフス　栄養失調と　肺や肋膜侵されて次々と
死んでいく兵隊　命ある今帰りたい暖かい春に　家族待つ故郷に！

焚き火の前にいながら、靴下を直すこともできないでいた。今、靴下といったが、実際にはロシアでは、軍服の古い生地を利用して、四角に裁断した布生地を靴下がわりにしていた。それはソ連のオフセル（将校）といえども例外ではなかった。

その四角い布を、畳むように上手に、足に巻きつける。そしてワーリンキにそっと差し込むように入れるのだ。

夕方、ラーゲルへの帰途、四、五十分は歩かねばならない。向かい風の厳しい寒さでは、顎が凍りつき、舌がもつれて、ろれつが回らない。まるで酔っ払いのようになる。

ワーリンキを脱いで間もなく、部屋の暖房で急に暖められて痛みが倍加した。それでも凍傷の初期だったので、皮膚が紫色に変色しただけで、大事に至らずに済んだ。

極寒のシベリアも、入ソして以来二年。二回目のジイマ（冬）を迎えたが、私にとっては初めて体験する厳しいジイマだった。

かつて、ロシア人の作業監督が言っていたことがあった。

「私は何でこんなところにいるのか、何でここに住んでいなきゃいけないのか、今もって分からない」

と。多分、分からない、知らないのはご本人だけ。恐らくうかつに喋った一言が、命取りになったのではないのかな？　ソビエト国家保安部の代名詞となっている、ゲー・ペー・ウーは、泣く子も黙ると恐れられていた。確かに恐れられている、そんな風情をロシア人の日常生活の中から、垣間見ることが何度かあった。

彼らは生涯、定められた居住区域から出ることは許されない。想像するに、思想犯、政治犯といったところかな？　誰にでもあることで、ウオッカ飲んだ勢いで、酔いにまかせて、うかつに喋ったひと言が災いして。怖いんだよね。そんな人が大勢いた。ほとんどの人が居住区域の制限者のようだった。

将校（オフセル）達にしてみても、何か失態をやらかして左遷されて来た人達だった。本人達は黙して語ろうとはしないが、そんなことって自然と分かるもんだし。思想犯や政治犯、それに服役を済ましたかつて囚人だった人や、軍隊に捕虜になったというオフセルもいた。そのオフセルの場合はとてもひどかった。

運悪く捕虜となり、拷問を受けたという。十本の手の指の爪を全部、抜かれたんだそうだ。爪が全部真っ黒になっていた。私は何と言ったらいいのやら、言葉を失った。気持ちの優しいオフセルだっただけに。

急に部屋の中がざわついた。何ごとならんと見れば、兵隊の一人が鼠を食うと言い出してきかない。それを必死になって隊長が押し留めている。見れば真っ黒な大鼠が、雪の上でカチンカチンになって死んでいる。なんで死んだのかも分からない鼠を、食うと言うんだからすごい。本人は、

「俺は平気だよ！　平気だもん。第一うまいしさ！」

以前にも食べたことがあるらしい。諦めさせるのに大変だった。そんなこと平気な人って結構いるもんだ。

これに似たような話だが、入院前の小休止の時だった。隣り合わせた小隊長の話を聞いていると話はこうだ。

前頭部がつるっと禿げている男がいて、禿げ方も異常で汚らしい。この男、暇さえあれば頭の毛を抜いて食べてしまうそうだ。

「俺はうまくって、しょうがねえもん」

と言いながら、止める気配はさらさらないように見えた。

「今度食ってるところ見たら、誰だって構わねえからよ、ぶっ飛ばしていいかんな」

と隊長が言っていた。それにしても坊主頭の短い毛を、よくもまあ、こんなに器用に抜けるもんだと感心した。

ここに来てから、三週間くらいたった頃だった。やっと我々に転属命令が出た。

第四章　民主主義ってなんですか？

オカラーゲルの床屋さん

ワクター前に整列した十五名の仲間達。転属先が皆一緒ではないらしい。盗られた飯盒のことが気にかかって仕方がないといった感じで、山野がしきりと、

「頼むよ頼むよ！　取り返してくれよな！」

と、誰彼ともつかずに頼んでいた。よほど悔しかったに違いない。

「大丈夫だよ山野、なんとかするぜ。きっと取り返してやるから待ってろよ」

行軍が始まった。結構な人数だ。三百人くらいいるだろうか？

何キロくらい歩いたか？　雪の街道を真っすぐ進んだ辺り右側の少し奥まった所にラーゲルが見える。作業大隊だ。その前を左に曲がって、二百メートルくらい行った所に、三方、山に囲まれたラーゲルが見えてきた。

時、十二月上旬。このラーゲルはオカ収容所であった。

「やったあ！　良かったなあ、みんな本当によかったなあ」

ここでは重労働が免除され、最低限自活して行くために必要な軽労働があるだけと聞いている。みんなほっとした思いで顔がほころんでいた。

ラーゲルに入って直ちに小隊の編成替えが始まった。

私は勤務小隊に編入された。

そして私はパリクマーヘル（床屋さん）を任命された。

オカ大隊で楽ができると思っていたのに、床屋さんじゃ楽はできないな。

「まあいいか！　やってみよう、どんなんなるか」

勤務小隊に起居するようになった。ソ連のラーゲルでは、理髪室はほとんどの場合、必ずといっていいほどバーニャー（入浴場）にセットされていた。脱衣場の一角に理髪室があって、ラーゲルによっては、洗濯室や滅菌室なんかも一緒の所がわりと多かった。入浴は一週間に一度だけ。このラーゲルの場合、特に水事情が悪く、ラーゲルで賄う水は、すべてラーゲル内の積雪を利用した。テントの生地を利用した大きな風呂敷に、雪を詰め込んで肩に担いて持って来る。浴場の中には、バッショイボーチカ（大きな桶）が置かれている。高さが二メートル、直径二メートル五十くらいの大きなものだ。その中へ雪を放り込んで、薪を燃やして溶かして使う。大変な作業だ。

床屋さんは私のほかにもう一人付けてくれた。相棒はもの静かなおとなしい男だった。

パリクマーヘルだからといって、自分らの仕事だけというわけにはいかず、そのつもりでいたら怒られてしまった。バーニャーの作業も手伝っていかなければならないし、結構一日中忙しく働いた。

床屋は床屋の仕事だけ、そんなわけにはいかなかった。

その後、いち早く伝染性皮膚病の疥癬《かいせん》小隊が結成されていた。三十名くらいいたろうか。バーニャーもその人達のために昼間開放して入浴して頂いた。なんとも肌が汚ない。疥癬小隊の隊長さんなどは、まるで鮫肌だ。見ただけで、ぞおとするほど。他の兵隊達も紫色の塗り薬をつけているので、身体中紫色の斑点だらけで賑やかだ。一般の兵隊さんとは、すべて生活の分野で隔離されていた。伝染を防ぐためらしい。生野菜なんて食べられないし、ビタミン不足や、栄養失調からなってしまう皮膚病なんだそうだ。

このラーゲルに来てしばらくたった頃、私は山野の悔しそうな顔が思い出されて仕方がなかった。そこで私は秘かに、問題の男、安田の動きをマークし始めた。間違いなく彼は飯盒を二個持っていた。転属の際、雪の中から掘り出して、雑嚢に隠し持って来たんだろう。

どの飯盒か、いつもどこに置いておくのか、二個のうちどれが山野の飯盒か？　調べて行くうちに段々と様子が分かってきた。時期到来、いよいよ行動開始の時がきた。

夕食後、就寝までにはだいぶ時間があり、皆思い思いに、やりたいことのやれる自由時間だ。兵舎の中はざわついていて薄暗く、兵隊達が右往左往していて決行の条件が揃っていた。大勢の兵隊とざわつきを利用してのかっ払いだ。

なにげなく、ごく自然に飯盒を手にとって、ゆっくりと表に出た。部屋の中は暗く、見咎《みと》める者は誰もいなかった。

兵舎の前は広い雪原で、その中にずぶっ、ずぶっと進んで入り、飯盒に雪を入れて洗うようなしぐさを始めた。いぶかしく見られているような視線を背中に感じたので、わざとゆっくり行動した。雪原に入り、同じようなことをしている兵隊が十数人いたので、怪しまれずにすんだ。かくしてかっ払いは見事に成功した。

「ざまあ観々《かんかん》（ざまあ見ろ）」

思わずミックス満語が飛び出した。

さて！　どうしたものか、ここは一番考えないといけないぞ。雪の中に隠そうか？　そしてほとぼりが覚めた頃に取り出す？　それが一番かもしれないが、待てよ！　勤務小隊の人達や、特にバーニャーの人達の手前、持っていないはずの飯盒が、途中から出てきたりするのもおかしいしな。

「そうだ、飯盒に偽装したらどうかな？」

早速飯盒の蓋に彫刻を始めた。絵柄は薔薇の花。奇麗に出来上がり、さっそく使い始めた。突然現れて使い始めた飯盒だが、誰も気づいてはいないようだった。ナチャーニックバーニャー（入浴所長）の宮田さんの視線がチョイト気になってはいたが、まあ、まあ成功したと思っていた。

そうこうしているうちにも三週間くらいたった頃。私がいない留守のときだった。安田が飯盒を捜しに来たらしい。そして、

「この飯盒は俺のなんだが、今、誰が使っているんですか？」

と聞いたらしい。

「染谷君だと言ったら、また後で来ると言って帰って行ったよ！」

と、こともあろうに宮田さんが応対したとは。参ったな！　とうとう嗅ぎつけたか。

もともと盗んだ飯盒だし、安田の奴、なくなった時点で諦めるかと思っていた。

少しばかり考えが甘かったようだ。余りにも奇麗に作りすぎ、大事にしすぎたのが仇となった。こんなことなら、原形を留めないくらいにへこましておけば良かった。そんなこととてもできなかった。それが命取りになってしまった。

「染谷君いる？」

「ああいるよ！」

「チョット話があるんだけど」

「ああいいよ！」

表に出た。そして、

「何だよ話って」

「分かっているだろうが、俺の飯盒返してくれよ」

「俺の飯盒だあ、冗談言うな、よく言うよ！　俺は山野から頼まれたんだ。安田から取り返してくれってな。取り返したら、お前に飯盒やるからってよ、文句ねえだろ！」

そうは言ったものの、今となっては、よそのラーゲルに転属していった山野はもちろん、あの事件を知る兵隊がどこにいるのか見当もつかず、どうしようもなかった。

安田の心の中では、すでに時効が成立していた。

最初に盗んだ奴が勝利者なんだなと、つくづく思い知らされた。これ以上言い争ってもしょうがないと思い、断念した。

安田は、私を兵舎まで送り込んでから、部屋にいた四、五人の人達に、聞こえるように大きな声で、後ろから声をかぶせた。

「染谷君、じゃ悪いけどもらっていくかんね」

「ああいいよ、もってきな」

安田の奴、私の立場をなくさないように気遣ってくれていた。

「それくらいあったり前だよ、畜生め！　あの野郎が一枚上手だったな」

演劇コンクール

ある日、兵舎に出張散髪に行った時だった。散髪中に脇のベッドでしきりと、

「いや！　偉いもんだ、皆遊んでいる時に、こうやって一所懸命やってくれてるんだからたいしたもんだ。表彰もんだよまったく、表彰してやろうよ」

「そうだ、そうだ、そうだとも。表彰してやろうよ」

その頃、あちらこちらのラーゲルでは、友の会運動が起きていた。

「軍国主義はすでに崩壊しているんです。階級章をはずしましょう。人間は皆平等であるはずなんです」

と、説いて回ったのが民主運動の走りであり、民主主義の夜明けでもあった。

日本人の地方オルグ（政治部指導者）の人達が、各地区に分散するラーゲルを巡回して、啓蒙活動に専従していた。階級制のある時代なら、おのずと階級の高い人が支配者であり指導者であったんだが、階級制が崩れてきた現在、本来なれば民主的に指導者が選ばれるところだろうが、選挙で指導者を選ぶなんて、まだそこまでに意識が昂まってはいなかった。民主主義が育ち始めた小さな火種も、私達にはまだよく見えていなかった。

それから数日たった日の午後、何気なく通った広場の掲示板に、奇麗な木板が吊されていた。そこには墨痕鮮やかに、私が作業優秀者として表彰されていたのだ。

「ああ、あの人達だなあ」

と、すぐに分かった。

表彰されたからといって別段嬉しくもなかった。

時、昭和二十二年二月上旬。あの人達にしても、自分達が他人を表彰するなんの権限もないくらいのこと、百も承知しているはず。とにかく、理屈抜きでなにかをして、事実上自分達の存在を売り込んでいき、既成事実を確立していって、ゆくゆくはラーゲルの指導者的役割を演じていきたい。そんな野心があの人達から、そこはかとなく感じとれた。その後、あの人達が劇団を作った。私は二回ほど行って見たが、器用に漫才などをこなしていた。その頃、ラーゲルでは毎晩のように講談を聞くことができた。

内地にいたとき講釈師をしていたという人がいて、結構話が上手だった。時代が時代なので、芽が出ないままに兵役にとられてしまったんだと思う。

毎晩、にわか演芸場を仕切る人が、皆からサーハル（砂糖）とかマホロカ（煙草）などを少しずつ出してもらって、演ずる師匠にお礼として差し上げる。そこで気分をよくしたところで、師匠に一席演じてもらうわけだが、一晩に一時間以上たっぷりと講釈してくれた。なんにしても、毎日の作業が、午前中、山に上り、細い薪材を一本担いで帰ってくれば、その日の作業は終わり。だから精神的にも肉体的にも余裕があり、それだけに夜の憩いのひととき、みんなゆっくりとくつろいで、楽しもうとしていた。

麻雀なども盛んで、白樺の木を素材にして、本物と寸分たがわず、手作りとは、とても思えないほどの出来栄えだった。それがまた、何セットも作られて、あちらこちらで、チイ！ ポン！ と賑やかだった。

画家、彫刻家、宮大工、どんな職業の人であれ、皆揃っている。それが軍隊なのだ。

そんなこんなで、今度は各小隊ごとにお芝居を出して競演しよう、ということになり、勤務小隊にも演劇コンクールに参加するよう、ノルマが与えられた。

私の知らないところで、演題を含めて話が進められていた。

「染谷君、実はねえ、芝居の出し物なんだが、落語の演題で『そろばん易』というのがあるんだが、君知ってるかい？」

と、宮田さんに言われた。

「いいえ知りません。聞いたこともありません」

「そうかね！　まあいいや、実はその芝居の中で、魚屋の熊さんの役をやってくれないかね。主役なんだがどうかね」

と、急な話だったが、否応無く引き受けてしまった。というのも、その頃の兵隊さんは皆くりくりの坊主頭だったのに、私は相棒と二人して、髪の毛を少し伸ばしてお互いに角刈りにしていた。その髪型が魚屋の熊さん役にピッタリだというわけで、私に白羽の矢が立てられたということだった。

お芝居なんて私にとっては初めてで、体験したことはないが、アドリブを交えてお芝居するくらいできると思っていた。何とか自分なりにお芝居の全体像を早く掴んで、納得したいと思っていたが、誰に聞いても、いっこうに納得するだけの満足な説明も答えも返ってはこなかった。

落語を題材としたお芝居を落劇といい、後に昭和四十年代のひと頃、テレビでよく生放送されていた。それ以前には落劇という言葉はなかった。舞台で演じた場合、いわゆる軽喜劇で、私はついぞ、そろばん易なる演題を聞いたことが一度もなかった。

粗筋《あらすじ》を一所懸命に聞いて、なんとか理解しようと努めた。だが残念なことに、どうしても理解できないところが一カ所あった。

それは、そろばんをパチパチと弾いて、「二、一天さくの五」なんてやる所なんだが、なぜ、天さくなのか？　天さくとは掛けること？　割ること？　二一天さくの五と言ってくれただけ、後は誰彼となく聞いて回ったが、皆知っているような振りをしているが、いっこうに満足する答えは返ってこなかった。

後日、『算盤のお蔭で命拾いした私』という手記を書いた久住昌男氏のシベリア体験記で「ことに割り算では二一天さくの五で百分の一ぐらいの時間差がある」と、ロシア人が使う巨大な算盤と比べて書いておられた。

私は復員後たった一度だけ、偶然ラジオから流れるそろばん易を聞いたことがあった。それっきり、二度と聞くこともなく今日に至っている。

さて話を戻してみよう。他人を陥し入れようと、意地悪でお金の入った財布を隠すところを、ご用聞きに入った魚屋の熊さんが偶然にも見てしまい、易者になりすました熊さんが、そろばんをパチパチと弾いて、もっともらしく金の隠し場所を占い当てる。そして美しい娘さんの濡衣《ぬれぎぬ》を晴らすという、そんな場面を、見ているお客さんに納得して頂くためにも、どうしても、二、一天さくの五（珠算での割り算の九九の一。一を二で割る時、そろばんの天の珠、すなわち五の珠を一つおろすこと）とか、そのほかに二つ三つ、重ねて科白をかぶせたかった。そして占い当てるまでの間、少し間をおいた演技をしたいと思ったが、どうしても駄目。知ってる観客もいることだろうし、でたらめな科白は言いたくなかったので聞いて回ったんだが、実際には誰も知らなかったようだった。

たいして稽古もできず、ああだこうだと、なかなか纏まらないまま時間だけが過ぎてしまい、何のことない最後には、ぶっつけ本番でやることになってしまった。

時、三月上旬。どの芝居を見ても皆へたっくそ！　これなら行けるぞ、と確信した。これから先は、まさに自画自賛の世界になってしまうが、とにかく、会場笑いのるつぼ。その笑いに気をよくして、余裕が倍加した。演技しながらアドリブが次々と湧いて出てくる。大道具の玄関入り口の引き戸を利用して、壁であるはずの引き戸の横をわざと一回りして沸かせたり、観客の中で、手を叩き笑いながら見てくれてる宮田さんと目線を合わせたり、余裕のある芝居ができた。

相手役の人達も皆、気をよくして良い芝居をしてくれた。美しい女形になってくれたお兄さんも、とても良い出来だった。

かくしてその後の私は、一躍ラーゲルの有名人となった。一緒にやらないかと、早速他の劇団からの誘いもあった。宮田さんも劇団の人達も、

「やるもんだねえ」

と、好意的だった。例の講釈師と目線が合った。変な顔、ジェラシーの目がそこにあった。

明暗、ダモイ（帰国）する人残る人

ロシア人の家へ行っての出張散髪がとても多い。これが最大級神経を使う仕事だ。なんといっても相手は戦勝国のオフセル（将校）。こんな場合、人間性がモロ出しになる。相手は遠慮のいらないワイナープレンノ（戦争捕虜）だからだ。

私が数回出張散髪に行ったオフセルの家では、オフセルが大変穏やかな紳士で、お子さんを含めてとても優しく和やかなご家庭だった。

ある日突然に呼ばれて、お隣のオフセルの家に初めて行った時だった。早速、髪を刈ってくれとのご注文だった。

当時、日本人の兵隊達は皆丸坊主だったし、はさみや櫛は支給されていなかった。

「ニエトノージニッツイ（鋏はありません）」

と言うと、隣のオフセルの家に行って借りてこいと言う。嫌だなと思いながらも、仕方なく借りに行ったら、あいにくとお留守で誰もいなかった。

その旨を伝えるとますます不機嫌になって、やたらと当たり散らして、どうにもならないわがままな人だった。捕虜に対しての侮蔑の感情モロ出しで、ロシア人の中でも珍しく、たまに見かける最悪の人種だった。親が親なら子供も子供で、よく似たもんだ。親のすることをそっくり真似て、口をとんがらかして馬鹿呼ばわりして怒ってる。そんな子供の顔って醜いもんだ。憎ったらしい餓鬼《がき》。たかだか五、六歳くらいの女の子なのに、どんな大人になることやら末恐ろしい、そんな気がした。

だいたいにおいてこの男、五百メートル先、真向かいに見える労働大隊収容所の将校だ。私らとはまったく関係のない人間だし、こんな奴に呼び出されて、とやかく言われる筋合いなどさらさらない。腹が立って仕方がない。同じように年を重ねていても労働者は違う。苦労人が多い。生活だって豊かではないが、顔剃りをして終わると、お礼に食事を一緒にと、ご馳走してくれたりする。

どこの国の人も同じで、鼻持ちならない気取ったエリートより、身体を張って稼いでいる農民や労働者の方が、よほど、相手の立場を思いやる優しい心を持ってるもんだ。

ラーゲルを取り巻くロシア人達は、ナチャーニックスターバー（収容所長）の奥さんを初め、だいたいにおいて皆優しい。人種差別のない国だと聞いてはいたが、確かにその通りだった。

もっとも、ロシア人は大きく分けて四十数種類、細かく分けると大変な数の人種がいるそうだが、目や髪の毛、色の違いをいちいち気にしていたら大変だ。なぜって、会う人ごとに肌の色や目の色が違うからだ。日本人のように髪の毛も目の色も黒、そんなのと違って、東洋人みたいなのや西欧人みたいなのやら、種々雑多だ。

絵の上手な通訳さんが、花瓶にさした花の絵を所長の奥さんに書いてあげていた。

「貴方の絵には季節がないのね、この絵はウリョーシ（嘘よ）」

と、笑い合っていた。和やかな優しい人間関係が、捕虜である身を忘れさせてくれる。

ラーゲルではぜんざいとお汁粉の違い、お萩とぼた餅の違い、口角泡を飛ばして、その違いをお互いに主張して譲らない。延々と時間のたつのも忘れて喋る。幾度となく、そんな場面を体験した。皆故里恋しく、募る思いが胸に込み上げて、夢中になって喋るのだ。

ダモイの次には食い物の話。絶えず食い物に関心があり、そのためだと思うが、暇さえあれば、せっせと箸やスプーンを、何本も何本も飽きずに作っている。彫刻を施した箸箱や小物入れ、見事なほどの芸術品も数多く見受けられた。

時、四月中旬。シベリアの春は早い。冬から一足飛びに夏になってしまう感じだ。裏の山に出かけて帰ると、皆、森林ダニに食いつかれている。帰ったらすぐ医務室に直行する。

私も一度だけ遊び気分で山に入ったら、途端にダニに食いつかれた。医務室に行くと、食いついて皮膚に潜り込んで離れないダニの頭を、注射器の針先で残らないように上手に取り除いてくれる。自分でむしり取ったりすると、頭が皮膚の中に残り、風土病の原因になったり、耳に入ったりすると脳神経をやられたりするそうだ。

のんびりしたオカラーゲルの楽しいひとときも、やがて終わりを告げる日がやってきた。突然のダモイ命令だ。装備を整えて表に整列する。勤務小隊を除いて、オカ大隊そっくりそのままダモイできるという。半信半疑ながら、次第と顔がほころんで皆嬉しそうだ。

大勢の兵隊が、さよならしながらラーゲルを後に出ていく姿を、手を振って見送った。

しばらくたってから後に残された私達は、一団となってラーゲルとおさらばした。

ワクター前の官舎に住むロシア人の家族達と、手を振りながら別れを惜しんだ。

ナチャーニックスターバー（収容所長）の優しいマダムも、可愛がっていた当番兵の関口を、皆と一緒に日本へ帰してやりたかったろうに、思いとは裏腹に残留組にしてしまった。床屋をしていなかったら、私もダモイできたろうに、本当についてないな……。

私の周りでは、入ソ以来初めてのダモイの光景だった。今年の冬もまたシベリアで過ごすようになるのかなあ？　一抹の不安がよぎる。

勤務小隊とはどんな作業をする小隊か？というと、作業大隊の人達が労働作業に出ていった後、その留守を預かる作業として、炊事場、入浴場、理髪室、洗濯室、滅菌室、医務室、縫製、靴屋、ブリキ屋、当番兵、事務所や、工具室等々の人達で構成されている。

収容所は閉鎖され、ラーゲルを後に、いつか来た道をトボトボと歩き出した。

残留組の集団転属

時、五月上旬。十キロくらい歩いたろうか？　私達勤務小隊が集団転属した所は、やはりオカ収容所であった。

思うに、こんな形でダモイの集団編成するなんて考えてもいなかっただけに、悔しい思いがいつまでも続いて、心から離れなかった。こんなことだと勤務小隊での勤務も、無条件に喜んでばかりは、いられないなあと思った。

ラーゲルには先住者がいた。開設してまだ日が浅いらしい。私は前と同じく床屋として勤務することになった。それもこれも運否天賦《うんぷてんぷ》で、仕方のないことなのかもね。

ナチャーニックバーニャーは豊田さんという長崎の人で、言葉の端々や、話し言葉の前後に必ずばってんがつく、面白いお国訛りで話すので、ばってん豊田さんと愛称した。

このばってん豊田さんは、浪花節大好き人間で、それがまたまた最高にうまいときている芸達者な人だった。

いつの間にか感化されて、私のお喋りにも随分と、あちらこちらのお国言葉が自然と混じり合ってしまったようだ。そんな気がしてならない。

この長崎ばってんの豊田さんとは、これから先も長いおつき合いが続いた。

皆、それぞれにやっと落ち着きを取り戻してきたようだった。

以前にいたラーゲルと同じような生活においおい戻り始めた。

いつまでこうしていられることやら？　いつまでも続いてくれそうな気もするし、シベリアの無情な風に吹き飛ばされて、どこまで飛んで行くことやら、明日をもしれない虜囚の身。今日も寂しく何ということもなく、陽がまた沈んで夜を迎えた。

＊

ラーゲル生活も至極順調に過ぎていった。そんなある日、

「このラーゲルで、またやろうよ、お芝居をさ」

という話が皆から出てきた。勤務小隊がそっくりそのまま転属してきたので、役者が全員揃っているし、気をよくして、またまたここで芝居をやろうということになった。

第一回の演芸会を開いて芝居をかけた。

食堂は本格的な舞台付きだったのでこれ幸いとその気になれた。出し物は前回と同じく、落劇のそろばん易をやって、バラエティーをつけて、前座は浪花節をバッテン豊田さんに一席お願いした。その結果、やんや、やんやの大喝采で、またまた大当たりを重ねた。これに気をよくして、次々と新作物を出して、上演していくようになった。

脚本担当は和田さんという人だが、なにを考えているのか分からないような人で、一定距離以上、人を寄せつけない感じの人だった。この人が脚本を一手に引き受けて書いていてくれていた。私はいつも

主役だったし、必要を感じて、髪の毛を少しずつ伸ばしていったが、誰にも何も言われなかった。

ここへ来て初めて、例の等級身体検査があった。

その検査のときに、女性軍医（少尉）殿の前で裸になった際、私だけが陰毛黒々としていたし、髪の毛もふさふさと長髪だったので、女性軍医殿が目をむいて、

「ポチモ（なぜ）シトータコイ（どうしたこと）」

と、矢つぎ早の質問に、そばに控えていたピリオーチ（通訳）が、

「オン、アリチースト（彼は俳優です）」

と通訳した。ラーゲルでの私の活動を手短かに通訳して、ナチャーニックスターバー（収容所長）も承知していますとつけ加えた。軍医殿は所長さんの恋人でもあり、お熱い仲のお二人さん。お相手の所長さんが「ハラショー（いいよ）」なら、彼女も一も二もなく、にこにこと笑いながら、

「アノカハラショー（そんならいいわよ）」

で済んだ。

演芸会はよく開かれた。ロシア人の子供やマダム達も来て、楽しそうに見ていた。

日本人では珍しく、タップダンスを器用に踏んで見せた兵隊がいた。私は感心して、ワクターのオフセルに、うまいだろうと言って感想を聞いた。

「あんなの下手っ糞！」と、にべもない返事。そして自分でタップを踏んで踊り出した。

そのうまいこと半端じゃない。論より証拠、説得力あるもんね。

シベリアの夏は暑い。じりじりと照りつける太陽だが、一たび屋内に入ると、とても涼しく、夜になり開放された兵舎に、虫や蚊は一切入ってはこない。湿度がなくしのぎやすい。第一、蚊が発生しないらしく全然いないのだ。

場所によっては、マシカ（ブト、ブヨ）が沢山いて閉口した話も聞いたことがあったが、私の知る限りではいなかった。私が住んでいた場所の近くには、大きな湿地帯が沢山あったのに。夜など湿地帯の水がキラキラと輝いて光っていた。夜光虫なのかな？ なんだろう？ とにかくいつ見ても、光っていた。両の手で、すくってもすくっても、何度やっても、すくえなかった。でもとても奇麗だった。

ラーゲルの作業は、以前いたラーゲルと同じく午前中だけの軽作業で、みんな手足をのばして、のんびりとした一日を過ごしていた。こんなふうに話すと、何もかもが順風満帆で天国みたいだが、とんでもないことで、すべてが良いというわけにはいかなかった。

第一には糧秣《りょうまつ》の配給事情がひどかった。ポミー粉（トウモロコシの粉）、大豆、昆布、穀類としては、コウリャン、燕麦、粟、麦、等々で、それぞれの穀類が混ざり合って配給されると申し分ないんだが、必ずといっていいほどに一方づいて偏ってしまうから、どうにもならない。一カ月くらい延々と同じ雑穀が続いてしまうのには閉口する。

ひどいと言えばこんなことがあった。

あるとき、昆布ばかりの給食がしばらく続いたことがあった。ご飯が昆布、スープも昆布、どっちがどっちやら、なにをか言わんやだ。皆、だるいだるいと足を引きずっていた。

そうこうするうち、入ソして三年目の夏を迎えて、シベリアの流通事情もだいぶ良くなってきていた。食糧や物資の横流し等も、ひと頃よりだいぶ落ち着いてきてはいるが、まだまだ、何かがおかしいといった感じだった。

兵舎の中で南京虫に襲われることもなく、虱の心配も遠い過去の話になっていた。もうあんなひどいラーゲルに舞い戻ることもないだろうが、一抹の不安は残る。

転属命令が、またまた突然に出された。ラーゲル全体が転属移動して、この収容所を閉鎖するという。前のときとまったく同じだ。装備を整え、ワクター前に整列した。

どうやら歩いて行けるところらしい。恐らく今度こそ、労働大隊のラーゲルだろうな？

仲間の一人が近づいてきて、私が被っている戦闘帽の鍔を掴んで持ち上げた。

「あれ、坊主にしちゃったの！　伸ばしとけばよかったのに」

左官屋小隊の下回り

九月上旬。オカ大隊一同総ぐるみで、強制労働捕虜収容所へ十キロくらい徒歩行軍して入所した。一同入浴場に入り、脱衣場でしばらく休んだ。男前の床屋さんが、髪を伸ばしていたし口髭も生やしていた。仲間の一人が、

「あんたも切らずに、伸ばしておけば良かったのに」

と言った。

それぞれに各小隊に配属されて、散り散りになって分散して行った。

私は左官屋小隊に配属され、二段ベッドの上段が与えられた。

くる日もくる日も、左官屋の下働き。水を運んできては土をこねる。単純作業の繰り返しで、一度も、塗り手に代わることはなかったし、いつも塗り手の手元だけ眺めて一日が終わってしまう。

背の高いひょろっとした青い顔の小隊長とは、一度も目線が合わない。声を掛けてくれたこともなく、ただがさがさとノルマを上げることだけに、きゅうきゅうとしている、そんな感じの人だった。

およそ左官の手下なんて、私には全然向いてない。作業としてはだいぶきついが伐採作業の方がよっぽどいい。人に指図されて、ただ動いてるだけの作業は無気力になりやすく、疲れやすい。いい加減嫌になってきた。

ここへ来て初めて、地名が分かった。ホルモリン地区のスタルト（出発）という町だ。ラーゲル

は、第二百十分所（ドワーソートジシャートイラクプント）。戦後六十年余たった最近まで、百十分所とばかり思い込んでいたんだが、当時ロシア語で覚えてロシア語で話し、日本語で呼んだことはなかった。ロシア語で久しぶりに話してみて、おやっと間違いに気づいた。

「ここは何という所ですか？」

なんて人に聞いたこともなかったし、人がそんなことを言い合ったり話し合ったりしているのを聞いたこともなかった。そんなこんなで馬鹿みたく、自分達のいた所がおよそ分からないでいたのも事実だった。

当時としては、さほど知りたいという積極的な気はなかったが。

このラーゲルには民主委員会があった。委員長は古賀聖人という人だった。ラーゲルの民主化という点では、その地域によって大変進んでいるラーゲルと、遅れているラーゲルと大きく差があり、ばらつきがひどかった。

古賀聖人といえば、昭和十八年に『マライの虎（マライのハリマオ）』という映画を処女監督した人で、その映画が大ヒットした。大変な評判をとり、日劇の舞台でも実演された。これまた大評判で、連日大入り満員の盛況だった。

後日、私達で劇団を結成した後、しばらくしてから、劇団の監督として古賀さんをお迎えして、親しくおつき合いをさせて頂いた。

そんなある日、私達劇団員は、映画『マライのハリマオ』について話をした際、素晴らしい映画

だったと、見たときの感想を話したら、古賀さんは、

「なあにあれはね、夕陽に染まる南海の島で、椰子の木をバックに流れた音楽が受けただけなんだよ」

そう言って謙遜しておられた。確かに軍歌以外には聞くことのできなかった時代だっただけに、一面的には言えてるとは思えたが、謙遜した監督の言葉が印象に残った。

かつてのオカラーゲル時代の演劇サークル仲間が集まり、

「古賀聖人が民主委員会の委員長をしてるのに、劇団もないなんて、おかしいよ。俺達で作ろうぜ、それでまたやろうよ」

皆、もう一度やってみたい気持ちで満々だった。幸い、役者も二人欠けてるだけ、代役を立てれば、そろばん易ならなんとかできるだろうし、やってみようということになった。自分達で舞台を作った。会場には食堂を使わせてもらい、出し物は例によって、ばってん豊田さんの浪曲などを用意して、観客を飽きさせないように配慮した。

上演日は当然日曜日と決まってはいるが、果たして皆、観にきてくれるかどうかが心配で心配で、開幕まで落ち着かなかった。

とにかく毎日の重労働で心身共に疲れ果て、ベッドの上に横になったまま、食事と便所以外には、一日中ごろごろと寝たまま起きだささない人達がほとんどだった。

それでも、ポスターを貼ったりして宣伝はしておいたんだが、初めてのことだし、どうなることやら、さっぱり分からず心細い限りだった。

当日、いよいよ時間になった。来た来た、来ましたね。次から次へと、思ってもいなかったほど、大勢の人達が芝居を観に来てくれた。

開幕が迫る。両膝が、がたがたと震えて止まらない。いつでもそうだ。何十回やってもいつも足が震える。それでも幕が開き芝居が始まると、自然と足の震えが収まる。

「皆はどうなんだろう？　聞いたことないけど同じなのかなあ」

またまた大成功のうちに幕が降りた。終わって兵舎に帰ってから、偶然、部屋にいた兵隊の一人が話しているのを聞いた。

「面白かったんだってなあ、俺も行けばよかった。失敗したよ、ほんとに」

これを聞いて本当に嬉しかった。やってよかった、本当によかったな。

三度迎えたシベリアのジイマ（冬）

それからしばらくたった頃、このラーゲルに兵隊が大挙して転属して来た。どこから来たのか知らずじまいだったが、この人達が来てからは、さあ大変。ラーゲル中引っ掻き回されて、上を下への大混乱。民主委員会に対しての刷新闘争が激烈を究めた。激烈を究めた末に、民主委員会の全委員が引きずり降ろされ、新しい民主委員会に取って代わった。もちろん、転属して来たグループの中からだった。

古賀さんも作業小隊の一作業員として、野外の重労働作業に出るようになった。そしてラーゲルは元の平穏な状態に戻った。

平穏という言葉が適切とはいえないほどに、ラーゲル内の雰囲気が大きく変わってしまった。民主化されていくのは良いことだし、大いに歓迎するんだが、段々と、より過激に過激にと、ギスギスしていくような感じがして嫌だった。

例えば、今までお互いの挨拶では、朝、昼、晩の時間に関係なく会う人ごとに、

「ご苦労さん」

「ご苦労さん」

と言う挨拶だったのに、これからは、「ご苦労さん」と言ってはいけない。代わりの挨拶として、

「闘おう！」

と言う挨拶になった。それに加えて、「誰誰さん」と、さん付けで人を呼んでは絶対いけない、「同志誰誰」と、同志をつけて言わなければいけない、ということになってしまった。ロシア語で言えばタワリシ染谷、と言うところだ。

その翌日からラーゲルの雰囲気が一変した。

「闘おう！」「闘おう！」「闘おう！」

朝から晩まで「闘おう！」何を一体「闘おう！」と言うんだろう。私にはよく理解できなかったが、後になって追々分かってきた。

スターリンが提唱した「生産競争五カ年計画を、三カ年で達成しよう」というスローガンに呼応して、「闘おう！」と言うことらしい。

オカ大隊で蓄えたエネルギーも、身体の抵抗力も、三カ月の激しい重労働の中で使い果たしてしまった。後に残されたのは、自分自身との心の戦いだけ。踏ん張って生き抜いて行く以外、ほかに何も残されてはいなかった。

夜中に目を覚ます。小便だ。今夜はこれで何回目？　数えたことはないが、一晩に八回から九回くらいか。便所まで百メートルはたっぷりある。夜中にせっせと二キロくらい歩いている勘定だ。

襦袢と腰下の格好でベッドから降りる。毛皮のシューバを上から引っかけて、ワーリンキを履いて表に出る。月明かりの中で積雪が明るい。除雪されて白く凍てついた渡り板が、各兵舎から便所へと続いている。大勢の兵隊が渡り板を引きも切らずにぞろぞろと続いて歩く。あちらこちらの兵舎から一晩中、いつ起きてみても同じ光景だった。

朝は早くから便所が混み合う。大便所は三十センチくらい高くなっており、横一列に等間隔で丸い穴が十カ所ほど。そこに上がって排便するんだが、順番待ちの兵隊が被さるように並んで待っている。前に並んでいた兵隊が、

「何だ紙使うの？　もったいねえよ、巻き紙に使うからよ交換しようぜ」

と、布切れを差し出した。

抑留中煙草の支給が満足にあったためしがなく、手に入れることができなかったし、煙草もさることながらマホロカなどのキザミ煙草を巻いて吸うために必要な紙を入手することができなかった。

煙草にしても紙にしても、本当に窮乏の毎日であったし大変貴重なものであった。

二度目に入院した頃から階級章が外されて、それからの私は、すべて自分の意志にしたがって、他人からど突かれることもなく生きてきた。そしてどこの場所でもそれなりに、存在を認められてきた。そんな時、左官屋小隊での手下はどうにも自主性がなく嫌だった。そんなこんなで、年が変わり新年を迎えた。

二カ月以上、少しずつ毎日の食事を削って貯めた材料で、大変なご馳走が、食べきれないほどに、三が日の昼と夜に集中して出された。皆、にこにこ顔で嬉しそうだ。炊事班の総力を結集してのご馳走大作戦だった。

私達の演芸会が発端となり、正月には各小隊競い合って芝居をかけた。面白いことに、どの芝居を見ても、皆美味しそうに食べているお芝居ばかり。食べる場面のないお芝居は一つもなかった。食べ

ることに無情の喜びを素直に表現した、子供っぽいお芝居だった。

お正月の三が日のお休みも終わり、またまた極寒の冬、厳しい現場作業に戻った。

どうにもつくづくと左官の手下作業が嫌になっていた頃、またまた突然救われた。大隊副官がやって来て、床屋をやってくれと任命された。

作業大隊の床屋さん

時、昭和二十三年新春。入浴場に行き、ナチャーニックバーニャー（入浴所長）に会った。林さんという眼鏡をかけて口髭をたてた人だった。年齢四十歳ぐらいだろうか？

早速寝ぐらを勤務小隊に移しかえて仕事にかかった。

このラーゲルには日本兵が五百名いた。これを警備する現役ロシア兵のカンボーイ（警備兵）四十名。それに収容所長をはじめオフセル六名とその家族が、ラーゲル横の官舎に住んでいる。他にはカントーラ（事務室）の事務員に、ワクター（営兵詰め所）の兵隊、作業監督に作業員の労働者等々二十名くらいとその家族。この人達を常に奇麗にしておくことがパリクマーヘル（床屋）に与えられたノルマということだった。

中々大変な仕事でもあった。第一、捕虜である兵隊達には、剃刀や刃物類など一切持たせてくれないので、若い兵隊はいいとして、召集兵のおじさん達は、奇麗に髭を剃っても、五日もたてば髭面になってしまう。

入浴は一週間に一回。髭を剃りたくとも暇がないのが実状だ。

仕事をしているうちに段々と分かってきた。

ラーゲル周辺に住んでいるおじさんや、ラーゲルに来所したお偉いオフセルなどのほか、町を歩いているとき呼び込まれて髭剃りを頼まれたり、結構忙しく仕事があった。だが以前いたオカラーゲルと違い、バーニャーの仕事を手伝うことは一切要求されなかったし、その辺のところは、はっきりしていた。

入浴場には、その他に洗濯室と滅菌室があり、洗濯室はロシア人専用の洗濯物を扱っていた。滅菌室では、兵隊達が入浴の際に着ている下着や服を全部金環に通して吊し、虱駆除のために衣服が焦げるかと思うほどに高温で殺菌する。滅菌室から出てくる衣服類は、懐かしい今川焼きの匂いがぷんぷんしていた。

滅菌室は入浴場から少し離れた場所にぽつんと建っており、外観はぐるり一面泥で覆われていた。まるで防空壕のように見えた。この滅菌室もしばらくの間大活躍したが、収容所の抑留生活も二年目の後半に入り、生活環境が徐々に好転するにしたがって、自然と南京虫や虱もいなくなり、滅菌室も使用されなくなった。

入浴日は火曜日から始まり、金曜日までの四日間と日曜日の計五日間が日本兵の入浴日で、一日の労働を終えて帰営してからだから、午後五時半頃から始まる。一晩に三小隊九十名、五日間で四百五十名。勤務小隊の連中は随時、都合の良いとき思い思いに夜遅くなってから入りにくる。同じ仲間だし顔が利いてるから、一週間に一回だけとは限らず、特に炊事班の人達は毎晩、入浴にやってくる。

浴場に入ると、中はわりと広々としている。ストーブが一台置かれていて、どんどん薪を燃やして浴場内の温度を上げる。床は板張りで作られていた。その床上に幅三十センチ長さ二・五メートルくらい、足は長いが細長い縁台みたいなのが五台並べて置いてある。その上に湯桶を置いて身体を洗う。足下には簀《す》の子《こ》が敷かれていた。洗い場の突き当たりには、蒸し風呂（サウナ）があり、ロシア人専用入浴日の土曜日に開放される。

その蒸し風呂の仕組みだが、朝早くからペーチカにどんどん薪をくべて温度を上昇させていく。サウナの扉を開けて中に入ると、正面が五段の階段になっており、左横、目の高さに間口五十センチの鉄の開閉盤がある。開閉盤を開けると大きな石が、ごろごろと数十個置かれていた。下から長時間燃やされた火で石が焼かれる。開閉盤を開け手桶の水を勢いよくぶち込むと、どおーんという音と共に、ぶち込んだ水が一瞬のうちに蒸気に変わる。最上段に上がると熱くて熱くて、とても我慢していられないほどだった。

兵隊達が身体を洗い、奇麗になって充分に髭が蒸せた頃合いを見計らい、剃刀一丁持って浴場に入る。縁台に腰を掛けさせて髭を剃っていく。よく蒸れているので、一丁の剃刀でストラップもかけずに充分間に合ってしまう。

当時ラーゲルの床屋さんとしては珍しく、多少面倒ではあったが、衿足や額まで丁寧に剃ってあげるようにしていたので、ついぞ私に対しての苦情など聞くことはなかった。

そのようにして一晩に九十人の髭を剃り、坊主頭はお互いにバリカンで刈りっこしてもらうようにした。ロシア人が使うお湯は無制限だが、日本兵の使うお湯は手桶に二杯だけ、シベリアではごく平均的であったし標準だった。このラーゲルでも、水は大きなボーチカを設置した馬車で谷川の水を汲んできて使う。どうしてもそんなわけで、お湯の使用量は制限される。

あるとき浴場の人達で話し合い、大きなボーチカにお湯を入れて、肩までお湯につかってもらうことにした。手桶二杯のお湯プラスのサービスなので、皆とても喜んでくれた。

一列に並んでもらって一、二、三、と並んでいる人達が数を数える。三十まで数えたら次の人と交代になる。なんといっても、肩まで入れるお風呂は最高！

脱衣場の大きな窓から見える景色は素晴らしい。なだらかな傾斜地の向こう側に鉄道線路が延びている。貨物列車が通るのを、ごくまれに見ることがあった。

小高く盛り土した一本道のスタルト街道が、鉄道線路に添って延びている。その真向かいに広がる原野。その向こう側、真っすぐに迫るように見える雄大なる山。素晴らしい景色が眼前に広がっている。

この一本道のスタルト街道を毎朝夕、女囚を乗せたトラックが通る。遠くの方から女囚達の素晴らしく美しい二重奏の歌声が、段々近づき大きくなって、やがては、次第に遠のいて消えて行く。

ロシア人の楽しい入浴

土曜日は一日中、ロシア人のために入浴場が開放される。私もその日一日はロシア人専属のパリクマーヘルとなる日で、日本人の散髪をすることはない。朝早くから仕事にかかるなんて、土曜日以外にはないことだ。

午前八時過ぎ、ワクターを一歩踏み出すことから始まる。ワクターは顔パスで通れる。歩いて五分、スタルト街道に入り、まっすぐ一キロほど行った所で右に街道を下りて町中を通り、しばらく行った先にガリニゾン（警備兵舎）がある。その兵舎の中で、ロシア兵達のパステリッツ（散髪）や、パブリッツ（顔剃り）をするのだが、若い兵隊達は短い髪を嫌い、なんとか長くしておきたいし、オフセルや上官殿はなんとかして髪を短く切らせたいし、若い兵隊を説得させるのに大変。髪を刈ってる間にもそばにつきっきりだ。日本の軍隊とは違い、上官殿に対して自由にものが言える。ああだこうだと言い合ううちに、四分六分で上官の言い分がわずかに通る。

散髪が終わると、いつも昼食をご馳走してくれる。ロシア兵と一緒に食堂で食事をするのだが、最初にピヤロイ（一番目）と言うとスープが、フタロイ（二番目）と言うとカーシャ（かゆ）がでてくる。食べ終わると、

「もっと食べなよ」

と、炊事兵が言ってくれる。私が少し考えていると、

「ピヤロイ？　イリ、フタロイ？　（一番目？　それとも二番目？）」

どっちが良いかと聞いてくる、とても美味しいスープなので、私はいつもピヤロイと言ってスープを注文した。

両方食べたいところだが、私はプライドが高いのか、どんな場合でも、決してがっついてる格好なんて見せたくなかった。若さと誇りが私を支えてくれてたんだと、思っている。対照的に、日本人でも年老いた予備役の人達の中には、比較的に堪え性のない人が多く見られた。よく見かける風景で、こんなロシア人に訴えたって仕方ないだろうと思えるのに、相手構わずつかまえては、馬鹿みたいに、

「ラボータムノーガで、クーシャーチマーラーで、ニハラショだよ（仕事は沢山で、食い物は少しで、良くねえんだよ）」

日本語混じりのロシア語で、泣き言をだらだらといってる奴。ロシア人の顔さえ見れば煙草くれ！紙をくれ（マホロカを紙に巻いて吸う）。乞食みたいに恥も外聞もなく、執拗にまとわりつく奴。同じ日本人として見ていて実に情けない。醜い見たくもないものを随分と見せつけられた。

ラーゲルに帰ると、すでに入浴の準備もできていた。万全の体制を整えて待ち受ける。

やがて十時を過ぎた頃、隊伍を組んでカンボーイ達がやって来た。どっと脱衣場に入ってくる。ブーツを踏み鳴らして賑やかだ。若い兵隊だから活気に溢れているし、日本兵と違って、自由闊達で陽気だ。ガリニゾンでやり損ねた兵隊が、パリクマーヘルスカヤ（理髪室）に入ってくる。中にはすっぽんぽんになって、椅子に腰をかけて髭を剃る兵隊もいる。色が白い。だらんとしていても、持

ち物が立派だ。日本人の比ではない。

ある日のこと、セルシャント（軍曹）が、

♪赤いランタンほのかに揺れて　みなと上海花売り娘　………


と歌い出した。確かな日本語で最後まで歌い切った。実にうまいもんだ。

裸ん坊の兵隊達で浴場の洗い場は大賑わい。

「ハヤシ、ハヤシ」

あちらこちらから声がかかり、林さんも大忙しで奮闘している。いつもこんな状態だった。

春すぎた頃だったか、裸ん坊の兵隊達が洗い場で歌い出した。それが二重奏で、やがて三重奏になり、爽やかな歌声が浴場いっぱいに広がり、和やかな雰囲気が辺りを包んだ。

素晴らしい歌声が抑留の身のひとときを忘れさせてくれた。


午後一時を過ぎても、昼食の時間はなかなかとれない。とにかく忙しい。数をこなさないことにはどうにも駄目。カンボーイ達が入浴を済まして帰ると、後は個別に色々な人がやって来る。仕事の都合でカントーラの事務員や工具室の作業員やら種々雑多。女性達の一団で仕切られる時間帯もあって、そんな時はほっとする。

理髪室から見て左横に洗濯物の取り出し口があり、その窓口を通して湯殿が見える。彼女達の歓声が聞こえ、楽しそうにお喋りしながら身体を洗う若く美しい裸が見える。浴場の控え室に用事ができて湯殿の扉を開けると、キャーと叫んで両の手で胸を隠すが、下の方は開放したままだ。なんとも楽しい限りだね。若くて美しいトーニャーの素敵なプロポーションにおまけがついて、可愛い娘さんにも、お目にかかれましたしね。

トーニャーは楽しそうにお友達と入浴を済ませると、にこにこと微笑みながら脱衣場へ出てくる。女性達は脱衣場を使わず、浴場の洗い場で脱衣する。何故なら、バーニャー（入浴場）出入り口の二重ドアが施錠されていないことを知っているからだ。それにプレンノ（捕虜）とはいえ間違いなく男性だし、重労働作業に従事している兵隊と違い、営内勤務の兵隊は清潔で垢抜けしている。多少とも異性を感じるのかもしれない。脱衣場から出てきた彼女達のドレスの背中は、吹き出る汗でびっしょり濡れている。素肌の上に直接ドレスをまとっただけ。もちろんノーブラ。ブラなんてない時代、当然なんだが。その濡れたドレスの上に毛皮のシューバを引っ掛けて、零下三十数度の戸外に出て行くんだから驚きだ。

トーニャーは入浴を済ました後、必ずパリクマーヘルスカヤに入って来る。そして眉毛だけをいつも剃って行く。ロシア女性には顔剃りの習慣がなく、いつも薄い産毛のような髭が生えている。髭を剃る習慣がないのは女性だけでなく、ソ連のサルダート（兵隊）達の話を聞いていると、時折こんな会話をしていることがある。

「俺は一九四二年に初めて髭を剃ったんだ」

「俺なんか一九四一年から剃ってんだぞ」

と、言い合う。それは大人になったことへの自慢であるからだ。

トーニャーのご主人はオフセルで少尉さんだ。ロシア人には珍しく小柄な人で、性格も良く、威張るとか驕るとか差別とかまるでない穏やかな方だ。トーニャーも小柄な女性で、色白のとても可愛い人で、私より少しお姉さんのようだった。偶然脱衣場で二人っきりになったとき、

「トーニャー」

と、名前を呼んでみたら、

「ポチモ、ズナイチェ、ミニャーイーミヤ？（私の名前をなぜ知っているの？）」

「ヤリユーブリュートリコワース、イ、ズナイ（私の好きな人は貴女だけ、だから知っているの）」

と、言いたかったのに言えなかった。ただ、はにかんで笑うだけ。思えば純情だったんだね。トーニャーも私に好意をもっていてくれた。ご夫婦で私をダンスパーティに連れてってくれると、約束をしてくれたことがあったが、でも、まずいんじゃないのくらいのこと、誰かに言われたのか、実現できなかった。トーニャーは謝りに来た。

「イズウイニャーシ（ごめんなさいね）」

オフセルのドーマーに散髪に行った時など、トーニャーがご馳走してあげようと気を使ってくれるが、

「スパシイーバ、ヤニハチューセチャース（ありがとう、でも今は欲しくありません）」

と、言って遠慮した。

夫婦仲良く二人で暮らすのには、良いのかもしれないが、１Ｋで食卓からベッドまで一目で眺める

ことができる、可愛くて明るいドーマー（家）だった。

この素敵なトーニャーに唯一淡い恋をした。私がパリクマーヘルスカヤに独りいる時、遊びに来た彼女が、さあっと寄って来ては、飴玉を優しく私の口に入れてくれる、そんなことが二、三度あったかな。

女性達の入浴が済んで夕方になる。一日の作業を終えた労働者や、監督、オフセルなどが楽しそうにしてバーニャーにやって来る。入浴場の中は一大社交場となって賑やかだ。週に一度のバーニャーを、どれほど楽しみにしているのか想像以上だ。

中には一束の榊をかならず持ってくるカマンジール（作業監督、親方という意味で日本兵達は使っていた）も数人いた。蒸し風呂に入り、その榊で身体中を軽くハタハタと叩くんだが、多分マッサージ効果があって気持ちがいいんだと思う。

この時間帯になると、気難しいプライドの高いオフセルが来ているので、気疲れする。剃刀がどうか切れますようにと、神様に祈るような思いだ。なんにしても道具が悪いのですごく気を使う。鋏なんかどうとでもなるが、直接肌に触る剃刀には気を使う。

剃刀を研ぐ砥石などは、鉄道線路に引かれている色々な石の中から、平らなのを見つけて来て、砥石として代用する。その石にしたって硬いだけで軟らかさが全然ない。我慢して原始に帰った思いで、間に合わせるしかない。ラップ（革砥）なんかは革バンドで代用するし、櫛などはアルミニュウムの弁当箱を打ち抜いて作る。髭ブラシなどは馬屋当番に頼んで、馬のしっぽを切って来てもらい、頃合いの長さに切って真ん中を糸でぐるぐる巻いて何本も作っておく。そんな風にすべて自分で用意するしかないのだ。

ロシア人は髭が濃くて毛深い。顔の彫りが深くて凹凸が激しい。日本人の比較的平らな顔と違って、髭剃りも大変難しい。

夜が更けて遅い時間帯になると、浴場内の雰囲気が一変する。アベック風呂に変わるからだ。その頃になると、のんびりとする。楽しそうなアベックの声、

「ハヤシ、ハヤシ」

と呼んでいる。林さんにだけは、どんなご婦人方も安心して任せてくれる。何をするにも林さん、大奮闘でつつがなく土曜の夜が更けていく。今日も一日、モテモテの林さん、本当にご苦労さまでした。

*

雪が解けて半年ぶりに土が見える。青い小さな芽が吹き出る。零下二十数度、とても暖かい。手袋を脱いでいられるのがなんとも嬉しい。今年もまた始まった、という感じがする。この次、四回目の冬を迎えるまでには、帰ることができるのかな?

いよいよ劇団を結成することができた。そして同志古賀聖人を監督としてお迎えすることができた。

お芝居もますます本格的に軌道に乗ってきて、台本をもらい本読みから入り、立ち稽古にと移り、アドリブで慣れた私には、最初の頃は馴染めなかったが、慣れてしまうと、やはりこうでなくっちゃと思うようになった。

芝居の稽古は、作業が終わって食事を済ませてから始まるのだが、一日の重労働をこなしてからの練習は相当にきついとみえて、時々腹が減ってやっていられない、という声も出てきた。

「特別に増食してもらえないかな?」

と、できない相談だが、希望としては何度か出された。

夏の夜などは、野外に舞台を作って芝居をかけた。なんにしても芝居が終わって、皆に喜んでもらい、喝采を受けたときの喜びが忘れられず嬉しいのだ。ただそれだけのために皆頑張っているのだが、オカラーゲルと違いここスタルトは労働がきついので、皆大変だった。

階級闘争と吊し上げ

劇団員も少しずつだが新しい人が入ってきた。神戸育ちの中山なんかは、幼い頃から芸事を習っていたらしい。特に専門分野は洋舞踊で、身体が実に柔らかい。監督の演技指導にしても一回でぴたっと、決める。舞台で彼自身が振りつけた洋舞を踊ったことがあったが、実にうまいもんだ。それにしても、よくもまあこんな物持っていたもんだと思わせるような、少々派手だがモダンで素敵な衣裳を着て見せた。さしずめ現代ならば、ニューハーフか男装の麗人か？　どちらにしても、どこか女性を感じさせる側面があった。

＊

入団して数カ月過ぎた初秋の夕方。薄暗いワクター前の中庭で、中山が高い壇上に乗せられ、ラーゲル全員から吊し上げを受けていた。

一体どうなっているんだ。何がそもそものきっかけで、こんなにまで大ごとになったんだろう。さっぱり分からない。彼の踊りも彼自身にも、なよっとした部分はあったが。ただそれだけでしかないと思っている。

劇団の中においては何一つ問題もなく、皆仲良く協力し合い、劇団内で争ったり、もめたりしたことはただの一度もなかった。残念なことに私は仕事中でもあったし、その場に居続けることができなかった。それに劇団の人達にもその後会う機会もなく、訳が分からないままで終わってしまった。その後、それとなく色々な人に当たってみたところ、どうやら彼の日常のふるまいや生活態度が、労働者農民階級のものとは程遠く、退廃的、小ブル的（小ブルジョア的）だということが吊し上げになった最大の要因のようだった。

残念なことに、彼とは二度と会うことなくすべてが終わってしまった。

吊し上げで思い出したが、このラーゲルに前衛劇団が巡回・啓蒙活動に来たことがあった。坂東春之助が来ていると聞いて、私は昼間彼らが練習しているホールに出向いた。

メロディーが流れていた。ドアを少し開けて見ると、団員の演奏するバック音楽に乗せて、ふっくらとした優しい顔の好男子、同志坂東が物語を語っていた。ムードのある語り口で、「闘おう」「闘おう」とがなり合いに慣らされたラーゲル暮らしの私の耳には、柔らかく優しい感じに聞こえた。

前衛劇団の上演される時間帯は、私にとっては拘束された時間で見に行くことができなかったので、わざわざ同志坂東を見に、出かけて来たというわけだ。

坂東氏は後に、「文藝春秋」の昭和五十七年九月臨時増刊号の「読者の手記シベリア強制収容所」の中で、彼の約四年間の抑留生活のうち三年間、前衛劇団の団員として、シベリア全土に点在する収容所を巡って革新劇を上演して回ったと書いている。

ところがある日突然、メンバーから外された。戦前、彼が商業演劇に所属していたことと、ブルジョア的だというのがその理由だったと手記に書かれていた。

同じく歌手の三波春夫氏だが、彼はハバロフスクの収容所で「俵星玄蕃」や「殿中松の廊下」、または自分で創作した「我が子と共に」など浪曲をやり皆を楽しませた。

後日スカウトされて、二十五名くらいの劇団の副団長として各収容所を回り、音楽やお芝居を上演して演劇活動に専念した。そんなある日、彼が創作した浪曲「シベリアの空晴れて」のラストシーンが問題にされた。ソ連空軍機が、モスクワの空を目指し爆音を残して去って行くところだが、彼らいわく、同志北詰（三波氏の本名）の語り口は、ソ連を好戦的な国に思わせるという、それが理由で、彼は副団長はおろか劇団も首になり、重労働の日々に逆戻りしてしまった。このように坂東氏と同じく、「文藝春秋」に三波春夫氏がご自分の手記を寄稿している。

反動分子のレッテルを貼られた者には、ラーゲル内での居場所はない。どこへ行っても彼らの安住の場所はない。特にひどいのは食堂で、彼らが食事に入って来ようもんなら、方々からアジプロ（アジテーションとプロパガンダとの略。煽動と宣伝）で一斉に叩かれる。とてもでないが、食事も喉を通らないだろう。例えば、

「同志諸君！　この男は意識的に平然として生産競争をサボタージュした男であり、我々階級の敵である。断呼として糾弾しようではありませんか！」

といったアジプロを食事をしてる間じゅう、代わる代わる間断なくやられたら最後、村八分どころか百パーセント居場所がなくなる。孤独になって無口になる。言葉を忘れた毎日が、針のむしろの上のラーゲル生活となってしまうこと請け合いだ。

それに加えて、前職者と呼ばれてる人達も大変な被害者だった。たった一人だが、前職者がこの

ラーゲルにもいた。前職者とは、内地または満州において、天皇制擁護の忠実なる番犬であったとして、元警察官、憲兵隊、特務機関の人達を指して言っていた。ごく身近な存在として、元警察官だったこの人ぐらいだが。

ある日のこと、全大衆の前に引き出され吊し上げられた元警察官。この男、元々よく働く人だったが、吊し上げのきつい批判を、労働の成果で今まで以上に頑張って頑張って、作業優秀者に等しいほどの実績を上げた。その頑張る姿勢や実績を見ているうちに、しまいには、誰もが何も言わなくなっていた。

そんなラーゲルでの民主化運動を横目に見ながらも、自分とはなんの関わりもなく毎日を過ごしていた。

そんなある日、カントーラにいる政治情報部のオフセルから床屋のお呼びがかかった。この情報部のオフセルは、一週間くらい前から来てラーゲルに滞在していた。

政治情報部の将校だなんて、薄気味が悪く嫌だな、と思いながらも仕方がない。カントーラに出向いた。部屋に入ると、まだ若いオフセルが一人、ほかには誰もいなかった。早速、散髪にとりかかった。すると散髪途中で、急に私に話しかけてきた。

「貴方が日本に帰り、お母さんから民主主義ってなんですか？　と聞かれたら、貴方は何と答えますか？」

と、この質問には本当に参った。あまりにも流暢な日本語なので薄気味悪い。何とも答えようがなくて、ただ押し黙っていた。どうしたもんか？　どうしようもない、でもそれ以上追及されることもなく、無罪放免してもらえたので助かった。やれやれ！

そんな体験からしばらくたったある日の午後、私が一人で理髪室にいた時、一人の見知らぬ日本人の男が入ってきた。

すぐに、ああこの人だなあと分かった。地方オルグ（政治部指導者）が数日前からラーゲルに来ていると聞いていた。彼らは地方に点在している収容所を回り、民主運動を啓蒙発展させるために、専門職として専従している人達である。今回の理髪室への来訪も、多分個別的に細胞活動の一環として、どの程度のものか、意識調査をかねてのことであったと思う。とにかく一時間以上にも感じられたほどに長い時間であった。今にして思えば、彼は私に唯物弁証法的に説明をしていたらしく、

「発展とは反対物間との闘争によって生じるものであって、したがってウンヌン」

私には何を言っているのやら、まるで外国語を聞いているみたいで、全然理解することができなかった。

「情けない！　悔しいなあ、なんてこった」

同じ日本人が話してる言葉を、同じ日本人が長時間聞いていたのに、何も分からないでいるなんて、惨めな自分をそこに見た。

ひとときの春

私達は毎日入浴をすることができる立場にあり、身体は常に清潔だし、炊事勤務の友達が差し入れもしてくれる。それに時折、自分でマカジン（売店）に行って黒パンを買ってきてよく食べた。お金はインチンタント（主計将校）が理髪室に一筆書いて貼り出してくれた。パステリッツ（散髪）やパブリッツ（顔剃り）をした場合は、一ルーブル支払うようにと。くれる人もいるし、くれない人もいるが、私はロシア人の自主性に任していた。たまったお金でアジカオン（香水の名前）を仕入れておいてつけてあげる。もちろんお金をくれる人に限ってだが、現役のロシア兵には、ねだられて負けてしまう。

日に日に身体ができてきた。陰毛も自分で三日おきに剃っている。陰毛なんてない方が小便の時に都合がいいので、いつもそうしていた。三日もするとチクチクと痛くなるので同じことの繰り返しが続いた。

忙しく緊張する場面もあるが、何といっても自分の天職、それなりの余裕もできて、心と身体のゆとりが、逞しい弾けるような精力となって表れた。

お風呂はいつも一人でのんびりと入る。息子がびんびんと猛り狂ってすごい。風呂に入ると自家発電。飛ぶんだよね若さってすごいよ。

そんなことして他愛もなく遊んでいたとき、何と急に皮が弾けて先っぽが露出した。慌てて元に戻した。

待てよ！　ふと気づいた。すごくいい格好だったなあ。

「そうだよ、それだよ、あれこそ大人そのもんだよ」

今まで自分になかった大人の形。そう気づいた時、新しい冒険心が閃いた。これだ、絶対この機会を逃がしたら、永久に皮っかぶりの包茎だぞ。再度挑戦して皮を弾いた。びっちりとした厚手のパンツを二枚重ねて履いて、中で動かないようにした。

立派になった勇姿を見た。

「やったね！」


劇団員の同志関根が身体を壊して、入院していると聞いて、見舞いに行ってみた。病気自体は心配するほどのことではなかったが、それよりも、彼の父親が死んでしまったという。今届いたばかりの日本からの便りで知ったらしい。慰めの言葉もなかった。本当に可哀相に、大変な落胆ぶりで、見るも気の毒でたまらなかった。

その当時、わずかの間だったが、日本に便りを出すことができた時期があった。

本当に届くかどうか疑わしいとは思いながらも、とにかく出してみることにした。こちらから出す手紙の字はすべて、カタカナでハガキに限られていた。したがって変なことを書いたら、恐らく検閲に引っかかってしまうだろうと思い、文章には気を使った。

そしてせっせと書いて出した。私にも、たった一度だけ、故里から手紙が届いた。日本から便りが届くなんて、本当にびっくりした。

国破れて、個人の生活があるなんて不思議に思えて仕方がなかったからだ。

姉さんからの便りで、石井という人と結婚したと書いてあった。

石井という人は、父親と一緒に姉が床屋さんをしていた時、店に散髪に来ていた当時兵隊さんだった人らしい。

姉は、菅原さんと結婚することができなかったようだ。婚約者の菅原さんは、将来は昭ちゃんの義兄になる人だからと、私が住み込んでいた浦和の中田理容店に高給で住み込み、職人として働いていたことがあった。

菅原さんは、そんなある日、職人や私達の前で、こんなことを話してくれた。

「大切な人だからさ、だからこそ、大事に、大事に、何にもしないで、大事にしとくんだよ。奇麗なまんまでね！　でなきゃあ、とっくにやっちゃってるよ」

「そうだよなあ、分かるなあそれ！」

皆真剣にうなずいていた。

菅原さんは、しばらく働いていたが、徴用召集されて南方方面に行ったきり、音信不通だった。終戦してもうじき三年になろうとしているのに、まだ帰還していないようだ。可哀相な姉さん。これから先、幸せになれるように祈ろう。そのほかには、これといって変わったこともないようだった。

ど偉いカミーシャ（調査・視察局要員）が来るという。今夜中にラーゲル全員の陰毛を剃り落とすようにと命令が出た。

パリクマーヘルのポマハイ（助っ人）を出してもらった。三輪という男で、前にも何度かポマハイしてもらったことがあった。ポマハイは三輪一人っきり。五百人もの陰毛を剃るっていうのに、たった一人とはひどいもんだ。

今までに何十回となく、私自身、陰毛を剃られた経験からして、剃ってもらう側の気持ちはよく分かる。バリニッツアの病院に入院していた時だった。入浴の際、剃刀で一度に二カ所も切られて血がだらだらと流れ出た。ひりひりして痛くてたまらず、マローシャに、切られたオチンチンを見せに行った。マローシャは、顔色変えてすごい勢いで床屋を怒ってくれた。

脱衣場で裸になって一列に並んでもらい、私はしゃがみ込むように低い桶に腰を掛けた。チンチンの竿をぐいと掴んで下に引っ張る。遠慮は無用、逡巡してはいけない。それが下刈りのコツというもんだ。

そして手際良く剃っていく。六人目くらいに剃った若い兵隊の息子がびんびん。元気がいいね！まったく。毎日重労働してるってのにまさに驚きだ。私は眉毛一つ動かさず、無表情で対処した。二十五、六人くらい剃った辺りで遂にギブアップ。降参だ！　通常の場合、お風呂に入り奇麗になった頃合いを見計らって、湯殿に入って剃り始めるからいいんだが、今回は、剃りあげていくうちに、表れた肌が汚れていて真っ黒々。臭いだって半端じゃない。重労働している作業中に、真っ黒に汚れた手でオシッコするから、たまったもんじゃない。

仕方がない。そこでありったけのバリカンを出して、皆でお互いに刈りっこするなり、自分で刈るなり好きにしてもらうことにした。

かくて悪戦苦闘の末、ラーゲル五百人の剃毛をすることができた。

ところが、無情にもお偉いさんのご一行様は、ついに姿を見せずに終わった。もっとも、来てもらいたくない歓迎せざる人達だからいいんだけれど。


以前の話だが、お偉いカミーシャ（調査団）の巡回視察があった時だった。

どがどかっと、ブーツを踏みならして理髪室に入って来た十数人のお偉いさん方。よりによってこんな時、運悪く髭剃り用のカップの中に、石鹸の泡に混じってなんと一匹の蝿が入っていた。使い終わった時点で、洗っておかなかったのがいけなかった。何を言っても後の祭り。これを目ざとく見つけられて指摘されてしまった。まもなく理髪室の視察を終わって、引き続いて浴場内や洗濯室を視察してから、賑やかに喋りながらバーニャーのバック通路から戸外に出て行った。

「やれやれだ！　まずかったよなあ、まったくついてないよ」

と、ぼやいていた時、収容所長のデニセンコ中尉殿が一人、一団から急いで戻ってきた。よほど頭にきてたと見えて、ゼスチァーたっぷりすごい剣幕で怒鳴られてしまった。何とも恐ろしい形相だったので、一日中気が滅入ってしまった。

第五章　アクチューブ（政治的積極分子）への挑戦

春うらら弁論大会

理髪室でやられた地方オルグの啓蒙からかなりのショックを受けて、私の心の中で、大きな変化が起きた。今現在住んでいるこのソ連という国はどんな国なのか、資本主義って何、社会主義ってなんだろう？　じゃあ、共産主義ってなんなの？　人民民主主義と社会主義とでは何がどう違うのだろう？　社会主義と共産主義とは、どこがどんなに違うのか？　こんな疑問も後になって分かったことで、当時それぞれの国々によって、社会経済の仕組みや考え方、国としての主義主張や思想が違うなんてことも知らなかった。

そうだ、政治情報部のオフセルが言っていた。

貴方が日本に帰った時、

「民主主義ってなんのことですか？　とお母さんに聞かれたら貴方はなんと答えますか？」

思い返される手痛い質問だった。本当に分からないことだらけ。せっかくソビエトソユーツキサユーズ（ソビエト社会主義共和国連邦）という大層な国に来ているんだから、同じ日本人が話してくれるソ連の経済や社会の仕組みくらい理解できなくてどうするんだ。

それからの私は、ラーゲル運動に積極的に参加していった。まずラーゲルの民主運動を早急に理解するために、日本新聞や壁新聞を積極的に読んだ。時間はかかったが読んでるうちに全体像が少しずつだが分かりかけてきたし、知識もおいおい深まってきた。

野外で行われた弁論大会にも積極的に参加した。原稿を書き、生まれて初めての弁論大会に臨んだ。我ながら良くできたと思えたし、周りの評判もよかった。

青年行動隊の隊長だが意外と出来が悪かったのには驚いた。普段の戦闘的な行動とは裏腹に、人前で喋ることって、これまた別なんだなあと、つくづく思った。

劇団の方も同時並行して活動していった。その頃からラーゲルでも時折、ソ連映画が上映された。上映に先立ち、皆からの要望で、古賀さんに映画についての話をして頂いた。無声映画と違って、なぜ音がでるのか、映画フィルムに仕掛けられた音との関係などについて、皆の前で話してもらったりした。

劇団仲間の皆がせがんで、古賀さんに助監督時代の話を聞かせてもらった。

当時、有名な女優さんだった人の実名を上げて、その女優さんの生意気さ加減や態度の悪さ、色々あった辛い話や、悔しかったことなど。それに今の奥さんと結婚する前、奥さんのお父さんが古賀さんに言った言葉など、いかにも印象的で、古賀さん自身いまだに思い出しては感激しているかに見えた。

「これといった物も差し上げられませんが、私達は貴方に娘（生娘）を差し上げます」

私は勤務小隊の文化部長になった。特に目立つ活動としては、毎朝、朝礼がすんで作業大隊が営門を出ていく際、勤務小隊員が営門の横に整列して、作業に出て行く彼らの士気を鼓舞し激励するため、歌を合唱して送り出す、その指揮をとるのが私の朝の日課となった。合唱する歌は、新しい歌が次々と民主委員会を通して入ってくる。一体誰がどこで作曲しているのか？　どんなルートでここまで届くんだろうか？　さっぱり分からない。

♪流れ遥かな　アムールの　川波越えて来たものを
泣いてくれるな　かんこ鳥　泣けば夕日も　さみしかろ
♪シベリアあらし　すさぶ夜も　明けりゃ花咲く銀世界
唄う声さえ　カチューシャのロシア娘は　ソリで行く

ドーフ夜曲という、涙が出てきてしまいそうになる歌だが、生きて祖国に帰ることだけを夢みてる兵隊にとって、どれほど心の支えになってくれたことか。

腕組んで行こうぜオーオーがっちり腕組んで俺達は、労働者、農民

この歌はスクラムを組んで合唱しながら唄うと、とても似合う歌だった。
小さな壁新聞みたいなのを自分で作ってみた。文章も挿し絵も自分でやった。そして食堂の入り口に貼り出しておいたが、それは民主委員会の文化部長から小ブル的だと批判された。だが特に剥がされることもなかったが、内容が少し柔らかいと、すぐに小ブル的だと言われてしまう。その辺り少し

おかしいんじゃないのかな。

収容所長が替わった。今までの所長はデニセンコという中尉さんで、眼光炯々《けいけい》として鋭く、軍人さんなのに胸いっぱいに鷲の入れ墨をしている。まさに鷲と言うより鷹のような目をした、怖い人だった。その所長さんが、捕虜である私に、お金を借りに使いをよこしたことが、三度ほどあった。返す時にはいつも自分で直接返しに来た。特に十月革命記念日や祝いごとがあった後など、すってんてんにウオッカを飲んで使ってしまう。

お金といえば、見たこともないロシア男が来て、金を貸せ！　と言う、ご本人は工具室で働いていると言うが、私は知らない。いくら断っても駄目。粘って粘って、テコでも動こうとしないこの男、よほど差し迫った事情があるのだろうか。場合によっては暴力を振るってでも盗りかねない様子だった。捨てるつもりで貸してやったが、やっぱり返ってはこなかった。

収容所長のデニセンコ氏には、忘れられない思い出がある。二月頃の寒い日、彼は楽しく、気持ち良いことをしようと、バーニャーにやって来た。その時、浴場の湯殿には夜間監視のラボータ（作業）を終えた、愛称バラダ（顎髭）氏がただ一人で入浴していた。そこへ肉感的な女性とアベックでワーリンキを踏み鳴らしながら入って来た。

バーニャー所長の林さんを初め、浴場スタッフ三名、今頃何事ならんと見つめる中を、二人して使われていない寒いサウナ室に入って行き、中から施錠した。ほんの少したってから一人のロシア男がやって来た。一所懸命鍵穴から中を覗いていたが、振り向いて今やっていると盛んにゼスチァーして教えていたが、やがて一足先に引き上げて出て行った。仲を取り持ったポン引きか？　しばらくたってから当のご本人達が、涼しい顔でサウナ室から出てきた。ぱりっとした軍服と、厳めしい顔つきが、不似合いで滑稽にさえ見えた。

土曜日以外には使われない、密閉され暖房の届かない寒いサウナの板の間で？　それとも階段に腰を下ろしてのだっこちゃんスタイルで？　シベリアの寒い冬って、よくよく遊ぶ場所がないんだよね、ご苦労さま……。

新しい収容所長は、やはり中尉さんで、数人の日本兵と一緒に転属して来たと聞いた。その中の一人に、以前ラーゲルで床屋をやっていたという人がいた。入浴に来た際、自分から話したので分かった。その後も数回会うたびごとに、

「床屋をやらないか？　代わってくれないかな」

と誘ってみたんだが、前のラーゲルにいた時、私と同じように勤務小隊だけが取り残されて、ダモイを逃がした体験者だった。そんなことで、二度と床屋はやらないと言い張り、頑として、「やっても良いよ」とは言ってはくれなかった。

その頃の私は、ラーゲルの中でも戦闘的なアクチューブ（政治的積極分子）として、かなり目立った存在になっていた。

その当時、ラーゲル内のアクチューブは、地区の政治学校に定期的に教育を受けに行っていた。そ

してみっちり政治教育を受けてラーゲルに戻ってくると、それなりの箔が付き、筋金入りのアクチューブとして迎え入れられて、活動の場も広がった。もっとも、さっぱり駄目な奴や、期待外れの例外者もいた。私はどうしても政治学校に行ってみたかったし、順番からみて検討しても、今頃とうに政治学校を卒業して帰ってきているはずだった。何度か大隊副官に希望を話してみたが、

「交代の人さえ見つければ、いつでも学校へ行かせてやるよ」

と言うことだった。それだけに一所懸命誘ってみたが、「いいですよ」の返事はもらえないまま時が過ぎていった。

今度のナチャーニック（収容所長）は、一緒に連れてきたパリクマーヘル（床屋）に情が移るとみえて、大隊副官に一度ならず二度までも、こんなことを言ったそうだ。

「年老いた兵隊が屋外で重労働して、若い兵隊が屋内で床屋ですか、こんなのって良くありませんね、どう思いますか？」

そんなこともあってか、私にはどうも良い感じをもっていない様子だった。私を見るナチャーニックの目からそれを感じた。散髪のときなど、とても気疲れする。言い訳したいところだが、それもできないし辛かった。

それからどのくらいたったのだろうか、ピヤチジイマ（また冬が来た）、そして雪がちらちら降ってきた。この雪は来年の春まで解けることはない。四度目の寒い冬がやってきたのだ。

ナチャーニックが言っていたスタールイサルダート（年老いた兵隊）が私を訪ねてやって来た。

「この冬、この年で野外作業やって越冬するのは、恐らく無理だと思うんだ。悪いんだけれど代わってくれないかね」

いやあ参ったな、今頃になってからとは、正直なところそう思ったが。

今年中のダモイは、もう望めないし恐らく終わりだろう。彼もそう判断して、よくよく観念したんだろうから、早速私は彼と交替して野外の重労働作業に出ることにした。

選ばれてご褒美付き作業優秀者

アクチューブ即ハローシラボータ（作業優秀者・労働の英雄）でなければならない。でなければ単なるプチブル分子に過ぎない。だから大変なのだ。

「戸外の作業に出たら、あいつ全然意気地がねえの」

なんて言われたくなかったら、頑張るしかないのだ。

作業は、ラーゲルからだいぶ離れた所で水道管の敷設工事だった。幅一メートル五十センチくらい、深さ三メートル五十センチくらい、溝の中ほどに、幅五十センチくらいの渡り板が吊されており、溝の下で土を掘り、スコップで中段に乗せ上げる。中段にも人がいて、その土を地上にスコップで投げ上げる。そんな溝の中を覗いたりしながら、かなり前に進んだ辺りだ。新しくその先を掘り始めるらしい。これがまた大変な作業で、一日中手を休ませずに働いても、せいぜい五センチも掘れたらいいとこだ。表面の地層から凍土で、つるはしの先が、たった一日で丸まってしまう。

こんな作業を三日もやったら、身体中の筋肉が痛くて痛くてどうにもならない。身体が重労働に慣れるまで黙って頑張るしかない。そこがアクチューブの辛いところだ。

そんな毎日を送るうちに、重労働に身体の方もだいぶ慣れてきた。

野外の作業に変わってから一カ月くらいたったある日の夜。大隊副官が直接出向いて来て、直接ダモイの命令を伝えてくれた。

私がハローシラボータとして選ばれて、ダモイができるとのこと。選んでくれたのはナチャーニックだそうだ。

「君がパリクマーヘルを彼と交替してくれたことが、よほど嬉しかったようだよ」

と、大隊副官に言われた。所長が推薦してくれたのだった。

急ぎ装備を整えて表に出た。ワクター前には、すでに全ラーゲルの兵隊が整列していた。誰に挨拶する暇もないほどの慌ただしさだった。

全兵士の前に横一列に整列した。私を含めた十人ほどの人達が、作業優秀者として選ばれていた。民主委員会の委員長が壇上に上り挨拶した。

「中間集結地に向け出発してください。集結地においてダモイ列車を待つようになります」

とのことだった。全ラーゲルの人達に送られながら、ラーゲルを後にした。

トラックはラーゲルを後にして、一路、中間集結地のラーゲルへと向かった。今まで日本への帰国に関しては、ソ連側では色々な方法でダモイをさせていた。例えば、栄養失調で虚弱な兵隊だけをより抜いて帰したり、作業大隊を丸ごと、勤務小隊だけを除いて帰したり、今回のように各ラーゲルの作業優秀者のみを選抜したりしていた。

今度こそ本当だろうか？　疑い深くなっており、ダモイの嬉しさが湧いてこないのも不思議な感じだった。

中間集結地のラーゲルに来て、丸二日たって三日目の午後。なんと驚いたことに二百十分所の全員が、ダモイの命令を受けて中間集結地へやって来た。さらに驚いたことには、今回も、勤務小隊の人達が、丸々残されてしまったということだった。

私と交替したばかりの、スタールイ（年寄り）床屋さんには本当に気の毒なことをした。これもまた彼が望んでのことだし、運命なのかもしれないな……。

地団駄踏んで悔しがっていることだろう。そう思うと気の毒で仕方がなかった。


ここ中間集結地のラーゲルには、各地区のラーゲルからかなりの兵隊が集まって来ていた。そしてラーゲル運動も独自に、それぞれに展開して活動していた。

そんなある日の夜だった。たまたま通りかかった兵舎の前で、賑やかなアジプロが聞こえた。かなりエキサイトしているようだった。二重窓のガラス越しに、数人の人影が見えたので、ドアを開けて覗いて見た。入り口にいた数人の兵隊達は外来の傍聴者で、単なる弥次馬だった。

二段ベッドに囲まれたその真ん中に一人の男が立たされて、今まさに吊し上げの真っ最中というところだった。そしてその吊し上げられている男の顔をみて、一瞬あっと息を呑んだ。なんと二百十分所のラーゲルでは勤務小隊に所属し、炊事場に勤務していた同志山内という男だった。

かつて彼は、ソ連のインチンタント（主計将校）と共に二百十分所に転属して来た。インチンタントの口利きで炊事場勤務についた。しばらくの間、この炊事場で働いていたんだが、またまたこのインチンタントが転属することになった。その転属の際によほどお気に入りだったらしく、山内をまたまた連れて転属して行ってしまった。

この人が炊事場にいた頃は、栄養がたっぷりと行き届き、男としては色白の肌ながら、逞しい身体つきをしていた。それに、なかなかの美男子だった。それだけに余計に、痛々しく感じられた。彼はあの当時、毎晩お風呂に入りに来ていたし、私は彼をよく知っていた。これほどまでに短期間で、人間って変わってしまえるものなのか。それは人ごとでなく、かつての自分にもいえることだが、大きな鏡に自分を映し、客観的に見つめるようなわけにはいかないし、他人が感じるほど、当のご本人としては感じていないのかもしれないし、分かっていないのだと思う。

だからこそ人は、逆境に耐えて頑張って行くことができるのかもしれない。そんなことを思いながらも、なんとしてでも助けてやりたいという気持ちでいっぱいになった。

一体どうして吊し上げられるような羽目になったのか？　それが知りたくて、事情を知るべく、なおも彼らのやりとりを聞いていた。

彼は、主計少尉と共にこのラーゲルに転属して来た。そして主計少尉の特権で、炊事勤務につくことができた。どうもそのあたりの事情も、先住者からの妬みをかった要因でもあったようだ。聞いていて、そう感じとれた。どんな事情があったのか、炊事勤務を失脚して、糧秣倉庫の夜間監視員になってしまった。

そんなある夜、倉庫内で糧秣の盗み食いをしているところを、たまたま営内巡視に現行犯で見つかってしまった。それが、事の次第であった。

ソ連という国では、社会や国家等、公に帰属するものを盗んだ場合、その罪は大変に重い。人民大衆の財産を個人が勝手に盗んで消費した場合、それはとりもなおさず、人民大衆の敵であり、憎むべき反動分子なのである。それがパン一個であれ、犯した罪は大きい。

さてどうしたら良いものか、どうしたら助けられるかを考えた。

兵舎内はエキサイトした兵士達で最高潮に盛り上がっていた。

私は、この盛り上がってエキサイトした今までのやりとりを見て聞いて、このラーゲルの民主運動の水準を推し量った。

私はつかつかっと皆の前に進み出て、アジプロして呼びかけた。

「同志諸君！　私は同志諸君と同じく、ダモイの命令を受けてこの中間集結地に集結した、二百十分所の同志であり、染谷と言います。ただ今まで、この男に関するすべてのいきさつを見聞きして全体像を掴み事情を理解し、今日までのいきさつを把握することができました。確かに彼の行為に関して言えば、大いにその罪を糾弾し、彼に対して厳しい自己批判を求めるべきであります。がしかし、今ここで彼をして、徹底的に糾弾することによって、ただ悪戯に敵陣営側にみすみす追いやってしまっていいものかどうなのか、同志諸君！　ここは一番、大いに我々としても真剣に考えて、どのような選択の道があるのかを、どう対処すべきかを、今こそ真剣に討議すべき時ではないでしょうか？

同志諸君もすでに周知の通り、民主民族戦線の旗の元に結集せよ、とのスローガンの通り、今まさにその時が来ていると言わざるをえません。そこで同志諸君、このことは単に労働者農民のみならず、勤労インテリゲンチャー、並びに小ブルジョアジーをも含めた、平和と民主主義、民族の独立を乞い願う、広範なる全大衆を包含して、民主民族戦線の旗の元に、結集させていかねばならないという大事業が、我々に与えられた重大なる使命であるはずです。

したがって今一度、大いなる相互批判、自己批判の上に立って再検討して頂きたいものと、目的を一つにする同志として心より乞い願うものであります。

同志諸君！　祖国日本へのダモイを目前にして、断呼として我々の勝利を戦いとろうではありませんか！」

兵舎内の兵士達から大きな賛同の拍手が鳴り響いた。

峻烈だった彼に対しての吊し上げも、大きく変化して、なごんだ方向に展開する雰囲気を確認した。

後は彼ら内々の問題として、彼らに後を託して戸外に出た。

彼は私の声を聞いて、二百十分所の床屋さんだったと分かってくれたかな？　多分分かってくれたであろう。分かって欲しい気持ちを後に残して兵舎を出た。

「ああ良かった。彼、助かるといいな、助かりそうだなあ」

ホルモリン奥地の山猿軍団

「青年よ身体を鍛えておけ、逞しい身体が、美しい心を、からくも支えるときがいつかは必ずくる。その日のために若者よ身体を鍛えておけ」

誰の詩だったか忘れたが、私はいつもことあるごとに思い出す。私のように、育ち盛り、食いたい盛りの思春期に、腹いっぱい食えずに育った体力のない人間には、シベリアの抑留生活は大変きつい。いつまでこんな暮らしが続いていくんだろうか？

この受難の時代を無事に乗り切っていくのは大変だ。自分自身に気合いを入れて、尻をひっぱたいて、前向きに頑張っていかないことには、こんな環境の中では、すぐにへたってしまう。だからこそ私は、アクチューブとして作業優秀者として、皆からいつでも注目されてる緊張の中に身を置くことを選んだのだ。

毎朝地獄の鐘を聞いて、朝早くからワクター前の営門を潜り、夕方六時、七時頃まで、極寒零下三十度、四十度の中で、屠場に引き出された牛馬の如く、そんな気持ちの中に身を置いていたら、とても生きては祖国の土を踏むことはできないだろう。私にとって無気力は最大の敵なのだ。

それから数日たった頃、突然にダモイ中止の噂が広がった。正式な命令が伝達されたわけではなかったが、真実を伝えていると思えた。結果、噂はその通りだった。なんでもナホトカの海が凍ってしまい、今年のダモイは中止になったという。本当かな？　ナホトカは不凍港と聞いていたのに変なの。

やがて、青い色も鮮やかな杉の葉で作られた丸い大きな輪飾りを、各車輛ごとに取り付けられた、何十車両ものダモイ列車が集結地に入って来た。行き先はハバロスクだという。どうでもいいという気持ちになっていた。

少しでもナホトカに近いところに出ていけるんなら気が晴れる。せめてもの救いだと思った。飾りつけを施したダモイ列車がシベリア鉄道をひた走る。貨物に乗っている間だけでも労働から解放されているし、貨車輸送も回を重ねて慣れた人達だから、皆ゆっくりとくつろいでいた。

上段のベッドの横にある小さな窓から、垣間見た屋外の風景。果てしなく延々と雪に埋もれた原野が、そして白樺の林が続く。たまに見かけるホームのない小さな駅舎。

人影もなく、四度迎えたシベリアの冬。殺風景な雪景色が、どこまでも延々と続いて果てしないつまでも、どこまでも飽きずにひた走る。

ご褒美付きのハローシラボータ（作業優秀者）も、なんのことはない、ひとときのはかない夢と消えて終わった。

端《はな》っから多分に懐疑的だったし、有頂天には喜んでいなかったので、気分的には救われた。

貨車に乗って六日目。下ろされたところは第十六地区ハバロフスク地方。

とても大きな炭鉱町だった。

この収容所は、シベリアの日本新聞にも紹介されたことのある、当時としてはソ連当局が誇るモデル的ラーゲルでもあった。なにしろ、シベリアにこんなラーゲルがあったなんてたまげた話で、信じられない思いだった。

まず第一に電気がついていたし、大きなバーニャーでは蛇口を捻るとお湯が出た。レストランがあり、ヘアースタイルをリーゼントでばっちり決めた、白い制服のスマートなボーイを見ることができた。

作業大隊の兵隊達も、皆ロングヘアーで垢抜けしていたし、これが同じ抑留生活者とは到底信じられない思いだった。

聞けば、毎日の労働に対して賃金が支払われているという。中にはノルマの良いラボータについてる兵隊なんか、オートバイを買って乗り回しているんだと。ここまで話ができてくると本当かな？と、頭を捻ってしまう。体育館のような広いホールの板の間で休憩している間にも、どんどん情報が入ってくる。

やがて、各小隊の編成替えも終わって、各兵舎にそれぞれに落ち着いた。私は小隊長として十五名ほどの部下を与えられた。

以前からここに先住する兵隊と私達とは、一見して違いが分かる。先住の兵隊は寒さから耳を守るために防寒帽の垂れを常に下ろしていた関係で、露出された顔の前面だけが雪焼けで真っ黒、いや赤黒く、明るい電気の光に照らされて、まるで猿のように見えた。ホルモリン奥地に生息していたエテ公軍団か？　なんという違いだろう！　天と地ほどの違いを感じた。

この炭鉱の町はかなり大きな町で、石炭も露天掘りだそうだ。後日、私も、石炭の搬出運搬作業をしたことがあったが、高さ一メートルくらいの石炭層の断面に火がついていて消えることもなく、暖をとるのにすこぶる好都合であった。

ここにいたのも十日間ほど。色々な作業をこなして、やがてそれぞれのラーゲルに転属していった。

伐採小屋の木こり猿

私達は集団農場（コルホーズ）のラーゲルに転属した。

私はどうやって転属して行ったのか、現在まるで記憶がない。すっかり忘れてしまって思い出せないのだ。歩いて行ったとも思えないし？　あの炭鉱の町からそんなに遠くはないはずだが、確かなところは分からない。コルホーズへ来たんだから野菜なんかいっぱい食べられるといいんだが。そんなことを期待していた。

ラーゲルに入り兵舎に通された。板の間にあぐらをかいて、しばらくの間待っていた。変な奴が顔を出して、胡散臭い顔をしてじろじろと無遠慮に見ていきやがる。訳の分からぬアジプロまがいのことを怒鳴って、脅しにかかってる奴もいた。

「なめたらあかんで」

と言いたいらしい。ラーゲル運動も先が思いやられる感じだ。

第一日目の夜が明けて、二日目に命令が出た。私を含む三人が、ここより十キロくらい離れた山奥に入り、ラーゲルで自家使用する薪材の切り出し作業をするらしい。なんのことはない、またまた山猿暮らしに戻ってしまうようだ。やれやれといった思いだ。

トラックにがたこと揺られ凸凹の山道を三十分くらい走ったところ、小高い山の麓にぽつんと小さな山小屋があった。

小屋の周りは一面雪に覆われていた。地面からすっぽり雪に覆われている。どうやら屋根だけを残して、周りは泥土で覆い被せてあるようだ。

入り口が一段低くなっていて、ドアも多少奥に取り付けてあった。

中に入ると右手前が炊事場で、真ん中の通路を挟んで左右に五十センチくらいの高さに床板が張られて、マットが敷かれ毛布がかかっていた。

先住者を含めて総勢八名、内訳は炭焼き人が一人、炊事人一人、伐採担当が六人、薪材の搬出に馬そりを使う時もある。

小屋に向かって左横に聳える山に、炭焼き小屋があるらしいが、私はここにいた間、ついぞ山に一度も登ったことがなかったので、どこに炭焼き小屋があるのか、分からずじまいで終わった。もっともそれは私だけではないようだ。

トラックは薪材搬出に、日に二度くらい往復するが、なんだかいつも尻を叩かれ追い立てられてる感じがしてならない。私だけではないと思うんだが、なんといっても囚人病院のあったコムソモリスクの山は鬱蒼たる密林だが、ここではまるで立ち木がまばら。樹木も細く背も低い、あまり伸びないみたい。

ノルマとしてはトラックの搬出に間に合えばいいらしいが、切り出すそばから運び出されて、いつも追い立てられている感じだった。

なんにしても少人数の気楽さがあった。それでも夜になると学習は必ずあるし、それなりに大変だった。

そんなある日、つい先だってまで民主委員会の委員をしていた男が、どういうわけか、こんな山奥へ配属されて来た。何だろう、こいつおかしいぞ。左遷されたのかな？　この男、山に来た最初の夜、隣のベッドに寝たんだが、夜中に私をさぐってきた。

こいつ、性の倒錯者なのか、唇を寄せてくる。恥をかかせたくもなかったし、眠って「気づかない振り」をしながらも上手にあしらった。

「いずれ分からしてやるかんな、そんな時がきたら、こいつの態度も変わるだろう。それまでだ。まあ、見ていろよ！」

以前いたラーゲルで、染谷がどんな活動をしてきた男か、誰も知らないところで、一からの活動が始まった。

なんたって伐採作業ならお手のもんだし、その点楽勝さ！

朝日

朝日に照らされて　凍った空気が　キラキラチカチカと
光って見える空気が凍って見えるなんて　知らなかった
馬糞を蹴る　軽くて固い馬糞が　ころころと飛んでいく

家々のペーチカから吹き出た煙が　空高く舞い上がらず
低い屋根の上で　いつまでも形も変えず動こうとも
しないでいる　そしていつまでもそのまま　じっと留まり
漂っている　まるで時間が　止まってしまったかのように
戸外に干された真っ白な敷布が　ぱんぱんに張りついて
凍っている　零下三十数度の戸外に　洗濯物を干すなんて
そして乾くなんてことも知らなかった　雪日和の朝

暮らしの音が　消しこんで　静寂が辺りを包む
凍てついた空気が　重くのしかかり　ワーリンキの下で
踏みしめた雪がきゆっ　きゆっと　鳴く　何もかも
凍てついて　肌に刺さる　強い朝日が　顔を出して
空気を凍らせて　私に見せてくれた　空気が凍る？
知らなかったな　キラキラ輝いて光ってた

こんな、本隊から遠く離れた山奥に追いやられた形で、なんのことない一冬の間、山小屋暮らしで新年を迎えてしまった。

春の雪解けまで、ついに本隊に帰ることもできずに、なんの刺激もない毎日の暮らしだった。

あいも変わらず私達の毎日の食事は本当に少ない分量で、一日の食事を一遍に出されても、一度に食べてしまえるくらいだ。毎食ごと腹三、四分目といったところかな？　とにかくいつも腹を空かしていた。

かつて、フタロイバチン（二の谷）にいたときだった。伐採作業で山に登るんだが、朝めしを食わずに山まで持って行き、昼めしと一緒に食べる男がいた。満腹感が欲しいのだ。それを横目で見ながらも、朝飯を我慢できる奴なんていやしない。かといって、そいつの残した飯が気になって、腹の虫が突かれてどうにも仕方がない。

「朝飯食わねえなんて身体に毒だぜ、食っといた方がいいよ！」

親切ごかしに、代わる代わるにいつも誰かがアドバイス。余計なお世話様だが、皆、腹の中では深刻だ。

今までもソ連側では、日本兵に対して色々な食事の与え方をしてきた。例えば、与えられた作業ノルマを百二十五パーセント完遂した者には「い食」、百パーセントでは「ろ食」、順次「は食」、「に食」と、同じ食堂内で隣り合わせて、い食は四百五十グラムの大きい黒パンと食器一杯のカーシャ、そのお隣さんは小さな黒パンと食器の底に少しだけのカーシャ。その労働の成果によって、給食していた時期がしばらく続いたんだが、私は勤務小隊に所属していた関係、その辛さを味わうことはなかった。

食事もさることながら、煙草がなくて、吸えない日々が続く辛さは半端でなかった。お酒が飲みたいという話は抑留中一度も直接間接共に聞いたことがなかったが、煙草だけは別だった。下士官兵に支給される煙草は、一日五本、将校は十五本と給与基準になってはいるが、どこでどうなっているのか？　あまり守られてはいなかった。寝ても覚めてもダモイと食うこと、煙草のこと。今現在、煙草をやめて十五年。もしもあの頃、煙草嫌いな私だったら、どんなにか幸せだったろうに、日々の辛い苦しみも半減されていたはずだ。

食わせてくれれば働けるという日本兵と、働けば食わしてやるというロシア側と、永久に話が咬み合わなかった。食いたい欲望がより過酷な労働に皆を追い立てた。

飯上げの時、配膳室の前の窓口に一列に並んで、配膳する炊事人の手元を凝視する。大きな柄杓でわっしゃわっしゃと掻き混ぜて、食器や飯盒にスープを入れる。飯上げから帰ってきてから、いっときの間だが、さあ大変！　賑やかなるもまた騒がしい。

「あの野郎、ろくに掻き回しもしねえで上澄みだけ入れやがった。何にも入っていねえじゃねえか、ふざけやがって畜生め！」

そうかと思えば、もうにこにこで幸せいっぱいの顔をしてる奴。大きい骨におまけの肉が付いてた奴だ。それ以前には、小隊ごとに飯上げ当番兵が数人でて、兵舎に持ち帰って、みんなの飯盒や食器に等分に配膳するんだが、どんな分け方をするのかと、小隊全員の厳しい目がその一点に注がれる。そのまた少し以前には、上官殿に対して、黒パンにしても、皆が欲しがる食べ応えのある三方耳のついてるところを優先する。スープは骨付きおまけ付きだ。カーシャも必ず多少多めに盛りつけて差し上げる。そんな時代の変遷を体験しながら、やっと辿りついた今日なのだが、依然として空きっ腹に変わりはない。

山小屋での食事には現在わずか九人だが、専従の炊事人がいて作ってくれる。この炊事人が本隊に帰った時など、代わりに作業員が臨時に炊事を担当しなければならなくなる。たった一度だけだったが、よせばいいのに私が炊事を一日担当した。

やってみて初めてその大変さが分かった。なんとか炊事人よりましなものを出して皆を喜ばせてやりたいと思い、一所懸命やってみたが、どうしてどうして、とんでもないこと。朝、皆が作業に出ていったと思ったら、その帰ってくることの早いこと。びっくりするほど短い一日であった。おまけに砂糖やパン粉など、一日の割り当て量より余計に使ってしまった。皆黙って食べてくれたので救われた。正直いって失敗もいいところだった。

私達は週に一回必ず、最後の薪材搬出のトラックに乗って本隊のラーゲルに帰る。それはほとんど入浴のために帰るわけだが、本隊に帰っても、居候しているような感じで落ち着かない。本隊を離れてしばらくたつので、一緒にここへ来た仲間も髪の毛が伸びて、先住者に同化してしまって、かつての二百十分所の仲間もどこにいるやら、向こうから声をかけてくれない限り分からない。もう自分を知る者は皆無に思えた。

この本隊では、週に一度くらいのわりでソ連映画の上映があった。映画好きの私には、それだけでも本隊にいる奴等が羨ましくて、仕方がなかった。早く本隊に帰りたい気持ちでいっぱいだったが、どうすることもできないまま、二回ほど見ただけ。映画鑑賞の機会はほとんど閉ざされてしまった。

翌朝一番のトラックに乗って山に帰る。そしてまた伐採作業に戻るのだ。

雪解け

夜の学習で、またまた、「同志染谷、俺に代わって今夜の講義やってみなよ」と言われて、代わって講師をやってみた。与えられた課題は、人民民主主義と社会主義革命との相違点から始まり、人民民主主義における社会形態から社会主義社会に移行する政治的経済的過程を明治維新の薩長倒幕による革命と、どこがどう違うか比較対照して講義をした。

出来具合がどうだったか、委員の奴ひと言のコメントもなかった。

「ざまあ見ろ。なんにも言えねえだろ、なんにも言えねえのが答えだろうが！」

最初から何か言ってやろうと、腕組みしながらそばにつきっきりで聞いていたんだが、彼奴《かやつ》びっくりしたみたいだった。

それから間もなく、小隊長の沢田さんが本隊に帰ることになった。

沢田さんは、

「私に代わって小隊長になってくれないかな！」

と言われた。考えた末に、私は承諾した。だが、気にかかることがひとつあった。私にはロシア語が読めないし、書くこともできないことだった。当時、作業隊の小隊長としては、要求される当然の資格であった。

とにかく毎日の作業結果を、ロシア人の作業監督に提出しなければならない。そのためには最低限、皆の名前をロシア語で書けることが第一。そこで沢田さんにその下書きを書いてもらい、毎回それを見ながら書いて提出するようにした。作業監督は最初に見たとき、ぶつぶつと何か独り言を言ってたようだが、受け取って行った。

私はその頃、この山小屋で文化部長を務めていた。出来上がったらいずれ本隊に送るつもりで、文芸雑誌を作り始めた。

そこで皆から色々作文を書いてもらい、私も書いて雑誌に載せた。絵は子供の時分から大好きだったが、文章については、考えて書くなんて気ぜんぜんなかった。第一、勉強自体、どこをどう突っついてもやる気なんて零だった。作文の時間など仕方がないまま、例えばこうだ。

「朝起きました。魚釣りに行きました。釣れずに帰りました。終わり」

こんな私でも、その気になれば書けるんだ。いつかそう思えるようになっていた。

とにかく母親からただの一度だって勉強しろなんて言われたこともなく、

「お前は、この家の跡取りなんだからな、縁の下の蜘蛛の巣から天井裏の鼠までお前のもんだ。いいか床屋になるんだぞ！　床屋に！」

そう言い聞かされて育ったくらいだから、好きなぬり絵を書いていてさえ、絵の具がもったいないと怒られた。

近所にうす屋というオモチャ屋兼駄菓子屋があって、上手に書けたぬり絵を十日に一度、店頭に掲げてくれた。一等二十銭、二等は十銭、三等は五銭と、その金額のオモチャでも駄菓子でも好きな物がもらえるので、子供達は、それはもう夢中になったもんだ。

私が浦和の床屋で見習いをしていた十二歳の頃だった。二歳年下の幼馴染みの竹田千代という女の子と、頻繁に文通をしていたことがあった。それは、軍隊に出征する日まで続いた。手紙の返事にはクレヨンで描いた絵なんかも入っているので、届く郵便封筒のお腹はいつもいっぱいに膨れていた。年に二度、お盆やお正月休みに故里の町へ帰り、二人がしばらくぶりに会えた時、

「昭ちゃんの手紙って、まるで小説みたい」

そう千代ちゃんに言われたことがあった。それは多分に、寂しい思いやロマンチックな感情が手伝ってのことだと思う。十二歳の子供が他人様の店に住み込んで働く。それがどれほど辛く寂しいことか、分かってもらえるだろうか！

深夜、手紙を書いてる時に聞こえてきた、大きな声で校歌を歌うバンカラな浦高生（旧制浦和高等学校の学生）、熱海の海岸お宮の松の寛一スタイルで、朴歯《ほうば》の下駄（朴歯の部分が十センチくらい高く肉厚の下駄）をカランコロンと響かせながら、手拭いを一本腰にぶら下げて新国道をのし歩くそんな辺りの情景を捉えて書くので、そう感じたんだと思う。

その頃から、読んでくれる相手にどう自分の気持ちを伝えるか伝えられるかとても気になり、文章と真剣になって向きあった。以前いた二百十分所でやった弁論大会での原稿作りも、その一線上での結果と思っている。

文芸雑誌が出来上がり、本隊に届けてもらったが、なしのつぶてで、何の伝言も批判も聞くことなく終わってしまった。

山小屋にも春がやってきた。雪がしだいに解けて辺りの景色が日ごとに変わっていく。へええ、俺達のいたところってこんなところだったの、と思い見ながら、春の景色の変化に、驚いたりがっかりしたり。雪が解けると奇麗なものも汚いものも、すべてが現実となって見えてくる。前のホルモリン地区のオカラーゲルにいた時だった。切り開かれた林の中の一画。七百平方メートルくらいの広い場所だったが、五十センチにも積もった人糞が解けて、辺り一面に臭気が立ちこめていた。捨てる時には寒い冬だから馬そりで運んできては、凍った糞をスコップでころころと捨てられたし、臭くもなかったろうが、雪解けの春ともなれば大変だ。嫌というほど汚い現実を見せつけられる。

雪が解けて、地表が徐々に表れ出てくる過程では、必ずしも奇麗とばかりはいってられない春への移行だが、雪が解けて緑豊かになった時のシベリアの景色はとても素敵だ。これが、物見遊山で来ているんだったら、この風景もどんなにか素晴らしい景色として見えてくるんだろうにと、何度となく皆で話し合ったことがあった。

この山小屋の便所にしたって戸外だ。しかも囲いも何もないときている。二本の丸太が穴の上に渡してあるだけ。零下三十数度もある雪の中で、お尻を出して用を足すんだから、お尻って丈夫だよね、たいしたもんだ。もちろんぐずぐずしてはいられないが、そこはそこ、一分もあれば充分済ませられるように身体を順応させている。それもこれも努力の結果だ。もしそれ以上に時間がかかったら、大事な先っぽが凍傷になること請け合いだ。そんなこんなの山小屋暮らしも終わって、木こり小屋の山猿達が、いよいよ本隊復帰のトラックに乗って、半年間住み慣れた山小屋から永遠に決別する時が来た。

多分二度と、この地に舞い戻って来ることはないであろう。

行けゆけ頑張れ！　染谷小隊

本隊に戻った。かつてホルモリンから一緒に来た仲間達も、長髪になって先住者に同化してしまい、完全に分からなくなっていた。

六名ほどの部下をもつ小隊長となった。作業としては、中途半端な作業が最初の頃はほとんどだった。なんにしても日がな一日大変に忙しい。朝起きると、その日の学習科目とその要点、新聞輪読の輪読箇所に討議課題、輪読後の討議内容と現在の政治スローガンとの接点、並びにその啓蒙。これは、昼食後の休憩時間と十時と三時の小休止の時間に学習するプログラムで、作業が終わって帰営してからの学習がまた大変だ。

夕食後、休む間もなくソビエト同盟共産党歴史（ボルシェビキ党史小教程）、日本共産党小党史、等々の学習があり、そのほかにそれぞれにサークル活動がある。

サークル活動は、自分の希望で好きなサークルに入ることができる。スタルトの二百十分所にいたときなど、ひらがなサークルやカタカナサークルまであった。それというのも、結構字の読めない人がいたからだった。

暖かくなり陽気が良くなると、戸外での遊びが多くなる。ロシア民謡の曲に乗って、大きな輪になってフォークダンスを踊る。「カリンカ」などよく歌い踊られた。

「カーリンカマリン、カマヤーカマヤノカマリンカマヤ」

その大きな輪のなかに、ロシア人の男女も混じって踊る。盆踊りも、文化部主催で文化サークルがオリジナルに作詞作曲、振り付けて、ラーゲルの人達に教えて皆で踊った。ロシア民謡などもよく唄われた。「カチューシャ」の歌などは代表的な民謡で、皆好んで原語で唄っていた。

♪林檎や梨の花匂う　細道過ぎ行けば　カチューシャは川面にいでて
歌うは愛の歌　カチューシャは川面にいでて　歌うは愛の歌

それから、若く溌剌とした美しいロシア娘を歌った民謡も好んで唄われた。「ハアロオシベスノイフサドーチケ」と歌い出し、原語で歌い切れるのに、日本語の歌詞を忘れてしまった。残念！

過酷な抑留生活を忘却する楽しい夜のひとときでもあった。

やがて初夏が訪れて、夏一番の大仕事だという草刈り作業が始まる季節となった。先住者の話を聞くと、かなりきつい作業らしい。百五十人からの兵隊に命令が出た。

トラックに乗って本隊より約十キロくらい走ったところに、数棟の兵舎が見えた。草刈り小隊のラーゲルである。ラーゲルといっても、囲いもなければカンボーイも見当たらない。

見渡す限りに緑豊かな雑草が生い茂り、地平線のかなたまで一本の樹木もなく、延々と果てしなく広がる大草原。

ここで、二十数名の部下を持つ小隊長となった。

一夜明けて、いよいよ草刈り作業開始。作業現場まで歩いて十分たらず。草刈り作業第一日目の最初は、草刈り作業要領の練習会となった。

草刈り鎌は刃渡り約六十五から七十センチくらいだったか？　鎌の柄は約一・七メートルの長さで、柄の中ほどに右手で握れる把手がついている。把手は柳の枝で作ったもので、形は三角形で把手の部分が底辺で握りよく、力がよく入るように取りつけてあった。皆、雑草の上にあぐらをかき、大きな車座になって、草刈りの要領、鎌の使い方などの説明を受けた。そして、実際に皆でやってみることになった。右手で把手を握り、左手で柄を握るんだが、握る位置は左肩より少し上の辺り、斜めに構える。右より左へさあっと鎌を一振りすると雑草が刈れた。左側に寄せられるようにして雑草が倒れる。右足に重心を乗せて一歩前にでて、さあっともう一振り、左足に重心を移し変える。この繰り返しの連続作業だ。段々とコツを掴んできた。

今日は一日どうやらノルマがないらしい。

とにかく、草刈りの要領を教え込むための今日一日。まったくもって珍しいことがあるもんだ。

先住者の話では、草刈り作業は大変な重労働だという。最初から最後まで、この作業をやり遂げ人は、今までには誰もいなかったそうだ。大概の人は体調を崩して、長期間休んだり、本隊に帰されたり、入院したりだったそうだ。皆、口にこそださないが、お腹の中では、

「こりゃあ、えらいことになったぞ！」

と、思っているに違いなかった。

二日目の朝を迎えた。今日も昨日に引き続いて練習会となった。

午後になって作業隊が二班に分かれた。一班はアクチューブの人達だけで約十名、後の人達は二班に入り、二手に分かれて練習会となった。

アクチューブ班の作業は、各人、どの程度の仕事ができるか、隊長さんがチェックしているようだった。

どうしても私は、思うようにうまく刈れなかった。アクチューブの中では一番成績が振るわなかったように思えた。悔しいがなんとしても駄目だった。

私に向けられた吊し上げ

翌日、同じ作業だ続いたが、やっぱり駄目。同じように一番ペケで終わってしまった。帰営してから夕食後に、草刈り班の責任者、吉岡隊長が私のところにやって来た。

「同志染谷、すまんが、明日から山積み班の隊長として頑張ってくれないかね、頼んだよ」

私は悔しかった。その悔しさは半端じゃなかった。

どうしたものか考えた。アクチューブの中で一番成績が悪かった私に山積み班の隊長になれという。隊長といえば聞こえはいいが、体裁よく始末されるだけのこと。

「こんなことで横の方に片づけられてたまるか!」

何としても気が収まらなかった。


翌朝命令を無視して、草刈り班に加わってついて行った。そして皆と一緒に作業をした。午前中の作業が終わり、昼食の時間になった。

今刈ったばかりの青畳を敷いたような草地の上に、腰を下ろして食事を始めた。

ところが、まだ食べ切らないうちに、突然吉岡隊長が、さっと立ち上がり大きな声でアジプロを始めた。

「同志諸君! 実はぜひとも諸君に聞いてもらいたいことがある。ほかでもないが、昨日、私は同志染谷に対して山積み班の隊長となって、今日から頑張ってもらいたい旨、伝えておいた。だが同志染谷はその命令に背いて山積み作業に行かず、今日も草刈り作業についている。このことについて、同志諸君はどうこの問題を捉え、どのように思うか？　徹底的に、かつ忌憚のない意見を聞かせて頂きたい。ここに昼休みの貴重な時間をさいて、同志染谷に対しての批判会を行いたいと思います」

私は予想もしていなかっただけに驚いた。

「来たな！」と、思った。

あたりを見回すと、皆はすでに昼食を済ましていた。

「随分早いな！」

食べ終わっていないのは、なにも知らないでいた私だけ。皆は予定の行動だった。いつもはゆっくりと時間をかけて楽しんで食べるのに、今日は随分と早い昼食になってしまった。

「どおりでねえ、こうおいでなさいましたか。受けてみましょうか、受けてね」

今までに大衆の前に引き出され吊し上げられた、かつての仲間達の心情を垣間見た思いがした。なんにしても、一方的にじゃんじゃん批判されるだけ。ひと言も言い訳を返すこともできないし、下手に返したら、かえって立場を悪くするだけ。そんなことを考えると、自然と押し黙って無口になってしまう。色々な批判が出たものの、これという決定的な批判は出なかった。

それは角度を変えて見た場合、当然だとも思われた。なぜなら、数ある批判の中で、「同志染谷は、地味な山積み班の作業を嫌って、表舞台での派手な草刈り作業を好んで選んだ。このような、傍から見て檜舞台の目立つ作業でなければやらない、というようなことではいけないと思います。どんな作業であれ、スタハーノフ運動に参加することができるし、五カ年計画を三カ年でのスローガンに呼応することもできます。したがって同志染谷の考えは間違いであり、大いに自己批判すべきであると自分は思います」

私には同志達が本当のことを言っているとは思えなかった。なぜなら皆、心の中では、

「草刈り作業だなんて、やだな！　えらいことになったぞ！」

と思っているはずだし、むしろ、

「あの馬鹿！　なんで草刈りなんだ。黙って山積みしてれば、楽してすんじゃうものを、わざわざ逆らってまでなんでなんだ？　それも隊長で行けるっていうのによ」

それにしても、今いち迫力がなかった。お蔭様でこれといったお咎めもなく、批判会は無事に終わった。結局のところ、私を徹底的に追いつめるだけの材料に乏しかったというわけだ。同志の私に対しての批判の中で、

「スタハーノフ運動に参加することができる」

という言葉があったが、スタハーノフ運動とは、ドンバスというところの炭鉱夫が、皆の十二倍もの採炭をしたことから、生産向上に大いに貢献した労働者の英雄として讃えられた。その後、日本人捕虜の労働の中にも、

「社会主義経済五カ年計画を三カ年で達成しよう」

との生産競争のスローガンに呼応して、スタハーノフ運動が盛んになった。その後、日本兵によってその記録を破られて、自然とスタハーノフ運動も消えていった。私はどうやったら他のアクチュー

ブ連中に負けないで頑張り通せるか、何かうまい手立てがあるんじゃないか、なにか良い方法、隘路が見つかるはずだと真剣に考えた。

残念ながら私には体力がない。どのアクチューブより体力が劣り、力もなく身体も痩せている。認めたくないが、はっきり言って栄養失調だ。こんな細い腕で、どうやったら皆に勝つことができるのか。真剣に考えたが、答えがなかなか出なかった。

草刈り作業のノルマは、一日一人で四反、千二百坪（約四千平方メートル）だ。口では簡単に言える四反だが、場所を置きかえて日本国内の農地を連想した時、考えられない広さだと思える。

とにかく横一列になって刈り取っていくんだから、大した広さだ。びっちりと生い茂った雑草を、毎日四反以上も刈り取っていかなければならない大変な作業だ。

私が草を刈る時の右から左への一振りは、横幅が二・七メートル。そのあたりが無理のない限界の幅で、後はいかに人よりも前に進むことができるかどうかが問題だった。そこで考えた結論は、鎌の刃を極力前に向かって立てるように使い、一振り二十五センチ幅で刈り取って前進する。一振り二十五から三十センチ幅で刈りとって行くと、かなり両腕に負担がかかるが、我慢できる限界だし、それ以外に手立てがないと思えた。そして少しでも早く人よりも前に刈り進んで行く。そしてノルマを稼ぐ。技術的には、それ以外にやりようがないと結論した。そしてこれなら絶対負けずに頑張れると確信した。

「見ていろよ、今にぎゃふんと言わせてやるからな！」

ノルマなしの三日間が過ぎた。いよいよ今日からが本番だ！

朝、現場について横一列に間隔をおいて並んだ。

「一キロ先に目印の旗が立っている。そこまで刈り進んで行ったら、各人鎌を担いで下りてくる。再度スタートラインについて、また刈り始めること。分かったかなあ、分かったら皆位置について」

「用意！　スタート」

隊長の合図で一斉に刈り始めた。左右お隣さんとの境界線の刈り残しは特にやかましく、隊長がしょっちゅう後ろに回って横幅を計りながら見て歩き、うるさく指摘する。

やはり私にとって横幅二・七メートルは正解だった。

横一列に三十名くらいの兵隊が入って、一斉に刈り出す。なんとも雄大な光景だ。

お隣との境界線を気づかずに刈り残して進んで行くと、隊長がきて目ざとく見つけて指摘する。そして熊手を引いて見ると、なんと縦一列に刈り残した雑草が、勢い良くぴんぴんと立ち上がる。

そうこうしているうちに、私と皆との仕事っぷりにはっきりと差が見えてきた。

私は断トツに群を抜いてトップに躍り出た。一キロ刈り進んだところで鎌を担いで一番先に下りてきた。そしてまたスタートラインから刈り始めた。

四百メートルくらい刈り進んだところで、どん尻の兵隊を追い越した。

この辺りになって私の早さに驚いたらしく、大田という男、俄然スピードをかけて追いつき追い越して行った。その差きわめて僅小で、一キロ地点の目印の旗を数メートル残して今日一日の作業は終わりとなった。

横幅二・七メートルを一キロ進んで刈り取ると二・七反、これを二回繰り返すと五・四反。今日は、五反以上のノルマをこなしたことになった。まずまずの大勝利といえるだろう。頑張り屋の大田という男、堂々たる体格をした男で、小隊が違うせいもあって、親しく口を聞くこともなく終わったが、この男だけが唯一最後まで体調を崩すことなく一夏頑張り通した男だった。

その後自分の希望で、一人でどのくらい一日に刈れるものか挑戦してみた。

早朝草刈り現場に着いてみたが、一体どこから刈り出したら良いのやら、さっぱり見当がつかないまま、うろちょろしてしまった。隊長の奴、相変わらず適当な男だなあ。誰が見ても分かるようにしておけば良いのに、腹が立つ。そんなわけで、だいぶ時間を損した。仕方なくおよその見当で刈り進んだ。出足がつまずいたので、思ったより刈れず、不本意に終わってしまった。

一応隊長さんが、皆の前で七反刈り取ったことを報告してくれた。そして健闘を評価して拍手で迎えてくれた。隊長さん自身、自分の非も分かってるみたいだった

毎日続くシベリアの暑い夏。じりじり照りつける太陽の下で、陽が西に傾くまで草を刈る。草刈りは、早朝、夜露に濡れているうちに刈るのが一番刈りやすい。草に重みがかかって抵抗してくれるからだ。

作業途中で鎌が切れなくなったら、大きな声を出して鎌研ぎ屋を呼んで、その場で鎌刃を研いでもらう。

鎌研ぎの専門兵は一人。予備用の鎌を一丁持って、紐付きの鎌研ぎ台を肩に掛け、腰の当たりにぶら下げて、あちらこちらと歩いている。

鎌研ぎ台は直径十五センチ、長さ二十センチくらいの用材で、直径五ミリ長さ五センチくらいの細い鉄棒が用材の中心に突き立っている。鎌刃をその突っ立った鉄棒の上に水平に当てがい、金槌で叩いて刃を薄く出していく。日に一回は、どうしても研いでもらうようになるが、研ぎ終わるまで予備の鎌を貸してくれて作業は続行。決して遊ばせてはくれない。研ぎ上がった鎌刃も使ってるうちに段々と切れなくなる。切れなくなったら、鎌刃を上に柄を斜め下にして草地に突き立てる。鎌の峰の部分を左手で押さえ、各人が一本ずつ持っている金剛砥を腰から引き抜いて、右に左にしゃりしゃりっと研いでいく。しゃりしゃり、はいいけれど、時々右手人指し指をあやまって切ってしまう、すごい切れ味だ。

研ぎ屋の世話になるのは、よくよく切れなくなってからのことだった。

大草原に大勢の兵隊が横一列に入って夏草を刈り取って進んで行く。刈り取ったその後には、夏草の匂いが辺り一面に広がり漂う。二メートル数十センチの等間隔で、縦一直線に刈り倒された夏草が、一キロ先まで延々と続いている。青畳を一面に引きつめたような、見るも壮大なる風景だ。

一日遅れくらいに山積み班が入り、刈り取った夏草を熊手で引いていき、コンバインで集積して、何十トンもの山積みにしていく。その高さも二階建ての屋根くらい？

刈り取った夏草も数時間たった頃には干からびて、からからに乾燥してしまう。

シベリアの夏は暑い。それでも、いったん木陰や屋内に入ると、ひんやりとして実に涼しい。前にも言った通りだ。大きな湿地帯こそあるが、蚊が発生する要素がないのかな？

草刈り派遣隊のラーゲル生活だが、食事のほうは、トマトの採れるシーズンだけにスープの中身はトマトがいっぱいで真っ赤っか。それ以外、農場としての特典は何もなかった。

便所は相変わらず青空便所で、囲いもなければ屋根もない。大きく掘られた穴は十平方メートルくらい。縦に八本くらい丸太材が渡してある。ラッシュ時には自分の前にも後ろにも両横にもお尻合いのなかでやっている。極力混み合う時間帯を避けるんだが、いつになっても、こんな便所に慣れることはない。でも相部屋ならぬ相便所になった場合、決して照れたり、たじろいたりしてはいけないのだ。それはお互いさま、最小限のエチケットとして暗黙のうちに皆が心得ている。なぜって、誰にしたって嫌なことだし、だからこそ平静を装いなんとも感じていないかのように。その証拠に、用便中やたらと皆お喋りになる。喋っていないと間が持てないからだ。

三度選ばれて作業優秀者

民主委員会の正副委員長が来て、しばらくここに滞在していた。たまたまテーブルを挟んで向き合っていたとき、委員長が、

「ほっそい腕だなあ」

と言った。私は良い気分はしなかった。

「そうさ！　この細い腕でトップ切って頑張ってんだよ」

と言いたいところだったが、相手が相手、黙っていた。

「ほっそい腕だなあ、その腕でよう頑張ってるな」

ひと言つけ足すだけで随分と違うもんだが、人を傷つけるのも励ますのも、些細な言葉一つの使いようなんだから、怖いよね。

翌日、作業優秀者の表彰があって、作業優秀者として私が一人だけ選ばれた。選ばれたその席上でひと言挨拶する羽目になった。兵舎に帰ってから同志に、

「急に挨拶なんて言われて、よくあんなにうまく言えるよなあ、感心するよ」

多分、今現在叫ばれている政治スローガンに結びつけて、感謝の言葉が言えたからだろう。それは、毎日私が座長でやってる新聞輪読会でもそうだが、その日のテーマを輪読する中で、必ず、今現在叫ばれているスローガンに結びつけて結論づけることができたし、その時々の政治スローガンに方

向づけていくことができたので、他のアクチューブ連中から、

「よくそうやって、どこ読んでもスローガンに持っていけるよなあ」

と評価された。人前で話すことの訓練は、日常的に自然と鍛えられ身についてくるように思えた。日常の会話や振る舞いの中で、私は気短かに見えるらしく、あるとき魚釣りが大好きだと言ったら、皆が信じられないといった面持ちで話してくれた。他人さまから見て、私はかなり短気な人間らしい。人に言われて何となく分かったような気がした。気をつけないといけないな。

新聞の輪読をしている時、ここにどんなことが書かれているかを質問しても、さっぱり返事が返ってこない。そんな時にはついつい、「こんなことも分かんないのかよ」と、口にこそ出さないが、ついつい、いらついてしまう。

以前、雪の山小屋にいたときだったが、

「同志染谷は、俺達を馬鹿にしているんじゃないかと思うことが、時々あるんだけどな」

と、山小屋の仲間から言われたことがあった。皆の話を聞いて判断したところ、どうやら私は、プライドが高い男であるらしい。それに、こんなことも分かんないのかよ？　といった態度がチラチラするらしい。自分ではよく分からないことだが、今後大いに気をつけなければならないところだと思った。反省！

今回行われた作業優秀者の表彰は、全ソ的といおうか、かなり広範囲に行われている運動のようだった。作業優秀者の印であるワッペンを民主委員会の委員長より手渡されて、胸に付けた。多少と

も誇らしい気分に浸っていたのも最初のうちだけ。後日、本隊に帰ってから、わずかの間にやたらめたらワッペンだらけ。ラーゲルで半分以上の兵隊がワッペンを貼っていた。

「なあんだ。何だよ！　こりゃあ」

そんな感じで、本当のところがっかりした。

草刈り作業も終わりに近づいた。その頃になって、さすがに私も疲れ果て、自分でも元気がなくなっていくのがよく分かった。

「同志染谷は気力で作業をしている」

と、皆に言われるようになった。やがて草刈り作業も終わりを告げた。

麦刈り作業となった。麦刈りは短期間で、草刈りに比べたら楽な作業に思えた。それぞれに何をやってもそれなりの大変さはあるものだ。

麦刈り用の道具には、草刈り鎌で刈った麦を、左側まで奇麗に一本残さず引いてこられるように、長さ二十五センチくらいの柳の枝を四本、縦一列に編み込んで、鎌刃に並行して柄の付け根の部分に固定させてある。この分だけ鎌が重くなり、おまけにびっちりと生い茂った雑草と違い、ぱらぱらに間隔をとって生えている麦には抵抗感がまるでなく、空振りしているような感じでどうにも調子がとれず、かえって疲れてしまうようだ。

そんなある日、遂に力尽きて本隊に帰り入院することになった。その頃から痔も悪くなり、何度か医務室に行き衛生兵のご厄介になった。

後日、日本に帰ってからも一時期随分と痔では苦しんだ。言ってみれば、私の「痔病」はシベリアみやげといったところだ。

本隊に帰って入院したんだが、どれほど入院していたのか全然記憶になく、せいぜい一週間ぐらいだったのではなかろうか？


退院した後、またまた草刈り大隊に戻ってしまった。今度は麦蒔《ま》き作業を始めた。

麦蒔き作業のいでたちは、半分くらいに切った南京袋に種麦を入れて紐で吊し、左腰の前にぶら下げる。右手で種麦を鷲掴み、右から左へさあっと一蒔きすると黒い大地にぱらぱらぱらっと、白い種麦が均一に広がって落ちる。この作業も、横一列に入って五、六人でする作業だが、なんとも大ざっぱな大陸的麦蒔き作業だった。


私はここで大した発見をした。黒い大地に去年からのものなのか、ひょろひょろとした枝豆がなっていた。枝豆が大豆だったなんて初めて知った。皆に笑われたが、私にはなんとも不思議であったし、しばらく感激していた。町場暮らしの私には関心もなかったし、今現在農場にいても、実のなる前の葉っぱを見ただけでは何の野菜だかさっぱり分からなかった。

最後の麦蒔き作業も終わって本隊に帰って来た。

ひと夏の大仕事、草刈りの一大作業も終わって、越冬の準備も整った。

この冬もダモイできずに、またまた雪のシベリアで越冬になるのかな？

本隊に帰って、夜間監視の仕事についた。夕方から仕事について翌朝まで。刈り取られた乾草藁が二階建てくらいの高さに積み上げられている。鉄線の囲いの中に幾つにも分散して山積みにされていた。

季節も八月の終わり。夜空は満天の星をちりばめて光り輝いていた。

天の川とはこれなんだ、これこそが星がつくった宇宙の川なんだ。夜空にこんなにも星があるなんてまったく知らなかった。感激を超えてただただ驚嘆した。生まれてこの方、こんなにも沢山の星を見たのは初めて。それはそれは素晴らしい感動の極致であった。

西の空のかなた、地平線の向こうに陽が落ちた。空一面が茜色に染まり、その色合いをいく通りにも変えていく。やがてその西の空もぼおっと明るいだけの空となり、その明るさもやがては消えて暗くなった頃、長い長いシベリアの夏の夜が終わる。

やがて東の地平線が明るくなる。暗くなって明るくなるまでほんのわずかな時間だ。東の空の明るさが、しだいに大きく広がって行く。

毎晩大きな声を張り上げて、歌を唄って睡魔と孤独に挑戦する。

誰にも聞こえないし聞かれることもないと思えば、随分と大きな声が出るもんだ。

ひと晩中夜空を仰ぎ見たり、むっとする乾燥しきった藁の中を歩き回ったり、シベリアの原野を独り見ながら夜を過ごす。一度でいいから幽霊か人魂を見てみたいと願った。

随分と悔しい思いをこの世に残して死んで行ったであろう多くの同志達。異国の地で帰ることもできずに、その辺をさまよっているに違いない。悔しい思いや望郷の念を私に託して現れて欲しい。そう願っていたが、多分霊感がないのだろう。残念ながらただの一度もそんな機会に恵まれずに終わってしまった。

毎夜、毎夜、夜間監視をしながら、長い長い時間を一人どう過ごしていくか、何をやっても仕事となると大変だな。誰一人ここを訪れる人もなく、山積みされた藁山と藁山の間を歩き回ったり、寄りかかったり、歌を唄ったり、時には藁山を背に足を投げだして、過ぎし日の思い出や、これからのことを考えたりする。

思えば長い長い時間だなぁ。ただでさえ長い青春のひとときが、なんでこうまで長いんだろうか。犯罪人と違って刑期があるわけでなし、いつになったら帰れることやら。指折り数えることもできないし、何だかこのまま、祖国から世間さまから忘れられてしまうような、いや、もうすでに忘れられているのかもしれないな？　そんな気がして、仕方がなかった。いつかダモイすることができて、私が結婚をする。そして子宝にも恵まれて、その子供達がそれぞれに成長して家庭を持ち、子供にも恵まれる。やがて私が、おじいちゃんになって孫達に囲まれる。そんな幸せで平凡な人生が私にもあるんだろうか？

今の私には、いくら考えても考え及ばないことだった。

サナトリューム（憩いの家）

選ばれて、サナトリュームで静養することになった。

選ばれた同志は五名、二週間ほどの期間だった。

ただし、サナトリュームはラーゲルの敷地内にあり、その点、気分的にはなんら変わることがなかった。どちらかというと、つまらない、なあんだ、といったところだ。

憩いの家は、外から見ると営門を入って一番手前左側のはじにあり、二棟の兵舎を憩いの家にしたもので、各地方から来た六十人ほどの兵隊がいた。それぞれのラーゲルで、いっぱしアクチューブをこなして来た連中だけに、皆気合いが入っていた。

憩いの家での生活が始まった。

日がたつにつれて、憩いの家の生活スケージュルに大いに疑問を感じてきた。

くる日もくる日も、政治学習、学習で、いっ時の間ものんびりする時間や、自習する時間もなかった。何のための静養なのかさっぱりだ。そんな日が飽きずに繰り返される。誰も不満に思わないのか、本当に不思議なくらいだ。たとえ五分間でも、自由な時間が与えられていいはずである。次から次へと息つく暇もないほど、つかれたように学習闘争で明け暮れる。

「我々は同志スターリンの温かい配慮により、ここに労働を免除されて憩いの家で静養することができた。したがってこの憩いの家に入所した時より、当然のこと、体重が増えていなければならないはずである。体重が減っている者は、ソ同盟の温かい配慮に応えることのできなかった者である。そんな同志は謙虚に自己批判すべきである。これより体重の測定を行う」

すべてがこんな調子で、極端なんだから、たまったもんじゃない。

皆、よくもまあ、揃いも揃って目立ちたがり屋が揃ったもんだ。本人達にしてみれば、それぞれのラーゲルを代表しているつもりなんだろう。戦闘的に活動して、並いるアクチューブ連中に、我こそはと良いとこを見せて、同志達に認めさせようと必死になっている感じだ。

こうなってしまうと、もう下手なことは言えない状況といおうか、環境が出来上がってしまっていた。どうでも良いことだし黙っているのがいいようだ。こんなことなら農場で働いていたほうが、余程ましだと思えてきた。

以前私は、山の伐採小屋から下りてきた最初の頃、ある男からこんな批判を受けたことがあった。

「同志染谷は、戦闘的に頑張ってるのはよく分かるが、なんかこう、今いちぴいんとこないんだよなあ、悪いけんど」

と言われたが、どうしてか私にはよく分かった。

それはすべて私の体格に起因していると思えた。はた目で見たひ弱さからくる感じからして、戦闘的な言動と馴染んで見えないからだと思った。とにかく見た目にも逞しく、いやそこまではいかないまでも、それに準じた、いかにも労働者、農民といったそんな感じの者でなければ、何を言っても拒絶反応を起こすようだ。

すべてはその辺りに問題があるような気がしてならない。極端から極端へ、その中間がない。物事のとらえ方が余りにも極端過ぎて、逞しくないひ弱さは排除された。

少し柔らかく表現すると、小ブル（小ブルジョアジー）的だと吊し上げられる。

かつて洋舞を得意として劇団で共に頑張ってくれた神戸生まれの同志中山は、生活態度が退廃的だということで吊し上げを受け、本当に可哀相なことをした。

友の会が誕生して、軍国主義のくさびを断ち切ってくれたし、民主主義を定着させてくれた。それ自体、あの過酷なシベリアの地から私が無事に生還できたことの証しであり、すべてである。静かに打ち寄せた小さな波、友の会運動の発展が、やがて大きなうねりとなって、民主主義が誕生した。そして初年兵の私を生きて祖国に帰してくれた。私はそう思っている。

私が最初入所したフタロイバチン（二の谷）のラーゲルなども含めて、あらかたのラーゲルでは、入ソ以来二年くらいの間、階級章を外すことを許されず、暴力をもって下級兵士を支配して軍国主義を維持し続けた。

私達のいたラーゲルこそが最悪で、これ以上ひどいラーゲルはないと思っていたが、友の会運動の発展と共に、色々と情報が入ってくるようになり、ここよりひどいところで「鬼の六三」「地獄の三大隊」という、語呂合わせのように歌に唄われたラーゲルのあることを知った。鬼の六三は大半が兵長殿ばかりのラーゲルで、地獄の三大隊は環境劣悪なレンガ工場であった。いずれにしても元凶は、軍隊組織をそっくりそのまま捕虜収容所に持ち込んだことに起因する。さらにそれを維持するために犯した数々の暴力事件だ。すべてを隠蔽して、自己保身のために、執拗にその地位にしがみついた。

『暁に祈る』事件に代表される死の処罰。百パーセントノルマが達成できなかった兵隊を襦袢と股下一枚の下着のまま零下三十数度の戸外の柱に縛りつけて、朝まで放置する。確実に殺す死の制裁。終戦直前に上映された徳大寺伸と田中絹代の共演で「暁に祈る」という活動写真だが、主題歌の方がバカ当たりした。

♪ああ　あの顔で　あの声で　手柄頼むと　妻や子が　ちぎれる程に　振った旗　遠い雲間に
　また浮かぶ………

軍国歌謡として唄われた。全身凍傷で苦しんで、親兄弟妻や子供の名を叫び絶叫しながら死んでいく。そんな死に様を「暁に祈る」と呼んで恐れられた。そんなラーゲルのあることも聞いていた。それほどではないにしても、入浴場に呼び出されて、風呂桶で肋骨を叩き折られた兵隊がいるという話はラーゲルの誰もが知っていることだが、怖いので小さな声で囁き合うだけだった。

「貴様らはな、一銭五厘（赤紙召集令状一枚にかかる費用）出せば、何ぼでも代わりがいるんだからな！　軍馬や軍用犬の方がお前らよりよっぽど高いんだ！　分かったか」

この人命軽視の精神が、日本軍国主義の底流にある一貫した伝統でもある。

最大の犠牲者は、いつの場合においても大多数の一般下級兵士である。

敗戦後、若い兵士がいたぶられ殴られている場面を見た。

「勘弁してください」

と、泣いて謝っているのに。ソ連領に入る手前の野営地での出来事。大隊副官大橋曹長殿のその時の怖い顔を思い出す。この大隊副官に二度目に出会った時は三年後。階級章を外した民主主義のラーゲル暮らしが、出番のなくなった曹長殿を、ぼけっとした無気力なじっちゃまに変えていた。

洋画の「大脱走」などを見ても、皆が協力しあい助け合っていく姿が一貫している。上官が下級兵士を痛めつけ傷つけてるようなことは微塵も見当たらない。言いたいことは、日本兵捕虜達全員が、階級章を外してお互いに力を合わせて助け合い、励まし合って生き抜いて来たならば、あんなにまで大勢の犠牲者を出さずに済んだものを。私は確信をもってそう言いきれる。軍国主義が多くの同胞を殺してしまった。初年兵の目から見た、これが偽らざる実体だと思っている。

友の会運動は、強大なる軍隊組織を少しずつであれ徐々に弱めていき、階級章を軍服の襟から徐々にではあれ外させていった。

それは、下級兵士の人達に、敗戦後、民主主義の社会に世の中が移り変わりつつあることを教えてくれた。

軍国主義に立ち向かう勇気を与えてくれた。

兵隊達を虚脱した無気力状態から救い上げ、戦う活力を持った人間に蘇生させてくれた。

そこまでは良かったが、後が悪かった。行き過ぎるとブレーキが利かなくなる。

あれよあれよという間にも、どんどんと独り歩きしてしまう。困ったもんだ。

何ということもなく二週間が過ぎて、なんかこう、ほっとした感じだ。

農場作業に復帰して除草作業をしたり、堆肥作りや豚小屋の清掃、カボチャの収穫作業など。カボチャといっても豚の飼料用で、人間の食糧にはおよそならない代物だった。

ある日、作業監督に連れられて行ったところが、かつて牛小屋として使われていた小屋だった。中を覗いて驚いた。牛の糞が三十センチほどの高さに広い小屋いっぱいに溜まっていた。ところが何と、その糞の中に、ずぶっ！　ずぶっ！　と監督が入って行った。そして、

「皆もここへ来い、早く入れ！」

と、言い出した。何をいったいさせる気なんだ。皆、互いに顔を見合わせていたが、仕方なく、ズボンをまくり上げて靴を脱ぎ、裸足になって糞の中に入って行った。

監督は、

「この牛糞で小屋の内側に壁を塗れ」

と言い出した。皆が、

「うへえ、冗談じゃないよ、まったく何言ってんのかね！」

と言いながら、驚きたじろいた。誰もが突っ立ったままで動かない。業を煮やした監督が、いきなり糞の中に両手を突っ込み、掴んだ糞を壁にぶっつけ、手の平で塗り始めた。監督自らやって見せられたんでは、そういつまでも突っ立ったままではいられなかった。意を決して、皆、同時に糞の中に手を突っ込んだ。

この牛小屋の作りは、直径二十数センチの用材の皮を剥いで、両端の上下になる部分をタポール（斧）で平らに梁《やな》って積み木細工の要領で積み重ねていく。その建て方の手法はソ連の通常の家と少しも変わらなかった。

その小屋に壁を塗るんだから、より完璧な防寒小屋になること請け合いだ。

広さは間口四間、奥行き二間の長方形の小屋で、八坪（二六・四平方メートル）だ。

そこで壁を塗る材料だが、牛の糞は、その柔らかさといい粘り具合といい、もう最高だった。

糞を掴んで、積み重ねられた用材に投げつける。そしてコテの代わりに両の手の平で撫で上げて行く。やっていくうちに段々と慣れてきた。

だが、緑色の糞はまあまあいいんだが、黄色い糞を掴むのは何とも嫌で、最後まで慣れることはなかった。

数時間後には床板が現れて、あんなにもあった糞が奇麗になくなっていた。まるで計算ずくで糞を溜めていたみたいだった。だが実際にはどうだったんだろうか、こんなに糞が溜まるまで牛を小屋に入れたままでおいたのか？　それともよその牛小屋から運んで来てこれまで必要量を溜めておいたんだろうか？　生涯に二度と、こんな事をすることはないであろう貴重な体験を味わったわけだ。

それからしばらくたってから、私に床屋をやってくれと命令がでた。嫌だな、またか、という思いだった。この前まで勤務していた床屋さんはどうしたのかな。ダモイの話も聞かなかったし、入院でもしたんだろうか。とにかく仕方がない、やるしかないようだ。

このラーゲルには理髪室がないので、入浴の時には脱衣場で、適当にその辺に椅子を出して散髪をするしかなかった。以前いたホルモリンの山猿達と違い、今では日本兵も全員長髪になっているので、丸坊主と違い、仲間同志で刈りっこするわけにもいかず、散髪するにも時間がかかって、はかどらなかった。

第一驚いたことに、前の床屋さんは、わざわざ作業中の畑に出向いて散髪をしていたという。農作業の現場での散髪には、正直いって参ったね。髪の毛が頭から土を被ってじゃりじゃりしている。それに皆、目の色変えてジャガイモ掘りの作業に夢中だ。小隊長が、

「散髪する者いないか、やってもらっちゃえよ、早く」

いくら声をかけても、手を休める兵隊が一人もいないのだ。

皆何かにとりつかれたように、目の色変えて働いていた。ここまで彼らを駆り立てたのは一体何なんだ。

それでもやっとのこと、三人だけ散髪したんだが、それが限度で諦めた。もう現場での散髪は無理だと実感したし、二度とやりたくもなかった。

作業現場への出張散髪も、勤務小隊の人達の場合は皆清潔なので、その点での心配はなかった。出張現場の一つにパン工場があり、定期的に散髪に行くんだが、終わると必ず黒パンを四百グラムくらいくれる。

これがまたうまいんだなあ。黒パンがうまいなんて言う人は余りいないと思うが、材料やら焼き加減やら、焼き上がってからの程良い食べ頃時間。本当にうまいんだね。そのまた反対に、およそまず

い黒パンもあるからね。

私なんか、比較的美味しい黒パンにありつけた方だと思っている。

それは、スタルトの二百十分所で床屋をしていた時。散髪代金をロシア人から多少ともらっていたので、そのお金で結構パンを買うことができたし、今でもあの黒パンの味が忘れられず、懐かしく思い出される。私は、ロシアの黒パンは、日本のご飯と同じだと思っている。毎日食べていても飽きることもなく、基本的にはロシア人の主食ではないのだろうか？　それとも、戦後五十年たった今のロシアではどうなんだろうかな？

疑わしきダモイ命令

民主委員会の委員長に呼び出された。何だろうと思いながら行ってみた。委員長が言うには、収容所長からの命令で、兵隊全員が丸坊主になるように、とのことだった。いまさらそんなことあるわけないと思いながらも、委員長がいの一番にじょきじょきっと、丸坊主になってしまった。いやあ大変なことになってしまった。次は何といっても私の番だ。

収容所長が皆の前で直接命令してくれたんなら納得するんだが、今いち、何が何だか訳が分からないまま、民主委員会の人達も、私も丸坊主になってしまった。

こうなったら癪だから、一人でも多く仲間を増やさないことには気が収まらない。

そうと決まれば、半信半疑でいる兵隊を無理やり納得させて、じゃんじゃん坊主を増やしていった。そんなわけで、八割くらいを丸坊主にした頃だった。今ひと息！　というところで突然ダモイの命令が出た。何ということ、何と不幸な巡り合わせ！

よりによってこんな時に坊主にされるなんて。

皆、息を吹きかけるように、それはそれは大事に大事にしていた髪なのに。

「よくよくついてないよな、ダモイまでには伸びないし、坊主にされた連中、さぞかし恨んでるだろうなあ」

それでも、私や民主委員会の人達全員が先日丸坊主にしているから、面と向かって誰からも苦情はこなかった。

ダモイを前に、ラーゲル全員に集合がかかった。委員長からダモイにあたっての注意事項を色々と聞かされた。

一人のおじさんが涙をぼろぼろ流している。この人、日本に帰れないのかな？　そう思いながら気になって、なおもそのおじさんの背中を見ていた。だが時間がたつにつれ、帰れないから泣いているのではなく、帰れるから嬉しくて泣いてるんだと分かったとき、

「一体どうしたというんだ！　俺はどうにかなっちゃったのかな？」

何の感情も感激もない。騙され続けて、こんな燃えない人間になってしまった？　自問自答したがやっぱり駄目。無感動な私がそこにいた。

ダモイ編成大隊の小隊長として選任された。弱冠二十二歳。

私より若い兵隊に出会ったことは一度もなく、軍属（軍に所属した民間人）だったという人の中には、年齢が一つくらい若い人に出会えた。

私の小隊は二十名。小隊長たる者は、例えダモイの貨車移動中であろうと、政治学習など寸暇を惜しんで講義しなければならない。したがって、それなりの政治的学習能力を備えている、それが小隊長たる人の絶対条件であった。常に同志達の先頭に立って指導していく責任があり、およそのんびりする時間などなかった。押し流されるように収容所を後にした。

ダモイの貨物列車に揺られながら、五日目の朝、久しぶりに懐かしい海を見た。海岸に打ち寄せては砕け散る白い波を、五年ぶりに見ることができた。

思い起こせば、下関から釜山港まで、曇天大しけの日本海の荒波を見たのが最後だったが、あの時の日本海は本当に怖かったな……。

いつ魚雷に見舞われるか、心の内では生きた心地がなかった。あのとき、船の中では半分以上の兵隊が、気持ちが悪くなったとみえてあげていた。大変な大揺れで皆船酔いでひどかった。

ナホトカの港町。白い水兵服のソ連兵の姿が見える。港では女性労働者がクレーンを操縦していた。社会に出て働く女性の姿が際立って目立った。

私達はナホトカの収容所に着いてから兵舎に入った。しかし旅装を解くこともできずに、数日ここで起居することになった。

長い廊下に横一列になって寝るんだが、余りにも狭いので、横に一列に並ぶ当たり前の寝方はできなかった。そこで頭を互い違いにして寝ることによって、何とか収まってしまう。人間って三角形なんだねえ。

ただし上を向いたっきり、寝返りを打って横になることもできない。首を横にすると右を見ても左を見ても臭い足が鼻先にあった。

いつでもそうだ。貨車輸送になると決まってこんな状態だった。毎度慣れっこにはなっているんだが、今回は特にひどい。固い板の間に毛布を一枚敷き、軍服の上着を脱いだだけのごろ寝。寝返りが打てないなんてほんとに辛い。それでも疲れているので、結構眠ってしまう、良くしたもんだね。

二日ほどそんな状態だったが、兵舎が変わり、まともに暮らせる環境になってきた。

ナホトカの冬は暖かい。零下二十度くらいかな？　何といっても、物入れ（ポケット）から手を出して、

「暖《あった》かいなあ、冬だってのに嘘みたいだなあ、まったく助かるぜ！」

そんなこと言っていられるんだから、驚きだ。

皆、暇があると兵舎の脇で日向ぼっこ。それでも、どんよりと曇った日が多く、ナホトカの海は暗い。

夏になったら海水浴ができそうな奇麗な砂浜に、波が打ち寄せては返している。

海に向かって突き出すように丸太造りで野外便所があった。

例の如く屋根もなければ囲いもない、天然の水洗便所。用便中に下を見ると、大便が打ち寄せる波に翻弄されて泳いでいた。ちなみに便所は海面より二メートルも高く作られていた。

それにしても大したもんだな。これだけ大勢の人間が毎日用便してるのに、打ち寄せる波が奇麗に浄化してくれるんだからね。

その天然水洗便所から百メートルくらい離れた所に、海に向かって理髪室があった。理髪室は三方ガラス窓になっていた。散髪用の木製の簡単な椅子がぐるり一面に二十脚くらい置いてあり、鏡などは一枚もなく、窓越しに外を見ながら散髪することができるようになっていた。

この集結地には大変な数の兵隊がひしめいていた。十一月初旬の時点ではカラカンダをはじめ、シベリアの奥地から約一万五千名もの復員兵が配船待ちをしていたという。

今現在でも大変な人数だ。

皆の話を総合すると、恐らく一般兵の復員船としては、今年あと二、三回の復員船で終わりになってしまうんじゃないかという。その後残された人は、恐らく戦犯として刑を受けた人達だけ（?）と聞いた。

私は、前職者といわれた人達のラーゲルに巡り回って、不幸にして転属してしまった関係、帰国の日が結果的には大幅に遅れて、一番最後になってしまった。

「このラーゲルの兵隊はほとんどが前職者なんだってよ」

と話には聞くが、「俺は元警察官だったんだ」と名乗ったそれらしき人には出会えなかった。

ダモイ船を待つ兵隊も、いつになったら船が入ってくるのか全然情報が入らず、知らされないまま時が過ぎていった。

最後の日までナラボータ（重労働）

ソ連側でも、ただ遊ばしておいてはくれない。遊んでいられたのも最初のうちだけ。夜間作業もあったし、どうなってるの、といいたいところだ。

作業としては、毎度そうだが荒っぽい仕事が多い。

ナホトカの町を一望できる小高い丘。坂を少し上った辺り、丘の坂道を背中に背負った四階建てのビル。設計ミスで道路側の一階部分についてるはずの窓がない。ひどいもんだ。部屋の中がやたらと暗い。十数センチもあるコンクリートの壁を、ハンマーと鉄のみだけで穴を開けていく。設計ミスの尻拭いなんて、張り合いのない作業もいいとこだ。

この工事現場にもロシア女が働いていた。にこりともしないで、無愛想な女。

女の兵隊さんがいるんだから、作業現場に女がいたって不思議はない。日本と違って男女同権がかなり進んでいる国のようだ。

以前いたスタルトの二百十分所で、トーニャーに、

「日本の女性は外に出て働いてなんかいないよ」

と話したら、

「マラジェーツ（素敵だわ）」

と言って、両の手で胸を抱き感激していた。多分日本の女性は何にもしないで、楽をして遊んでい

ると受け取ったんだろう。補足しようと思ったが、まあ、いいか。

毎日のように寸暇を惜しんでの政治学習に、いい加減うんざり。そんな時、息抜きのために、好んで理髪室へ行って、皆の頭を刈ってやったりして気分転換を図った。

夜になると、皆、戸外に出てフォークダンスに興じた。以前からラーゲルで盛んにやっていたらしい一団は慣れたもんで、とても上手に踊っていた。

急に輪の中に入っても、そうそう踊れるもんでもなく、踊る人と、周りをぐるり取り囲んで見物する人と半々だった。驚いたことに、その踊りの輪の中に、日本女性を二人ほど見かけた。兵隊達とお喋りしながら、楽しそうに踊っていた。

久しぶりに目の当たりに見た日本女性を、奇異な感じで見つめた。男達と同じ労働衣を着込んで、お世辞にも奇麗とは言えず、女を感じなかった。

このシベリアに日本女性が捕虜でいたなんて、思ってもいなかっただけに驚いた。「何で、どうしてえ」という思いだった。まったく知らなかった。後日分かったことだが、実に二百数十名の女性捕虜がいたんだそうだ。ほとんどの女性は、陸軍や日赤の看護婦さん、警察関係の事務員さんやタイピストのほか、民間人の女性も含まれていたという。

男でさえ、シベリアのラーゲル暮らしは容易でないのに、まして若い女性の身で、大切な青春のひとときを可哀相に、さぞや恐ろしい思いも味わったことであろうに。

戦争というものは、一番弱い女子供、年老いた人達に大変な犠牲を与えてしまう。

そうこうしているうちに、やっとのことでダモイの命令が出た。営内に整列、名前を呼ばれた順に、ラーゲルの営門を出る。しばらく行った所が、いよいよシベリア最終の地、復員船の乗船場ナホトカ港だ。

ここへ来て、シベリアでの最後の入浴を済ませた。

書き記した物や書類などは、必ず没収されてしまうと予想していたが、そんなことが一切なかったのには驚いた。というのも、どうしても持ち帰りたい書きつけや、今は亡き戦友の故里の住所などがそうだった。

小さな紙片にメモして、眼鏡のつるにぐるぐると糸で縛ったり、糸巻きの芯に入れて偽装したり。絶対取り上げられることのないよう、色々と苦心した。

私の場合は、スタルト二百十分所で毎朝、作業隊の人達を合唱して送り出した時の歌詞集が取り上げられずに残っていたのには、大いに助かった。

ナホトカ港には、ソ連引揚者第六次三船、大きな復員船恵山丸《えざんまる》が、岸壁に横づけされて待っていた。

見上げるような船の前に整列した。一般邦人三百四十名、兵士千六百八十名計二千二十名の人達だ。

あらかじめ艇団長も選出されていた。恐らく各ラーゲルの委員長達の推薦で選ばれたんだろう。私達から見て、なかなかの人物だな、と感じさせる人だった。

乗船を前にして名前を呼ばれる。これがシベリアの地で呼ばれる最後の名前だ。入ソ以来、どこへ転属して行っても必ずついて回っていた軍籍名簿、捕虜名簿(?)、何と呼ぶのか知らないが、ここで名前を呼ばれなかったら、それこそ最後だ。

「こんなこと、あったんだってさ」

と、過去にあったという有名な話を、よく仲間から聞かされた。嬉しいダモイを一発のおならで吹っ飛ばしたという嘘のような本当の話。

話はこうだ。ナホトカのラーゲルで、たまたまお偉いカミーシャが巡視に来た際に、運悪く兵舎で一発やらかした兵隊がいたという。カミーシャの逆鱗に触れて、ダモイから外されてしまった。ロシア人に限らず、どこのお国でもそうだとは思うが、特にロシア人のおなら嫌いは半端でないらしい。折に触れてよく聞かされた。


かつて二百十分所のバーニャーで、アベック風呂に入りに来たインチンタント(主計将校)のご夫婦が、二人っきりの湯殿の中で、無遠慮に一発やらかした。すかさず、

「アイヤイヤイヤアー」

とインチンタントの声がした。脱衣場にいた私にもよく聞こえた。

「あん時のおならはマダムがしたんだよ」

と、バーニャー所長の林さんが後で教えてくれた。どうりでね。ご主人以外にはバーニャー所長の

ハヤシだけ。遠慮なく思い切ってやれたんだろうよ。

それにしたって間髪を容れずに、あたかも自分がやったかのように、「アイヤイヤイヤアー」と取り繕うあたりは、婦唱夫随でたいしたもんだ。お偉い旦那さま。

復員船恵山丸

名前を呼ばれ、一人一人が次々と大きな声で返事を返す。こんなにも素晴らしい返事は二度と聞くことはないだろう。

呼ばれた人は勢いよく走って、船のタラップを駆け上る。駆け上った人達は、丘に向かって横一列にがっちりとスクラムを組んだ。組まれたスクラムが、次々と船上に駆け上って来た兵隊で、次第に長く繋がって横に延びていった。

インターナショナル（革命歌）を歌い出した。段々とその合唱の人数も増えていき声も大きくなって、ナホトカの港いっぱいに広がっていった。

最初は一番下の上甲板に、次々と船上に駆け上る兵隊で上に上にと、人、人、人の波で満艦飾に埋まっていった。

私の名前が呼ばれた。万歳！　走れ、走れ、駆け上れ。いいぞ！　いいぞ！　もう一息だ頑張れ！頑張れ！

「弘子、兄ちゃんを帰して！　何も起こらず、このまま兄ちゃんを帰して！」

起て飢えたる者よ　今ぞ日は近し
さめよ　わが同胞《はらから》　暁は来ぬ

ナホトカ港を眼下に見ながら合唱する。遥か向こうの突き当たりに小高い丘が見える。荷揚げ用のクレーンやら機械やらが眼前に林立する。復員船恵山丸《えざんまる》の錨が上がり、船がゆっくりと岸壁を離れた。込み上げる感動が声ともつかぬ呻きとなって、あたりを震わした。

船が岸壁を離れる。静かに五メートル、十メートル、二十メートル、大丈夫だ。もう戻って来いはないだろう。

やがて打ち合わせ通りの一大合唱が起こった。

「デスビィーダーニャ、ソビエトソユーツキサユーズ、バショイスパシーバ（さようならソビエト社会主義共和国連邦、どうもありがうございました）」

大きな声が、合唱が、ナホトカの山に木霊して、ナホトカの海に消えていった。

ナホトカ港は不凍港と聞いていたが、やはり思った通り不凍港だった。二十三年十一月に、ダモイのために中間集結地まで来ていながら、ナホトカ港が凍ってしまったので、今年のダモイは中止だと聞かされた。そんなこと嘘。もし本当だとしたら、もっと寒くなる一、二月頃ではなかろうか？

やがて復員船恵山丸は、ナホトカ港を離れ日本海に向かって出航した。

時、一九四九年（昭和二十四年）十一月二十七日、日曜日午後。

＊

ちなみに、私達が乗船した恵山丸の後に、栄豊丸が二十九日に、信洋丸が三十日にナホトカ港より出航して、二十四年度最後の復員船として、多くのシベリアの仲間を祖国日本に運んで来た。

翌、昭和二十五年一月に復員業務が再開されて、一月十八日と二月五日に高砂丸が、四月十四日に明優丸が、四月十九日には信濃丸が、それぞれシベリア最後の復員兵を乗せて舞鶴港に入港帰国した。

かくて二十五年四月が最後の帰還船となった。

この時点で取り残された残留兵は三千二百九十名と言われていた。いわゆる長期抑留者とは、この人達のことを指して言い、これをもって一般兵の復員業務は終結したのだった。

人それぞれに辿った運命も様々で、それ以外の人達が、懐かしい祖国日本の地を踏むことができたのは、早くは昭和二十八年三月より始まって、十一月までの九船。二十九年に三月、九月、十一月の三船のみ。三十年の六船、三十一年の八船、三十二年の三船に三十三年（一九五八年）の八船をもって、すべての復員業務は終了した。

後に残された人びとは戦争犯罪人として、刑期を宣告され、長くシベリアの地において生きながらにしてこの世の地獄を見た人達なのだ。

比較的、刑期の短い人はハバロフスクの収容所に、思想政治犯の人達は一般の囚人監獄などに収監された。

従って、種々雑多な外国人のいる刑務所に、たった一人で放り込まれた人もいた。もし自分がそうだったら、生きて帰ることができたであろうか？

『シベリアに想う・強制収容所八年の記録』の著者西尾康人、この方がそうだった。戦争犯罪人として、この世にこんな恐ろしいことがあって良いものか？　まさにこの世の、生き地獄そのものを体験した人だった。

この人の凄まじい体験に比べたら、私なんか、取るに足りない体験でしかなかったように思えた。捕虜となった六十万人の人達には、六十万のシベリアがある。悲喜こもごもに、それぞれに！

この間に亡くなられた人や、ソ連に帰化して市民権を取得した人、ロシア人と結婚してシベリアの地に留まった人もいた。

戦争がもたらした悲劇、報われることのない労苦、孤独、悲しみ、すべての想いを乗せた復員船恵山丸は、懐かしい祖国に向かって日本海の荒波蹴ってひた走る。

恵山丸は大型の貨物船だ。船倉に旅装を解いて毛布を敷き、仰向いてごろり天井を見上た。まるで大劇場の一階席の床上から、大劇場の天井を見上げているような錯覚に捉われる。

その大きな劇場ごと右に左に揺れている。揺れは次第に大きくなって、船底から見上げていると、高い天井部分が大きく揺れを増して、ぎし、ぎしっと、音が伝わってくる。

私の背の高さは百六十三・五センチ。でもこの五年間、私は絶えず四、五十センチくらい上の目線の高さで大自然を見すえてきた。

ある時は雑草生い茂る緑豊かな大草原で、ある時は真っ白に吹き荒ぶ大雪原で、大自然の懐深く転げ回り、のた打ち回って、満州やシベリアの大地と共に生きてきた。そんな気がしてならない。

今もそう、船底に寝そべって低い目線で大劇場にも似た貨物船の天井を見詰めている。走馬灯のように次々と、色々なことが思い返されて果てしなく広がって行く。

船倉の中ではまったく自由で、開放された気分に浸ることができた。政治的な学習も過酷な労働も今はなく、一体何年ぶりなんだろう、こんなにも神経が休まり穏やかな気分に浸ることができたのは。

幸せって、こんなひとときを指していうのだろうな。

船倉での一夜を過ごした。気分は爽快溌剌としている。船は相変わらず大きく揺れている。皆ごろごろと、河岸に揚がったマグロのように転がっている。八割かた船酔いになっているようだが、それでも、飯上げになったとき、誰ひとり飯は要らないと言う奴はいなかった。

昼になり上甲板に出た。艇団長が船長側に申し入れしたんだろう。艇団の主計担当が立ち合って、船の糧秣検査をしていた。それはもう、細目にわたって、米、塩、砂糖、味噌、すべての支給品目の総量を計って、ごまかしや不正がないか厳重に調べていた。皆がそれを遠巻きにして眺めている。大勢の兵隊で上甲板は賑やかだった。

甲板を散歩する者や仲間とのお喋りに余念のない人、船員達の労働を所在なく眺めている者やら様々だ。船員達はまったくの無表情。辺りには、誰もいないかのように振るまっていた。

また別の所では委員長を初めラーゲルの仲間達が、車座になり甲板にあぐらをかいて、手拍子を打ち音頭をとってはやし声を上げていた。車座の輪の中には数人の仲間が、歌の文句に合わせて当て振りで楽しそうに踊っていた。

皆嬉しそうに、こみあげる喜びの感情が素朴な踊りとなって、見る人を楽しませてくれる。手拍子を打つ人、輪の中で踊る人、皆の心が一つになって一体感で盛り上がった。幸せってこんな顔、皆の顔が輝いて、とっても良い顔をしていた。


コムソモリスクのバリニッア（囚人病院）に入院していた時だった。過酷な抑留生活に耐えられず、積もる望郷の念やみ難く、心を病んで挫折した多くの仲間達。

「こんな時、ぼた餅食えたらなあ、どんなにうまいんだろうなあ」

そう言いながら、二日に五個ずつ配給される角砂糖を、食べてしまうのも惜しくて、大事に大事にして眺めて楽しんでいた隣ベッドの兵隊が、枕元に角砂糖を残したままで死んでいった。

その男の残り少ない命の火が消えようとしている時だった。病床から細い手を出して、手招きした。

「姉さん、来いよ入れよ！　何でそんなところに立ってんだよ」

消灯した暗い病室から、開け放されたドアの向こう、明るい廊下に向かって、しきりと呼びかける。

「誰もいないじゃないか？」

「いるよ、そこにいるんだよ。姉さん入れよ、姉さん、こっちに入れよ！」

私には見えない彼の姉さんが、彼には見えるようだ。肉親の情、会いたい想いの一念が、このシベリアの地まで姉さんを呼び寄せたんだろう。泣けるなあ可哀相に。

私の周りで死んでいった多くの兵隊達。死ぬ時の症状は、皆一様に痰がからみ、ぜいぜいと喉を鳴らして苦しそうだった。だがやがて静かになった時、

「ああ良かったね」

と、覗いてみると死んでいる。それはどんな病気であれ、死に際の症状は皆同じであった。多くの仲間達が、どんなにか悔しい無念の思いをこの世に残して死んで行ったことか。この喜びの輪の中に入ることも、手拍子を打つこともできなかった仲間達。私は彼らのことを終生忘れることなく、折にふれて思い起こすことだろう。


二日目の夜を静かに眠り、やがて三日目の夜も、暖かく休んで過ごした。

一眠りして甲板に出てみた。まだ明けやらぬ暗い海の遠くに、ちらちらと明かりが見えていた。懐かしい祖国日本の小さな明かりを見た、なのに何の感情も湧いてこないのは一体どうしたということなんだろうか?

早朝、再度上甲板に上がった時には、二百メートル眼前に、舞鶴の村落を見ることができた。

お天気も良く、村落のたたずまいが、戦前戦後と経過する時間の中でまるで何事もなかったように、静かで穏やかで、少しも変わらなかったであろう風景が、山があり丘があり茅葺き屋根の農家が、あちらこちらに点在していた。あくまでも静かで、人の動く気配も感じられない早朝。温もりのある配色で彩られた絵画のように、今私達の眼前に広がっていた。

こんな素晴らしい風景を目の当たりにしながら、何の感情も湧いてこないのはどうしたということ。

何度も何度も、自分自身の心に問いかけてみた。

私の神経は大事なところで、一本切れてしまっている。そうとしか思えなかった。

時、昭和二十四年十一月三十日午前十一時、引揚者第六次三船、恵山丸は舞鶴港に入港した。

第六章　我らが祖国

上陸第一歩、官憲の怒声一喝！

朝、早いうちから上甲板は兵隊達で賑わっていた。看護婦さんが一人、船員さんと共にタラップを踏んで上がってきた。

上りきったところの甲板から一歩も動かず、大勢の兵隊達に見詰められて、少し恥ずかしそうにしていた。船員さんと二人で何をするでもなく、次の指示を待っているのか、しばらくの間そんな状態でいた。

こんなにふっくらとした清楚な日本女性を見たのは五年ぶりだ。皆、久しぶりに間近に見る日本女性にうっとりと見とれている。女性の優しい香りが伝わってくるような感じがした。兵隊達は黙りこくって遠巻きにして眺めながら、しばし幸せ気分に浸っているようだった。

舞鶴港は海底が浅いため、大型船を岩壁に横づけすることはできない。したがって、はしけに乗って上陸するしかないのだ。かつて伊豆七島の新島がそうだった。復員後、昭和四十五年の夏に新島に行った時には、はしけでの渡船だったが、その後いつできたのか、五十一年に行った時には、東海汽船が岩壁に横づけにされて下船ができた。

もっともあの新島では、はしけでの渡船時代から、岸壁が海上にぐんと突き出ていたし、海面からも高く頑丈に造られていた。

私達が上陸した舞鶴港は、当時岩壁と言えるようなものではなかった。私が上陸した時満潮だったのか？　あと二十センチも潮が上がっていたら、陸に海水が被ってしまう、あんなの誰に言わせたって岩壁とはいわないはずだ。

復員後、昭和四十七年に二葉百合子が歌った「岩壁の母」という歌。思い入れの強いあの歌を聞くと私は無性に腹が立ってくる。何故なのか？

極寒の異国の地で苦労してるであろう息子を思い、年老いた母親が、杖を頼りに今日も舞鶴の岸壁に来たという。モデルとなった実在の人は端野いせさん、息子の生存を信じて三十年間。遂に息子の顔を見ることなく、五十六年に八十一歳でこの世を去った。

全国に散らばっている母親達は、ただひたすらに、可愛い息子の帰りをじっと神仏にすがって耐え忍んで待っているだけ。それくらいの手立てしかない多くの母親達。それを思うと胸が詰まる。そんなお母さん達の気持ちを代弁しての歌なんだと分かってはいるが、余りにも胸に応えて、どうにもやりきれなくなる。

ついでにもう一つ。私は復員してからこの方、ただの一度も軍歌を歌ったことがない。口が裂けたって軍歌なんか絶対歌うもんか。恐らく死ぬまで歌うことはないだろう。

これより先は、私の思いや心の内とは関わりなく、どんどんと周りの環境が容赦なく移り変わって過ぎ去っていく。もう私らの意見も届かないし、意見を聞いてくれる場もなくなっていた。

入港して間もなく、船内にいた患者十六名は直ちに病院に運ばれて行き、後に残った復員兵は、入港初日、復員援護局に対して、三十項目の諸要求を提示した。そしてこの要求が満たされない限り、あくまでも復員手続きのボイコットをするという強硬手段に出た。

それに対して復員援護局（国側）は、復員手続きをしない限り、絶対に下船はさせないと強硬姿勢をとった。

当然のことだが、艇団の上層部ですべてを対処しているんだろうが、情報が細部にわたって伝わって来なくなっていた。

復員兵達の間では、天皇島に上陸するんだという。言い換えれば、敵国に上陸するかのような、悲壮感に捉われている兵隊もいたとは聞くが、実際に当たってそんな人は見受けられなかった。

兵隊達は至極のんびりとしていた。激烈を究めたラーゲルの刷新闘争や、吊し上げ、そんな政治運動の中で、耐えず日常的に使われていたアジプロに、

「同志諸君！　我々が天皇島に上陸した暁には、断固、平和と民主主義、民族の独立の旗の元に結集し、大資本の横暴を許さず、搾取のない真に明るい社会、真に戦争のない平和な社会を築き上げて、我々の手で最後の勝利を断固、勝ち取ろうではありませんか！」

そんな激しさは今はなく、心穏やかに上甲板を歩いたり、お喋りをして楽しんでいた。

船が沖合いに停泊して二日目の朝を迎えた。今日も気持ちの良い朝だ。今日は下船できるかな？早く陸《おか》に上がりたいよ。そんな思いが皆の顔に出ていた。

船中はいたって穏やかだ。皆思い思いにゆったりと時間を楽しんでいる。船の真下を覗くと、船が放出したんだろう、船のぐるり一面が、うんこだらけ。波がないので、ぽかり、ぽかりと浮いている。うんこの中に船が浮いてるみたいだった。

「いやだなあ早く下船したいなあ」

皆の思いも一緒だろうが、口にする奴は誰もいなかった。


舞鶴港に入港して以来、船中で三夜を過ごした。

十二月の三日、艇団側が団体交渉を譲歩したのか、その辺の経緯は聞かされなかった。内心ほっとしたんだろう、みんな嬉しそうに、にこにこしていた。復員手続きを済ませて上陸許可がやっと出た。やれやれ、待望の下船開始だ！

はしけでの渡船は時間がかかる。何度も何度も往復を繰り返して運んで行く。順番がきていよいよ私達の番だ。やっとのこと、はしけに乗って下船。祖国日本に上陸できたのだ。

すぐさま四列縦隊になって整列した。その時、誰かが何やら喋ったようだった。何と言ったのか聞きとれなかったが、その途端、頭から威嚇するような怒声が飛んだ。

「どきん！」と心臓に応え、腹に響いた。何と言って怒鳴られたのか、ちょっと聞き取れなかったが、多分、「こらあっ！」と言ったんだと思う。私にはただ「ぐわあっ！」とだけ聞こえた。逞しい体格。見るからに屈強そうな警察官がただ一人、我々の上陸を待って、間髪をおかずに一喝した。

ここで一発、気合いを入れ度肝を抜き、抑えておこうという計算か？

大変な苦労をして、夢にまで見た懐かしい祖国日本に辿り着き、帰ってみれば、上陸第一歩、まだ一歩も歩き出していないうちに、

「ご苦労さまでした」

のねぎらいの言葉にかわって、

「こらあっ！」

なんと、怒声一喝でのお出迎えだった。

こんなにまで慕って帰って来た祖国日本の、これが我々を迎え入れた最初の言葉とは、唖然として言葉も出ない。情けない！　本当に情けない。

私達シベリア復員兵に対して、これが日本国家の基本的姿勢なんだろうか？　多分そうなんだろうな。計画的な、より効果的な警察官の配備態勢としか思えなかった。

赤に染まったシベリアの厄介者が帰って来て、今すぐにも革命が始まって、やっつけられてしまうとでも思っているんだろうか？　こんな調子じゃこれから先、何かにつけて思いやられる感じだな。

皆一瞬、ぎくっとして、しいんとなった。上陸第一歩、まさか思ってもいなかった怒声一喝に、正直言ってびっくりした。

「なんで！　なんなんだよ、これは？」

国破れたとはいえ、復員兵として我々は帰還した。それに対して、一警察官が我々を怒鳴りつけるなんて、思いも及ばぬ出来事であった。

ぎくっとなった瞬間から、皆の顔から笑顔が消えた。静かに行進する私達の両側に、割烹着姿のお

母さん達が、日の丸の小旗を振って迎えていた。

「ご苦労さまでした。お帰りなさい」

小さな声だし笑顔がない。心から復員兵を歓迎する雰囲気ではないのだ。皆の心にも敏感に反映して、能面のような顔をしているに違いない。後ろを振り向いて皆の顔を見渡す余裕もなかった。

誰一人歓迎に応えて、声を出す者はいなかった。冷やかな出迎えに心が沈む。

やがて復員援護局の収容所に着いた。営門を通る。営門には駅の改札口そっくりの入り口が六カ所くらいあった。改札口にはそれぞれに、一人ずつ女性の係員が立っていた。みんな一斉にその狭い改札口に殺到した。多少の混雑はあったが、皆勢いよく通過した。

「役職は、なんですか?」

通過する際、係の女性から聞かれた。不意を突かれた感じで、聞き返す余裕もなかった。後ろから押されて移動するままに、

「小隊長」

と、とっさに答えてしまった。まずかったかなあ。

待っていた訃報

援護局内の建造物は、元は海軍の兵舎のようだった。聞いたわけでもないが、そんなふうに思えた。地図を見ると、恐らく今現在では自衛隊の施設になっているところではないのだろうか？

援護局内で働く係の若い女性達は、かなり大勢いるようだ。若くて小さくて細くてお化粧が濃い。皆奇麗で、まるでお人形さんを見てるみたいだった。ロシア娘の逞しく素朴で底抜けに明るい女性と交じり合ってきた私の目には、そんなふうに見えた。でもなぜか誰もにこりともしない。あんなに大勢いた娘さん達の笑顔を、ただの一度も見ることなく終わった。

若い娘さんだけではなく、売店のおばさん達にしてもそうだ。一定の距離をおき、それ以上寄せないよう、ガードしている感じだった。

兵舎内は幅広い廊下を挟んで、三十畳敷きくらいに仕切られた部屋が向き合って先の方まで続いていた。ずうっと先の突き当たりは食堂になっていた。最初の食事の際に、祝い酒が湯飲み茶碗に一杯出たが、酒のない時代に大人になり、飲んだことのない私には苦い酒だった。

廊下と座敷との間には何の仕切りもなく、十センチくらいの段差があるだけ。一メートル四方くらい、大きな木製の粗末な火鉢が各部屋ごとに置いてあり、炭火が入っていた。火鉢は部屋に向かって左側の一番手前のはじ廊下と部屋との境に置いてあり、火鉢の周り四方に厚手の板が十五センチほど出っ張って突き出ているので、いつも誰かが、そこに腰を下ろしてお喋りをしていた。

広い部屋、広い廊下、風通しのいい兵舎、何とも底冷えがして寒い。一日中震えどおしで居場所がない。この舞鶴の寒さには本当に参った。

部屋の中ではシベリアの方がよほどしのぎやすい。ロシア人の女性は貧しいこともあろうが、冬服を持たない。一年中薄い夏のドレスだけ。それで充分部屋の中で過ごすことができるほどに暖かい。例外もあったことは確かだが、部屋の中で寒くてちぢんでいたなんて、私がゴースビタリの仮設病棟に入院していた時くらいだった。日本の冬の寒さって、極寒のシベリアと違った寒さがあるもんだなあと、つくづく思い知らされた。

軍装を解いて落ち着く間もなく、仮設郵便局に行くように係員より指示された。

「皆さん故里から便りが届いていると思いますので、必ず行ってみてくださいね！」

と、念を押された。

私にもきているかな？　仮設の郵便局は大勢の兵隊達で混み合っていた。

「あった、あった！」

私にも一通の手紙が実家から届いていた。

どんなことが、書いてあるんだろうか？　急ぎ開封して読んでみた。

「昭ちゃん、お父っつあんが、死んでしまったの」

今年の六月十九日が命日だった。すると数えて五カ月と十四日前になる。何ということだろうか、四十八歳の若さで死んでしまうなんて。

死因は耳の手術の失敗だと書いてあった。耳の中に溜まった膿を取りきらないうちに、耳を塞いでしまったので、その膿が頭に回っておできとなり、痛い痛い、と言いながら死んでいったと言う。

後年、毎年行う検診等で、いつも父親の死について問診されるが、私が病状を申告すると、決まって医師は、検診表に脳腫瘍と記入していた。

父は病床からしきりと私の安否を気づかっていたようだ。

シベリアからの復員船や復員者のことが連日新聞紙上を賑わしていた時だけに、息子の無事な帰還をどれほどまでに待ち望んでいたか、父親のその心情のほど、計り知れないものがあったと思う。

親父はしきりと、

「昭一はまだ帰らないか？　まだ帰ってこないのか、いつになったら帰ってくるんだ」

姉やおふくろは新聞紙を切り抜き電報文に似せて、

「昭ちゃんが帰ってくるよ、帰ってくるって、電報が届いたよ！」

親父は本当にそれを信じて、安心して死んで行ってくれたんだろうか？　どんなにか、私という息子に会いたかったんだろうに、悲しいなあ。

可愛い、とても可愛かった妹にも、そして私が大人になっていくほどに、段々好きになっていった親父にも、その死に目に会うことができなかった。悔しいなあ。

思い起こせば、出征する当日敷居を跨いで外へ出ようとした時、恐らく今生の見納めになるだろうと思い親父の顔を脳裏に刻みつけるように凝視した。やっぱり思った通りになってしまった。

親父は胃腸が悪かったので、恐らく胃病のために命を落とすことになるだろうと、常日頃そう思っていたからだった。もしも私が生還することができたとしても、親父と生きて会えることは、まずないであろうと思っていた。

私の親父はおとなしい穏やかな人だったが、一刻な面もあり、頑固な人でもあった。多分に誠実ではあるんだが、あまり喜怒哀楽を表現しない人で、母親はそんな親父を、

「薄情もんだよこの人は、心の冷たい人さ」

と言っていた。身体は細く、幾分小柄で彫りの深い、どちらかといえば良い顔をしていたし、着物のよく似合う結構おしゃれな人だった。

私の家は、言ってみれば、赤貧洗うが如き貧乏だった。

かつて理髪椅子として使用していた肘掛けのついた木製の椅子が、今では客待ち用の椅子として再利用されていた。その肘掛け椅子に浅く腰を下ろし、前に置いてある丸椅子に両の足を投げだして、半分寝たような格好で、日差しよけなのか新聞紙を一枚頭の上に乗せて、そのまんまどんなに店が暇であろうと、親父は一日中、身じろぎもせずに、そうしていられる人だった。そうした格好で何時間でも平気でいられるんだから、いってみれば甲斐性がないといおうか無気力な人だといおうか。私だったら、そんなに店が暇だったら、動物園の熊のように、狭い店の中を行ったり来たり動き回ってしまうだろう。

一時が万事そんな調子だから、母親は一人できりきり舞いして、すべてをやり繰りしていかなければならないし、多分にヒステリックだった。その皺寄せが皆、私のところにやってくる。私は真剣に悩んだ。この人は自分の母親ではない、継母なんだと。どう考えてもそうとしか思えなかった。そんなふうに思えるくらい、母親の怖さは半端ではなかった。鬼のような形相で上下の歯をばりばりっと

噛み鳴らしながらせまってくる。

お店の拭き掃除から始まって、通りの角かどにある共同水道から、バケツを両の手に、何度も何度も往復しては、勝手場の水がめに水を張る。それにお店の、「てっぽう」といって洗髪用の小判桶に水を張る。共同水道では洗濯物のすすぎ洗もやる。

夕方の五時、表に立って通りの町並みを見ていると、軒並みに家々の電灯や、門灯が一斉にぱっと点灯する。明るい昼間のうちから電気がつくなんて、野田の町では、それこそよほどの商店か、役場や病院、醤油会社の重役さんのお屋敷でもない限りついてはいない。

「あそこの家はメートルなんだよ、たいしたもんだね！」

と言って、格段に上クラスなことだった。電気がついたら、どんな遊びをしていても、ふっ飛んで帰ってくる。遅くなったときの母親の怖さは半端じゃなかった。でもそんな厳しく強い母親だったからこそ、親子六人が生き抜いてこられたんだと思っている。

母親はどんなに貧乏していても、貧乏たらしさなんて、毛すじほどにも表には見せなかった人だった。いつか店の前を二人連れだって通った子供が、

「ここんちは金持ちなんだよなあ」

そう言いながら通って行った。私などいつでも身なりがきちんとしていたし、私自身、上着のボタン一つ掛け外したことはなかった。言ってみれば母親は、多分にプライドの高い人だったようだ。

＊

郵便局から帰った翌日だったか、営内で三輪と行き会った。

「よおう、しばらく、元気かね、どうしてた？」

「死んじゃったよ！　皆」

「皆って、誰、誰が？」

「誰がって皆だよ、家族皆だよ！　一人残らず皆、死んじゃったんだよ。両親も女房も子供も皆だよ」

何ということだ！　彼の家は広島だと言う。その時は分からなかったが、八月六日の原爆でやられたんだ。家族の死を訴える三輪からも、原爆という言葉を聞くことはなかった。原爆がどんなものかお互いに知らなかった。気の毒すぎて慰めの言葉もなく別れてしまった。それっきり再び会うこともなく今日に至っている。

『広島へ敵新型爆弾、Ｂ29少数で来襲攻撃、相当の被害詳細は目下調査中。六日午前八時過ぎＢ29機が広島に侵入し少数の新型爆弾を使用したものの如く、この新型爆弾は落下傘によって降下。空中において破裂したものの如く、その威力については目下調査中（昭和二十年八月八日付朝日新聞）』

私の心の中では何かにつけて、一番思い出される男だが、あれからどうやって生きて行ったんだろうか？　今はどうしてるのかな？　懐かしいあの丸い顔、髭面で怖い顔、多分に人づき合いの悪い一刻な男だったが、私はあいつが好きだった。彼にとっても私は唯一気の許せる友人であったはずだ。

淡い思い出

私の家から横の小道を入った裏近くに、竹田千代ちゃんの家があり、おじさんは子供達から雷親父の異名で呼ばれていた。東京日日新聞の販売所に勤めていて、娘との親子二人暮らしだった。そんな環境のせいもあって、千代ちゃんは多分に寂しかったんだと思う。いつも近所の餓鬼どもが家の中に上がり込んで、畳の床板が抜け落ちそうになるほどの大暴れ。そこへその雷親父が帰ってきようもんなら、さあ大変。蜘蛛《くも》の子を散らすように一斉に、わあっと喚声を上げて逃げていく。その数も二十数人、大変な騒ぎだ。私も皆の手前一緒になって逃げては行くんだが、そんな雷親父も千代ちゃんの話では、

「父ちゃんがね、昭ちゃんだけは良いんだからなって言ってたよ」

と、お墨付きを頂いたくらい、自分で言うのもおかしいが、よく働き、親に口答えすることなく家事の手伝いもする、おとなしい子だった。

この千代ちゃんだが、前に触れておいたように長い間文通していたが、長ずるに及んで、二人の間にいつか恋にも似た感情がしだいに昂まっていた。特に、姉の言葉を借りて言うなれば、

「千代ちゃんはね、昭ちゃんが来ている時は、声色まで違っちゃうんだからね、よっぽど好きなんだよ、きっと！」

朝、登校の際に妹の弘子を誘い迎えに来たときのことだった。妹が死んでしまった後では、ことさ

らに妹のような気持ちで可愛さが増していった。

後日、彼女は東武電車に車掌さんとして勤めた。男性が皆、戦争に行ってしまっていないので、ほとんどが女性の車掌さんやら、運転手さんで仕切られていた。


明日出征するという前日、偶然にも私の家の二階で二人っきりになることができた。

思ってもいなかった天の配剤、偶然にも幸運な一時間だった。お天気が良く、暖かい日差しが平らな屋根の上にさんさんと降り注ぎ、干してある布団の上で空を見上げながら日向ぼっこ。

目の上に三本の電線が走っていた。右を見ると、すぐ横に千代ちゃんが膝を崩し、目線を下に座っている。三本の電線。忘れないように脳裏の奥に凝視して刻み込んだ。ごろりと寝転んで、大空を見上げたとき、いつでもどこでもどんな時でも、思い出そう、今日のことを三本の電線を。そして、生きて帰ることができたその時には、この屋根の上にごろんと横になって、今のように空を見上げてみよう、三本の電線と共に。

「昭ちゃんが帰ってくるまで、あたし待っていようか?」

と千代ちゃんが言った。だがその言葉に、私は答えなかった。

彼女とは、二人で成田山にお参りに行ったことがあった。そろそろ召集令状がくる頃だと、何となく日に日に緊張感が昂まってきていた頃だった。成田山の門をくぐる時、

「二人でこの門を通るとねえ、神様が焼き餅焼いて、一緒になれないんだってよ!」

と言う千代ちゃんに、笑いながら構わず二人して門をくぐった。

千代ちゃんは好きだったが、千代ちゃんをお嫁さんになんて、そこまでは考えられなかった。私のお嫁さんになる人は床屋の娘さんと、前から決めていたこともあって、その気持ちは固かった。千代ちゃんは十六歳の、ちょいとおませな女の子といった感じの娘さんだった。彼女は、昭ちゃんと結婚しても良いと思っていたようだったが、私は何一つそれらしい約束もしなかった。しばらくしてから彼女は帰っていった。寂しそうに、なんか膨れているようにも見えた。別れ際に手を握り合っただけで、すべては終わった。

あくる日の五日、竹田のおじさんと娘の千代ちゃんが、出征する私を隣の駅まで見送ってくれた。母親と私は、その足で柏の東部十四部隊に行って入隊した。

実のところ、それより二日前の三月三日の日に、私は、国防婦人会や在郷軍人会、小学生やら町の人達に日の丸の小旗を打ち振られ、感呼の声に送られて、出征していたのだった。そして駅頭において出征兵士五人が壇上に上がり、一人が代表して挨拶した後、出征の壮途についたのだったが、それは町役場の一方的な都合でそうさせられたのだった。

「三日の日に他の四人と一緒に出征してください。そして一駅乗って帰って来たら、五日の日に改めて、単独で入隊するようにしてください」

と言うことだった。

そんな訳もあって、思ってもいないことに、竹田のおじさんが、娘ともども見送ってくれた。竹田のおじさんも、娘と私とのことは何であれ許してくれていた。そんなふうに思えたし、そんな気がしてならなかった。

十二歳で見習い奉公にだされた最初の頃は、お盆とお正月の年に二回だけ、許されて帰郷することができた。仕事が一人前になって、どんなお客さんでもできるようになってからは、自分の自由で、帰りたい時に帰ることができるようになっていた。特に最初の頃は、たまに帰ると、母親は私の好きなご馳走をあれやこれやといっぱい作ってくれて、食べきれないほどだった。

いつもそうなんだ。折角作ってくれたんだからと無理して食べてしまう。ご馳走ずくめの毎日で浦和に帰ってくると、必ずといっていいほどお腹を壊して下痢をした。げふ！　というと息が臭かった。それほどまでに、たまに帰った可愛い息子のために、貧乏の中でも精一杯歓待してくれた。

子供の時分、お米の一升買いは私のお使いと決まっていた。夜遅く人通りが途絶えた頃を見計らって、寒い夜など綿入れの半纏《はんてん》の裾下に隠すようにして、持って帰る。そうして持って帰るんだよと言われていたからだ。

当時はもう不景気で、たまにお店に来客があった時など、仏壇に頂いたお金をお供えして拝んでいた。何度も何度も手を合わせて、

「ありがとうございました。ありがとうございました」

私は、たまに帰郷したときなど、家族の目を盗んでは、必ず米びつをそっと開けて見る。米が入っていれば安心するが、いつの日も余り入っていたことがなかった。

こんなこともあった。店頭の日除けが継ぎはぎだらけ。南京袋の切れ端で繕ってあり、何としてもひどかった。

「僕が出すからさ、みっともないから、新しいのと替えなよ」

業者も暇だったと見えて、その日のうちに新しい奇麗な日除けと替わっていた。

時には親父を連れて行き、釣り好きの親父に釣り竿を買って喜ばせたり、洋品屋に行ってズボンを買ってあげたり、短い間ではあったが、精一杯、僕なりの親孝行をしたのがせめてものことだった。

わずかな給料だが、私は一切無駄遣いをしたことがなかったし、お盆やお正月の時には多少余計にもらえたので、財布が膨らんでいた。皆の喜ぶ顔が見たかったので、そうすることで自分自身がとても楽しかった。

弟や妹達にはどうだったのか？　まったく記憶がない。十銭くらい上げてやれば良かったのに、子供にとって十銭は大金だ。お祭りやお正月でも、決してそんなお金はもらえなかったし、世の中全体が不景気で貧乏だったようだ。

決別の日、日の丸組と赤旗組

舞鶴に上陸した初日、日本で初めての入浴となった。だが入浴が終わって脱衣室に帰ってみれば、シベリアから持って来た書類だけに留まらず、メモであれ何であれ、字が書いてあるものは、すべて没収されていた。ソ連でさえしなかったのに、日本国家がこんな破廉恥なことを平気でやってのけるなんて、一体、何をそんなに怖がっているんだ。

「これが自由の国、民主主義を目指している国だなんて、ちゃんちゃらおかしい、ふざけるな！」

着ていた軍装やら、持っていたすべての装具類など、引っ掻き回されて目茶目茶に散乱していた。

私が大事にしていた歌詩集のノートもなくなっていた。頭に入っていなかったので、とたんに歌も歌えなくなってしまった。残念でたまらない。

「今浦島太郎」と前にも言ったが、その通り、復員者全員今浦島だ。

私達が舞鶴へ来てから支給された抑留の代償が確か千円足らず（?）。援護局はこのお金をどんな名目で支給したのか知らないが、皆びっくり！　貨幣価値が変わってなんと羊羹一本が百円だなんて、五年前の終戦の年、軍需工場の熟練工の一カ月の俸給が百円だったのに。

男性の背広が一着一万五千円もするという驚くほどの物価の高騰。いくら考えても考え及ばない金銭感覚。後日、故里に復員してからも、外出するのがしばらくの間怖かった。帰郷して数日たってから、千葉市の社会部厚生課に行き、復員手続きをした際にもらった復員手当を持って、早速欲しかった商売道具の電気アイロン（コテ）を求めに出かけた。浅草の理容器具問屋に行ったが、目指す丸アイロンを買っただけで、残り少ないお釣りを握り締めて脇目も振らずに一目散で帰って来てしまった。

とにかく怖いが先で、いつまでたっても金銭感覚がずれていて、今浦島太郎から脱皮することは容易でなかった。

引揚船恵山丸の復員兵達は、下船後も復員手続きの業務拒否をして戦い続けた。

我々が提示した要望書にしたところで、就職の斡旋や住居の保証など、食って寝て生きて行くための最低限の基本的諸要求に過ぎない。言われるまでもなく、国が最優先配慮して助けてやらなければならないことであるはずだ。

要望書に掲げた要求は、越年資金・旅費とも一人当たり三万五千円。家族手当一万円等々。三十項目の諸要求を突きつけた。

復員手続きのボイコット闘争が長引いて、故里への帰還が大幅に遅れているのも事実だった。そんなことも手伝って、それまでは一体であったかに見えた復員兵達が、急速に、二派に分かれていった。

要望書に対しての回答ももらえないまま、要求貫徹のためにハンガーストライキに入った。最初は三日の夕食より全復員兵が呼びかけに呼応して、ハンストに突入したものの、その決定的な決別の日を迎えたきっかけは、三日夜、行われた映画会の会場での出来事からだった。ニュース映画が放映され画面に映る場面を見ながら、日の丸組と赤旗組に完全に二派に分かれてしまった。お互いに罵り合い、罵声を浴びせて怒鳴り合った。自分達の考えや思想をもろ出しにして、都合の良いシーンには惜しみない喝采を、都合の悪いシーンには相手組に対して罵声を、なんとも情けない光景に声も出ない。

向こう側とこちら側で罵り合いの大喧嘩。どっちにしたってしゃかりきになって罵り合うことはないだろうに、もっと冷静になれないものか。右も左も行き過ぎて良いことは何一つないはずだ。こんな場面を見てほくそ笑んだのは援護局側だろう。次の手立てや方策を立てるには良い材料であるはずだ。

次の日、大勢の係官や私服が入り、皆に対して説得と扇動工作が開始された。

私達の艇団組織ではそれ以前に、組織の要となる幹部が全員引き抜かれて、どこにいるのかまったく分からない状態で隔離されていた。

そんな訳で組織はすでに骨抜きになっていて、がたがただった。私はどうした訳かただ一人、小隊長でいながら隔離の手から免れた。なぜなのか？　いまだに分からないでいる。思うに、余りにも若輩なので、手続き上何かの間違いと思ったのではなかろうか？

「皆さん、あなた方のご両親やご家族の方々は、あなた方のお帰りを今か今かと一日千秋の思いで待っているんですよ。今すぐ、復員手続きを済ませてさえ頂ければ、懐かしい故里に、すぐにでも帰ることができるんです。あなた方は一体、誰に遠慮をしているんですか？　誰にも遠慮することなんてないんですよ。良いですか、皆さんはいつまで頑迷な人達の犠牲になっているんですか？　大勢の仲間の方々が、皆さんの来るのをあちらの方で待っていますよ。さあどうぞ、どうぞこちらです。こちらですよ！　さあ立ち上がって、こちらにおいでなさい」

みんな装具を枕に毛布を被って、ごろごろと横になって寝たまんま、息を潜めて、辺りの動く気配を感じとっていた。一人、二人と起き上がって、装具をまとめて出ていく。援護局側の説得と扇動工作は効を奏した。

その数が次第に増えていった。周りに隙間ができて風が動き、寒さが一段と増してきた。出ていく者、残る者、この日の夜を境に、はっきりと二派に分かれた。

誰が言い出したのか、誰が名付けたか知らないが、新聞ラジオを含めて、日の丸組と赤旗組と二つに分けて呼び合い報道した。最も分かりやすい極端から極端への呼称で、その中間の呼称がない。この夜を境に、六百三十名は完全にハンストを放棄した。日の丸組だ。残るは赤旗組千三百九十名。こうなったら最後までどうなることやら、とことん黙って戦うしかないようだ。

翌、四日の日も三食とも断食して頑張った。だが最初のうちは良かったが、もともと腹を空かせている集団だ。長時間に及ぶハンストに耐えられる精神的エネルギーなど持ち合わせてはいない、皆コソコソと買い食いをし始めた。

それにしても、どんな顔ぶれがいなくなったのか？　頭から毛布を被って見ていなかったので分からない。たまに彼奴が、と思い出すことはあったが、離脱して行った人達と、二度と顔を合わせることはなかった。多分、援護局側でも顔を合わせないように配慮してたんだと思った。

時折、隔離されてた幹部が、こっそり忍んで来ることがあった。彼らが言うには、まるで犯罪人扱いで、どこに行くにも係官が付いて回っていると言っていた。そんな状況の中で、何とか隙を見ては、代わる代わるにやって来て、情報を交換したり、激励したりして帰って行った。

援護局の施設内では、すべての集会やデモ、合唱等が、厳禁されているので、とても静かだ。それでも、皆で秘かに申し合せては、中庭の真ん中で思い思いに寛いで、談笑したりしながら平静をよそおいながら、突然丸い円陣を作りスクラムを組んで、身体を前後に揺すりながら、ソーラン節を速いテンポで大きな声で合唱した。

ヤーレン　ソーランソーラン……

せめてもの儚い抵抗だった。ソーラン節を明るく元気に合唱して生きて帰れた喜びを身体いっぱいで表現した。

日の丸組と赤旗組との対決の兆候は、二十四年の九月頃より表れてきたらしいが、私達の乗った恵山丸より二船前に出港した高砂丸の船内で対立した。

その高砂丸だが、帰郷旅費並びに越年資金一人、三万五千円を要求して十一月二十九日朝からハンストに入った。高砂丸引揚者は同夜十一時半に至り援護局の説得でようやく食事をとり、三十日予定通り舞鶴発でそれぞれ帰郷して行った。

そしてさらにその対立が激化したのは、私達の乗った恵山丸の後に出港した第六次第四船の栄豊丸で、これが日の丸組第一号とされた。栄豊丸船内では左右二派に分かれて激しく対立した。栄豊丸は一日入港の予定であり、入港に際して胸に日の丸のバッチをつけて入港したいむね船舶運営会舞鶴支部に入電があったという。

舞鶴入港後に、上陸手続きのボイコットをして船内に三泊した栄豊丸左派千五百二十八名は四日午後一時から上陸を開始して、十日に帰郷した。

続いて十一月三十日ナホトカ出港の最終船信洋丸が、日の丸組の第二号船と言われた。舞鶴港に近づくにつれて、日の丸組の勢力がますます勢いを増していき、赤旗組を圧倒していった。それというのも船中で配布された新聞等で、祖国の人達が日の丸組を歓迎して、評価していることに対して、より力を得て弾みがついたということだった。

そして信洋丸引揚者も四日上陸手続きを終えて、五日午前九時下船開始。そして十一日に帰郷することができた。

前にも話したが、赤旗組か、日の丸組か、その中間がない。日の丸組の中には元々素行の悪い人達や、ヤクザ、それにロシア人が言うブラックノイ（無頼漢）を初め、札付きの満州ごろもいたし、どうでもいい無関心者も軍国主義者もいた。

片や赤旗組にしても、心からのボルシェビキの人もいたし、それらしくしていた人もいたであろうが、厳しかったシベリアでの捕虜生活を共に生き抜いてきた仲間を、簡単に捨て切ることのできない人達が大半だと思っている。共に辛酸を嘗め、今の今まで苦楽を共にしてきた人達を残して、ちょっと旗色が悪くなったからといって、さっさと見切りをつけて自分だけ安全地帯に逃げていく。そんなこと、たやすくできることではないはずだ。平然として人を裏切る風見鶏、変わり身の早い奴なんて大嫌いだ。人間どんな時にだって、自分の心に忠実で誠実でありたいものと思っている。

裏切って行った人達は、私達の顔をまともに見ることはできないだろう。多分そうだと私は思っている。

帰郷その複雑なる心境

幸いにして、私が乗ってきた帰還船恵山丸は、船中何ごともなく和気藹藹とした雰囲気だったが、その翌年の第一船高砂丸を含めて、明優丸、信濃丸と船内で二派に分かれた。荒れに荒れて暴行事件もあって、激しく対立していった。

一九五〇年（昭和二十五年）の信濃丸を最後に、一般捕虜の帰還は終わった。その後に取り残された人達は、三千二百九十名と記録されており、一九五八年（昭和三十三年）九月の白山丸を最後に、帰還業務のすべてが終結した。

復員船恵山丸の復員者のうち、千三百九十名はすべての手続きを済ませて（要求貫徹ならず）、帰郷の許可が出た。そして舞鶴の援護局を後にした。国はシベリアの復員兵に対して、厳しい態度を一貫して押し通した。何一つ、要望は実らずじまいで終わった。

六百三十名の日の丸組は一日早く八日に帰郷した。

舞鶴の町並みを見ながら行進した。庇が低く、うすっぺらな板張りの平屋だったり、二階屋だったり、間口の狭い小さな商店が両側に続く、オモチャの国へ来たみたいな、そんな感じで目に映った。それが久しぶりに見た日本の、町並みの印象だった。

時、十二月九日、金曜日の午後。やがて列車は舞鶴駅を離れた。今になって、やっと、ほっとした思いでゆとりがでてきた。小隊長という立場から解放されたのが、何にも増して嬉しかった。

帰郷する地方ごとに新たに組織編成されて、周りにいる仲間達の顔触れも、だいぶ変わっていたが、皆、にこにこと嬉しそうに、解放感を胸いっぱいに味わってるように見えた。

車窓から見た日本の景色は、やはり懐かしい祖国の山河であったし、ただただ感激、どこか一本抜けていたかのように思えた神経も、元に戻った感じだった。

舞鶴線で綾部駅を経由して山陰本線で京都駅に着いた。

京都駅に着き汽車を降りて駅前に出て驚いた。何と、駅の周囲をぐるりと警官隊によって包囲されていた。乗降客の人影も見えず、異様な雰囲気と威圧感が辺りに漂っていた。声を出す者もいない、足音だけが辺りに響いた。警官隊が両の手に、しっかりと警棒を握り締め、両足を開き横一列に散開していた。蟻一匹這い出る隙間もないほどに、厳重な警備体制が敷かれていた。私達が一体何をした。何をするというのか？　思ってもいなかった事態に意表を突かれた感じで唖然とした。

張り詰めた緊張感の中を、足早に駆け抜けるようにして駅より離れた。駅前通りをまっすぐ進んで行くと、左側の道路沿いにお寺さんがあった。そのお寺さんで休憩することになった。汽車の時間調整待ちなのか？　陽が落ちて、植え込みの辺りは、一段と薄暗く、何というお寺さんか、きょろきょろして見たが、どこにもそれらしい表示がなかった。みんなにはどうでも良いのだろう、気にしてる奴なんか誰もいないようだった。

後年、時折思い出しては、何というお寺さんだったのか知りたくて、京都地図を見てあれこれ思い巡らしていた。どうしても確かめてみたいので平成七年十一月、私達夫婦と友人大高氏ご夫妻ともども京都旅行を楽しんだ。その折、生え抜きの京都っ子で、三十八年のキャリアを持つという、観光タクシードライバーの方から色々とお話を伺ったり、東本願寺でご本堂のお掃除をしておられた、やはり京都で生まれ育ったという、私より四歳ほどお年上の戦争体験者の方にしばらくお手を休めて頂き、親しくお話を伺うことができた。お蔭様であの時のお寺さんが、東本願寺であったことを確認することができた。

それにしても、余りに異常ともいえる警備体制に、不愉快でならなかった。

私達は京都駅頭における帰還者に関わる衝突事件を、シベリアにいた時から「日本新聞」で知って話題になったものの、深く追及することなく、いつか記憶の中から消えていた。

事件の詳細は、後日知ったことだが、私達の乗った帰還船恵山丸より、四十船前の七月四日、信濃丸で帰って来た復員兵が、地元の人達が主催する駅前広場での帰還者歓迎会に喜んで参加したところ、京都近県より動員された警官隊によって襲われ、殴る蹴るの暴行を受けた。復員兵達は挑発されることなく、彼らの蛮行にじっと耐えた。

乱闘終結の後、重傷者は救急車で運ばれ、軽傷の人達は仲間に支えられながら、ずたずたに傷ついた心を抱いて故里に帰って行った。誰のための苦労だったのか、誰のためにこんな地獄の辛酸を嘗めてきたというのだろうか。

「撃ちてしやまむ鬼畜米英」「大東亜共栄圏」「一億国民火の玉だ！」

「アジアの盟主大日本帝国」「欲しがりません勝つ迄は」「生めよ、殖やせよ」

「贅沢は敵だ！」「勝って兜の緒を締めよ」「神国日本に神風が吹く」

思いつく限りのスローガンを掲げて煽動教育して、一億国民を戦争の泥沼に追いやった国会議員が、敗戦と同時に軍国主義者の思想をかなぐり捨てて、一日にして民主主義者の仮面を被り、平然として厚かましく国会議員になおも収まり続けている。

自分達がけしかけて戦場に送り込んでおき、その兵隊達が、やっとの思いで生きて故国に帰って来たというのに、ひどいもんだ。こんな国がほかにあっただろうか？

ソ連より帰還したドイツ人の抑留者はどうだった？　ドイツ国家は彼ら帰還兵を温かく迎え入れ、心からそのご苦労をねぎらった。帰還兵もまた、国のために戦って抑留の憂き目をみた者として誇りを持って帰還した。迎える政府や地方公共団体の受け入れ態勢も非常に行き届いたもので、就職については優先的に扱うべしという法律が戦後間もなくできていたし、ソ連帰りだからといって差別されることは一切なかった。そして上陸すると同時に三百マルク（約二万五千円）、故里に着くと、さらに三百マルクが支給された（朝日新聞、昭和二十八年十月十六日）。

敗戦後のドイツは、首都ベルリンが瓦礫と化して日本以上に壊滅的打撃を受け、経済的にも疲弊のドン底にあった。補償の財源はどこにもなかった。しかし、ドイツの煙草の吸い口にはその何パーセントかをシベリア帰還同胞の補償にあてると印刷されていたという。

一握りの極左分子によって多くの帰還兵が牛耳られていたなんて、およそ考えられない。

「なぜなんだ。どうして？」という原因を追及して解明する基本的姿勢が、辛い抑留生活の運動の中で自然と身についている。

あんなにまで無抵抗で我慢していられたということを、どう受けとったら良いのか、その気になったら、人殺しをするための訓練を受けて、厳しくしごかれてきた集団だ。やすやすと彼らに負けはしない。帰ってきて欲しくない邪魔者、筋金入りの赤色分子によって、日本国がたちまちのうちに暴力革命されてしまうとでも思っていたんだろうか？　とにかく異常としか言いようのない出来事だった。

別れ、デスビィーダーニャ（さようなら）！

翌十二月十日、土曜日、東海道線を東京に向かって走る列車の中。本当に心からの解放感に浸って、皆の顔が明るい。最初のうちは一般の乗客と一緒だったが、気づいた時には、皆、復員兵だけだった。主要な駅で停車するたびに、仲間達が元気に顔じゅう満面の笑みをたたえながら、別れの挨拶を大きな声で叫びながら手を振って、汽車の出発を見送ってくれた。駅のホームに立って見送りながら別れの手を振る仲間の、いや同志の顔が姿が、しだいに小さくなって視界から消えていった。

次に停車した駅での出迎え風景だった。汽車がホームに入り、まだ汽車が動いている間にも、

「お兄ちゃん！　お兄ちゃん！」

と、叫びながら必死になって右に左に駆けながら、窓のこちら側を覗く若い娘さん、兄を見つけて汽車に飛び乗ってきた。

「お兄ちゃん！」

と言って兄に抱きついた。後からもう一人、それは復員兵の奥さんだった。復員兵は中年のお父さんだった。よほど固いお人らしく、ひと言もしゃべらず、真っすぐ前を凝視したっきり身じろぎもしない。奥さんがすぐ隣の席に腰を掛けて、周りの人達にお世話になったお礼を言いながら、何度も何度も頭を下げていた。

万感胸に込み上げて、お父さん、すっかり突っ張らかってしまっていた。「何か言ってあげれば良

いのに」そんな思いで見ていた。この人達は次の停車駅で降りていった。

「幸せに暮らせよ、何とか言ってやれよな、奥さんに！」

思わず言葉が口をついて出た。


ダモイ列車は幸せを乗せて、東海道線をひた走り、やがて品川駅に停車した。母親と弟の貞雄、それに同級生の森正男の三人が汽車に乗り込んできた。

母親は前より、ひと回り小さくなっていた。弟は十五歳、中学三年生になる。森は現在、野田町の町役場に勤めていて、たまたま私の同級生ということで、迎えの役を買って出たとのことだった。

上野駅から常磐線に乗り換えて、千葉県の柏駅で一旦下車した。

ここで東武野田線に乗り換えなければならない。

思えば、あの復員の日から数えて六十三年にもなろうとする平成の今日、いまだに単線のまま複線にもならず電車が走ってる。まったく驚き入った話。およそ発展とは無縁らしい。

大宮行きの電車待ちでホームにいた時、姉のご主人と初対面の挨拶を交わした。この柏駅まで迎えに出て来てくださっていた。

やがて大宮行きの電車に乗り込んだ。腰掛ける席もなかったので、吊り革に掴まって揺られながら、斜め前に腰を掛けてるご夫婦の、話のやりとりを見ていた。ご主人がやたらと、

「アジャパー」「アジャパー」

をジェスチャー入りで繰り返して一人で喜んでいる。

「ああ、今、こんなのが流行っているんだな」

と思って見ていると、ご主人、よほど気に入ってるらしく、いつまでも繰り返すので、奥さんが、辟易《へきえき》してたしなめるが、いっこうに聞き入れる様子もなく、なおも執拗にやっていた。

後日分かったことだが、伴淳こと伴淳三郎が、映画の中で言ったギャグが大変流行ったらしい。

野田駅に近づいた頃だった。

「駅前で小学生や大勢の人達が出迎えているから、ひと言挨拶してくれないか」

と森に言われた。戦争に負けて帰ってきたのに、町の人達が出迎えてくれるなんて、思ってもいなかった。

やがて電車が野田駅に着いた。駅のホームに姉さんがただ一人、ぽつんと立っていた。姉の背中には、ねんねこ半纏《ばんてん》にくるまって、温かそうに幼児が眠っていた。私の姪にあたる。洋子ちゃんという女の子だった。姉はニコッとしただけで何も言わなかった。

改札口を通って表に出た。日の丸の小旗を持った小学生や町の人達で駅前広場はあふれていた。設えてあった壇上に上がった。

市町村などの行政機関を通して、復員兵を出迎えるよう、お達しがあってのことだと思う。大方の人達は、皆仕方なく出迎えているんじゃないのかな？

「故里の皆さん、お出迎え本当にありがとうございました。染谷昭一ただ今、ソ同盟より無事に帰って参りました」

その後、どんな挨拶をしたか忘却したが、静かな優しい挨拶をしようと心がけたことだけは覚えている。駅頭での挨拶を済ませて、私を先頭に我が家に向かって歩き出した。

後ろから大勢の人達が付いてくるので、行列のようだった。

歩き出して間もなく、抑留者仲間だった同姓の染谷にばったり。

「よおお帰り、遅かったなあ」

「いやあ驚いたなあ、帰ってたの？　いつ帰ったんだあ」

彼は自転車を転がしながら、しばらく私とお喋りしながら歩いた。

「じゃあまたな、シベリアの復員仲間がさあ、結構町にいるんだよ、そんときまた会おうや」

この男との出会いは、ひょんなことからだった。確か中間集結地の広場での出会いだったか？　その時、私達ラーゲルの全員が、胸に名札をつけていたこともあって、

「あんた染谷って言うの？　ことによったら千葉県の野田じゃないの」

「ああ！　俺は野田だよ」

「やっぱり野田かあ、いやあそうじゃないかと思ってよ、染谷って名前、野田に多いからよ、やっぱり野田かあ、俺も染谷って言うんだ。同じ野田だよ」

懐かしそうに声をかけてくれた。同郷というだけで、十年来の友人に出会ったように思えるから、不思議だ。

町の目抜き通りから横道に入った辺りで、町の人や小学生さん達は自然解散したようだった。

懐かしい我が家に着いた時には、ご近所の人達が三十人ほどだった。

私は、出迎えてくださった皆さんに、穏やかな口調で心からお礼のご挨拶をした。穏やかな私を見

て、ご近所の皆さんが大変喜んでくださった。そしてそれぞれに、囁き合い、話し合いながら帰られた。

我が家の敷居をまたいだ。出征して以来、五年近くの歳月が過ぎ去っていた。

生きて再び我が家の敷居をまたぐことができた。

お店も家も以前と少しも変わっていなかった。店は相変わらずの昔風、二畳ほど畳を敷いた客待ちに火鉢が置いてあり、旧態依然とした店構えはそのままだった。

私がシベリアにいたとき、いつも思い出しては、

「あれ、何とかならないもんかな、模様替えしてくれてるかな？」

そんなふうにいつも思っていた。

私は、奥の座敷で母親と二人っきりになって向かい合った。

姉さん夫婦はあれっきり姿を見せてはくれなかった。母親とうまくいっていなかったらしく、この日を境にこの家を出ていったようだ。

「色々あったんだなあ」

何だか急に、現実の人間社会にぽんと放り込まれ、ぽいっと、捨てられたような、そんな気がしてならなかった。つい昨日まで、自分が置かれていた世界は、広々とした大きな世界であった。

私はその広々とした大自然の中で、様々な問題と対決して、戦いそして勝って生き抜いてきた。それが今懐かしい故里に近づくにつれ、段々と尻窄《しりつぼ》んで狭くなってきてしまった。こんなわずかの間に、何と狭くて小さな世界に潜ってしまったんだろう。これから先、これが私が生きていく小さな世

界なんだ。

姉夫婦はあらかじめ取得しておいた百坪以上の広い宅地に、器用な義兄はお勤めの余暇を上手に使って日曜大工で家を建て、その家に越して行ったのだった。

死んだ父親の後を守って、昨日まで頑張ってくれてたんだが、矢つき刀折れ姉夫婦は遂に去って行った……。

「ありがとう！　姉さん本当にありがとう」

私は、翌日より店に立って働いた。シベリアからの復員兵が五十数万人もいるなかで、一日の休みも与えられずに翌日より働いたなんて、恐らくは私ぐらいではなかろうか？

働ける職場があっただけでも感謝しなくてはいけないのかもね！

夜、温かい布団にくるまって休んでも、朝までに七、八回小便に起きる。

「お前寝る間がないだろうに、よっぽど冷えきっちまったんだね。可哀相に」

母親に言われた。身体の芯から冷え込んでしまっていた。こんな身体も、身体の芯から温まって夜中に起きないで済むようになったのは、半年くらい過ぎてからのことだった。

私の青春は終わった！　そんな気がしてならなかった。そう思ったくらい、私の心の内は心底老け込んでしまっていた。

それから、なか二日働いて十三日の火曜日に千葉市に行き、復員手続きを済ませた。

この日、復員手続きを済ませた時点で、私は軍隊という強大なる組織から完全に解放され軍籍を除籍された、と自分自身の心の中で区切りをつけた。

平和

人は生ある限りいつの日か　年老いて晩年を迎える
若き日には　老いは遠き世界にありてまるで　他人ごと
人生の終末も　また遥かなる　遠きにあるかに見える
激動の時代を　多くの仲間と共に　懸命に生き抜いて
私は多くの人達との　出会いで始まり　別れで終わった
出会いと別れ　その繰り返しが　人生の縮図でもある
それぞれに愛したり　憎んだり　怒り悲しみ苦しんだ
悲嘆と孤独が交差する　さりげない別れ　惜別なる別れ
人生様々なる　別れが　触れ合って　通り過ぎる
いつの日か年を重ね　晩年を迎える　戦後五十年あの
愚かしき殺し合いは　何であったのか今一度思い返して
新しき世代に伝えよう　幸せなる日々平和なる時代の
永からんことを　銃弾飛び交わぬ平和の尊さを肝に銘じ

平和を維持することの難しさを　永久に語り伝えよう！

エピローグ

一九九一年（平成三年）十二月、ソビエト連邦が崩壊した。

一九九三年（平成五年）三月、ソ連抑留中の労働証明書の申請を全国抑留者補償協議会を通じてロシア政府に対して提出していたが、八月、証明書が交付されて記念メダルと共に郵送されてきた。

＊

一九〇〇年、私が調べた図書館の資料によると次のように記されていた。

日本は一九四五年八月十五日にポツダム宣言を受託して、連合国に降伏して戦争は終結した。中国東北部、及び北朝鮮、サハリンの守備に当たっていた日本軍は、ソ連軍により武装解除を受けた後、労働大隊に組織編成されて、ソ連領シベリアを中心として、ヨーロッパ、ロシア、極北、外蒙古に分散抑留された。そして労働を強制された。

当時の収容所の数は千八百から二千カ所ともいわれている。中間集結地から私のように徒歩で渾春を経てクラスキーへ、北朝鮮の集団は興南港からナホトカへ、南東地区の集団は、綏芬河《スイフンガ》を経てウォロシーロフ（現ウスリースク）へ、北西地区の集団は、黒河からブラゴエシチェンスク又はハイラル満州里《マンチュリ》を経てからソ連領に、千島、樺太（現サハリン）集団は船でナホトカ、ソフガニアへ上陸。なかには黒河ジャムスなどから船でアムール川を下りハバロフスクで降ろされて収容所へ向かった集団。ソ連は、日本軍降伏後、わずか八カ月でこのように広範なる地域に六十一万もの人間を輸送完了したのだった。その数もさることながら、死者も六万二千名にも及んだという。

労働は、鉄道、炭鉱、伐採、レンガ工場、建築、道路などの重労働が主で、死因は飢餓や極寒、非衛生的な環境下の伝染病の多発によるもので、この抑留は一九五八年に終わった。

日本政府の対ソ連政策は領土返還が主要なものであり、捕虜の処置については、政策的に取り上げることがなかった。戦後五十年、今こそ日本政府は、速やかなる戦後補償を行い戦後処理問題を解決すべき時である。

シベリアの補償問題の推進解決なくして、北方領土の返還はありえないと思う。

シベリア抑留の体験者もすでに七十歳を超え、老境に達している人達である。労働証明書に基づいて、速やかにして一刻も早い解決を望みたいと願う。

『今から七十五年前の一九一八年三月二十二日、満州黒龍江対岸のブラゴエシチェンスクから四十キロ離れたイワノフカ村に日本軍が侵入し、民家を焼き払い、住民多数を虐殺しました。その残酷さはロシア国民にとっては知らぬ人とてない歴史的なことです』

この事件はアメリカ軍によるソンミ村の虐殺事件に類似します。

『そのころ日本軍は、ウラジオストックから、ウラル一帯を占領、暴虐の限りをつくしておりました。侵入した日本軍に対してロシア人民の抵抗も激しく、その二年後には、ニコラエフスクで、今度は日本居留民や軍隊がせん滅されました。日本の世論は激高し、強い抗議が盛り上り、ロシア代表カラハンは「日本国ニ対シ最モ深甚ナル遺憾ノ意ヲ表シ」首謀者を死刑に処して、謝罪しました。しかし日本側は、イワノフカ事件についてはただの一言の謝罪もなく、ロシア民衆の心に今なお深い傷跡を残しています』

（「全抑協広報」一九九四年七月五日号より）

一九九三年十月、日本を訪問したエリツィン・ロシア大統領は、「シベリア」抑留に対し深々と頭をたれ、率直に謝罪したと言う。

『日本においては、台湾、朝鮮、東南アジアの侵略を「開放のためであった」と、世界をびっくりさせるような発言をした法務大臣がいるかと思えば、天皇陛下が外国を訪問する度に言葉の問題でゆれています。何とかして謝罪を避けようとしている気持が見え見えです。これでは日本の信義が疑われ、国際的信用を得るのは極めて困難です』

『日ソ戦争始まって五十年を経た、一九九四年この機会にイワノフカの地にマリア観音像を建立し、犠牲者の霊を慰め、日ロ両国のとこしえの平和を祈願するとになった』

（「全抑協広報」一九九四年七月五日号より）

そして同年七月、この地において慰霊祭を行うことを知って、私も些少ながらもご奉仕させて頂いた。

全国抑留者補償協議会、斉藤六郎会長とアムール州知事との話し合いにより、奉仕者の住所氏名が一冊の本になって、イワノフカ博物館に永久保存陳列されることになった。いずれ私の名も、イワノフカの地に永久に記し残されることであろう。平和を願う心と共に！

あとがき

波乱に満ちた私の青春のひとときは終わった。

だが青春のひとときではなく、青春のすべてが終わってしまったかのように思われる現在の心境。

これほどまでに傷ついてしまった心が、いつの日か癒える日がくるのだろうか？　それぞれの故里に帰った多くの仲間達と、これから先長い人生の間でも、再会できるような機会は、多分ないと思われる。

多くの人達と出会って、触れ合って別れていった青春のひととき。

昭一の青春は激しいまでの多難な出会いと、別れで終わってしまった。

あの日、あの時の皆さんのこと、私は生涯を通して忘れることなく、折に触れて思い起こすことでしょう。

「元気に頑張って、いつまでも幸せに生きていってください」

異国の地に不幸にして倒れた多くの同志達に、心からの哀悼の意を捧げます。

それぞれに意見の違いや考え方の違いこそあれ、異郷の地において共に辛酸を嘗めた仲間として、生きて再び会える日があれば、懐かしい昔話として、シベリアの思い出話に花を咲かせましょう。

そんな日のあることを心から願いながら『捕虜青春記―シベリアの大地と共に―』を終わります。

「フショーパカーデスビィーダーニャ！　バッショイスパシーバ、ヤ、ダグノーフショーニザビール

（では、またの日まで皆さんさようなら！　どうもありがとうございました。私は永久に皆さんのことを忘れません）」

最後になりましたが、私が自伝を書くにあたり、果たしてどこまで当時を表現することができるか、大変心配でした。記憶の方はすごく鮮明な部分とまったく欠落している部分とがあり、とにかく始めて見よう始めて……と、そんな気持ちでしたが、思った通り大変時間がかかりました。前作の自費本は出版されるまでには、書き始めてから四年の歳月を超えてしまいました。

本書はその前作に加筆・修正して書き上げました。

お蔭さまでこの本は、私にとって終生の嬉しい良い思い出となって残ることでしょう。

思う存分、想いの丈を本にぶつけて、すっきりした穏やかな気分でおります。

つたない文章でしたが最後までお読みくださいました皆様方に、心より厚く御礼申し上げます。

ありがとうございました。

二〇一二年四月十日

染谷昭一

あとがきに添えて

染谷　孝

著者染谷昭一、つまり私の父は、東京都江戸川区で理容業を一九九四年の春まで営んでいた。息子の口から言うのも少し変だが、下町のごく普通の床屋のおやじさんであり、平均的な日本の庶民の一人だろう。しかし、この世代の日本人が誰でも皆そうであったように、怒涛のような日本の昭和史の中で過酷な青春時代を過ごしており、軍事徴用・入営・出陣・敗退・シベリアでの抑留生活といった死線をさ迷う経験を持ち、その顛末が本書の主題となっている。

一九四九年（昭和二十四年）十二月に復員した父は、すでに病死していた祖父多吉の跡を継いで理容店を切り盛りした、というところで本書は終わっている。その一年後、野田町清水の服部孝子と結婚し、家業を弟に譲って上京、理容店員として生計を立てる。私が生まれたのはその数年後で、当時は江東区砂町のアパート暮らしだった。

私が三歳の時、江戸川区小松川に父は自分の店を持った。その開店を間近に控えた日に、店のドアのガラスに金色のペンキで描かれたばかりの屋号「ニューフレンドバーバー」の文字を指先でなぞりながら、父がいかにも嬉しそうだったことを幼心にも覚えている。

爾来三十八年間、つまり引退の日まで、家族にさしたる大事件もなく、父と母は家業を営々と励み、私と妹を育て上げた。

家庭環境に変化があったことといえば、大学卒業後私が家を離れたことと、東京都の防災拠点再開発事業のために、都営地下鉄新宿線の東大島駅前まで数百メートルの所に店が引っ越ししたことぐらいである。

私はといえば、十二歳年下の妹・香苗が生まれるまでは、事実上一人っ子として育ち、少子家族の例にもれず親の愛情を一身に浴び、興味のおもむくままに大学院まで出してもらって、とうとう家業を継がずじまいとなった。父にとってまさに生業である理容業が、どんなに思い入れの深いものであるか、それは本書の随所に出てくるが、それを子供の頃から聞かされていたら、あるいは私の人生設計も違っていたかもしれない。

父がこの本を書くに至った背景は「はじめに」で詳しく紹介されているが、その直接の引き金になった出来事には、多分私が関係している。

ある日、所用で実家に帰った私は、食後のだんらんで父のシベリア話に聞き入っていた（九州暮しの私は、実家にたまに帰るだけだから、その話はうんざり、というような反応はしない）。話が一段落すると、父は「はじめに」で書いているのと同じ不満をもらし始めた。

「軍隊生活や抑留生活に対して、国も誰も、『ご苦労さま』とは言ってくれない。兵役の期間が半年ばかり短かったせいで、恩給も付かない……」

このとき父親思いの息子としては、父の不満に同意し、苦労をねぎらい、世の不公平に共に憤慨して酒を酌み交わすべきだったのだけれど、私はその時に「孝一」という名前にそぐわない応答をしてしまったのだった。というのも、当時の私の職場であった私立大学の民主化運動で、またボランティアとして参加していた九州・山口地方での自然保護活動で、よりよい職場や社会を作ろうという人々の大きな障害となっていたのは、「長いものには巻かれろ」とか「お上には逆らうな」とか「どうせごまめの歯軋《はぎし》りさ」という、いかにも日本的なあきらめと権力迎合の精神構造だった。不平不満はたくさんあっても口には出さず、表面は平穏無事を装っている「庶民の暮らしの知恵」こそが、近所付き合いから国政に至るまで、日本の社会の諸悪の根源を許している構造を作っている。それをどこかで打ち破らないと世の中は変わらないだろう。

というわけで、そのとき私は、

「そんなに不満があるのなら、謝罪なり恩給なりを出すように国に対して働きかけたらいいじゃない？」

とか、

「シベリア抑留中の労働に対する賃金の支払いを要求したら？」

とか、随分と厳しいことを父に言ったように思う。当然のことながらそのとき父は、

「世の中はそんなものじゃない」

とか、

「人の気持ちを理解しない」とか言って、息子の私を諭したのだった。

しかしその後、全国抑留者補償協議会を通じて、父がロシア政府に対し労働証明書を請求し、それを得たことは、「エピローグ」に記された通りである。そして何よりも本書を上梓したこと自体が、

不満を不満のみに終わらせず、あの過酷な時代を生き抜いて戦後日本の発展を支えてきた、父と同世代の人々の共通の心情を訴えるのに成功している。

さて実は、本書をぜひ読んでほしいのは、私の二人の子供達、翼と茜（著者の孫）に代表される若い人達だ。本書は戦争という異常事態を背景にしてはいるが、一人の少年の青春物語でもあり、その少年の心理描写を通した当時の生活の追体験は、不思議な共感を呼び起こす。「何てお馬鹿なことしてるの？」という親近感も含めて。

きっと子供等が、いつもは離れて暮らす祖父の存在を、うんと身近に感じる日が来るのも、そう遠い日のことではないに違いない。

年月日(昭和)	年齢	出　　来　　事
14年3月下旬	12	埼玉県与野町、「中田二郎理容館」へ理容見習住込入店
18年12月21日	16	軍需工場に徴用召集される
19年4月	17	現役志願して徴兵検査、第三乙種合格
20年1月初旬	18	東武電車正面衝突、電車事故に遭遇する
3月5日		現役召集されて柏東部十四部隊に入隊、輜重兵
10日		東京大空襲を柏東部十四部隊において経験
11日		品川駅から渡満のため軍用列車にて出発
20日		満州国牡丹江省東寧県大杜士仙二六三二部隊に転属
6月下旬		一期の検閲（3カ月初年兵教育）後、安藤小隊に配属
8月9日		ソ連参戦
10日		間島省間島へ向けて撤退
8月20日		敗戦により武装解除
10月7日		シベリア強制捕虜収容所（コムソモリスク）へ入所
8日		フタロイバチン（二の谷）において伐採作業に従事
11月初旬		バリニッツア（囚人系病院）に腸チフスにて入院
21年5月初旬	19	退院、前の収容所に戻る、伐採作業に再度従事
10月中旬		再度入院、右足打撲傷でゴースピタリ（一般病院）へ
12月上旬		オカ収容所でパリクマーヘルスカヤ（理髪室）勤務
22年5月上旬	20	オカ収容所に集団帰国命令、但し勤務小隊全員を除く
同日		オカ収容所に勤務小隊集団移動して、再度理髪室勤務
9月上旬		第五地区ホルモリン、スタルト二百十分所に集団移動
23年11月初旬	21	作業優秀者として選抜帰国命令受け中間集結地に集結
12月上旬		帰国命令中止、第十六地区ハバロフスク集団農場に移動
24年10月初旬	22	コルホーズ（集団農場）に集団帰国命令
11月27日		帰還船「恵山丸」に乗船、ナホトカ出港
30日		午前11時、舞鶴入港
12月3日		祖国日本、舞鶴に上陸
9日		舞鶴復員援護局収容所を帰郷のため出発、京都に1泊
10日		故里に復員・年齢22歳11カ月7日。
		出征より復員まで、通算日数1742日

著者プロフィール

染谷 昭一（そめや しょういち）
昭和２年、千葉県生まれ　東京都在住
昭和14年、国民学校初等科卒業
昭和20年３月５日、18歳で召集。柏東部十四部隊に入隊
昭和24年12月復員。出征より復員まで通算日数1742日
『捕虜青春記　シベリアの大地とともに』（私家版　1996年）

捕虜青春記　シベリアの大地と共に

2012年７月15日　初版第１刷発行

著　者　染谷 昭一
発行者　瓜谷 綱延
発行所　株式会社文芸社
〒160-0022　東京都新宿区新宿1－10－1
電話　03-5369-3060（編集）
03-5369-2299（販売）

印刷所　神谷印刷株式会社

ISBN978-4-286-12136-9　JASRAC 出 1206212 － 201